Darlene
Con Mucho
Cariño.

D1474277

LA CARPA

Y LAS ESCRITURAS
DE LOS CUATRO ELEGIDOS

Leonardo Ibarra

LEONARDO IBARRA

Esta es una obra de ficción. Los nombres, personajes, lugares e incidentes son producto de la imaginación del autor o se usan de manera ficticia. Cualquier parecido con personas reales, vivas o muertas, eventos o locales es una coincidencia.

Autor:
Leonardo Ibarra

Editora general:
Glanys Santaella

Coeditora:
Fernanda Pico

Diseño de portada:
Wilbert Ontiveros

Ilustraciones:
Leonardo Ibarra

Diagramación y diseño:
Leonardo Ibarra

Fotografía del autor:
Amy Crosby

Impreso en los Estados Unidos de América
Primera edición, Marzo de 2020

ISBN: 978-0-578-64553-7
Copyright © 2020 por Leonardo Ibarra
Para más información, visitar: lacarpaworld.com

A todos los jóvenes venezolanos que luchan por sus sueños, especialmente a aquellos que, como yo, han decidido emigrar.

A mi padre, cuyo recuerdo siempre estará presente en mi corazón.

"Llevar un guante puede hacerte poderoso, pero debes tener la actitud para poder controlarlo. No se trata de la familia a la que perteneces, ni si eres mago o no, se trata del poder de tu mente.

¿Qué tan lejos crees que puede llegar la magia?"

- El Guardián

]

TORMENTA EN LA TORRE DEL NORTE

2019

Justo aquí, al inicio, me pregunto internamente si debo seguir el clasicismo del viejo libro de mi familia o es mejor escribir con mi propio estilo, mientras sostengo mi pluma con la mano derecha e inhalo el aroma del oscuro café. Me encuentro en mi cafetería preferida, *Aleckzander*, en una de las ciudades más antiguas de Italia, Roma. Esta nueva sección del Libro de las Escrituras va dedicada a la historia de los elegidos.

Mi piel arrugada delata no solo mis años, sino también las intrincadas vivencias que han dado forma a la sabiduría que hoy poseo y que me han otorgado la fortaleza para asumir el compromiso de ser Guardián. Ya perdí la cuenta de mi edad, posiblemente tengo menos años de los que aparento. Puedo ver la dermis en mi mano izquierda y me vienen recuerdos del pasado. La derecha, que sostiene la pluma, está cubierta por un guante especial, así lo llamo.

De donde soy, la magia te escoge como un medio para ser utilizada, ya sea para el bien o para el mal. No es algo que se aprende, se posee por destino. El mundo mágico donde crecí está habitado por magos y no magos, unos llegan a obtener un guante, los magos, y otros no. Sin embargo, cualquier habitante de ese mundo está rodeado de fenómenos inexplicables y maravillosos.

El poseer este guante me hizo parte de un grupo selecto de magos destinados a dominar elementos, lo que el mundo actual llamaría hechicería. Encender la llama de la candela por la noche, controlar pensamientos ajenos y trasladar objetos en diferentes direcciones, son solo algunas de las habilidades que adquirí a través del guante.

Han pasado dos años desde el último contacto que tuve con los cuatro elegidos, destinados a obtener los guantes púrpura que, a diferencia del mío, también permiten desarrollar espontáneamente otras habilidades que sobrepasan la barrera de la ciencia. Les echo un poco de menos.

Yo decidí tomarme un tiempo al otro lado del mundo. Trato de adaptarme a la sociedad y lucir como un ser humano normal, de esos que a diario salen a la oficina y luego, al final del día, regresan a casa con sus familias. Leer el periódico es lo que un viejo como yo podría hacer, siempre tomando café, que es lo mejor que tienen los humanos.

Suelto mi pluma para pensar en cómo iniciar esta historia o cuál sería la mejor forma de escribirla, aunque en realidad no soy yo quién tendrá el control de la información que allí plasmaré. Luego de la experiencia extraordinaria que viví junto a los elegidos, no solo ellos adquirieron impresionantes poderes, yo también desarrollé una capacidad única que me permitirá cumplir con la responsabilidad de ser el Guardián del Libro de las Escrituras y de continuar con la misión de relatar lo que conecta a ambos mundos a lo largo de los tiempos. Es una labor muy pura que solo un mago de luz puede desempeñar y a mí me fue otorgada. Es un poder realmente misterioso e incorruptible.

Cuando me dispongo a seguir con la historia, mi guante hace lo suyo y sirve de medio para que la información ilimitada fluya hasta el papel, sin pasar por mi mente. Yo me encargo de transmitir todo lo que ocurre, pero no soy consciente de ello ni podré utilizarlo para mi beneficio si no lo vivo personalmente. Incluso, la pluma se activa solo con ordenárselo y la historia se va escribiendo. Sin embargo, por el tiempo que llevo en el mundo humano, a veces me gusta hacerlo como lo harían sus habitantes, en una cafetería, tomando mi bebida predilecta, con pluma y papel en la mano, como lo hago el día de hoy.

Abro la página para comenzar, pero, antes, le solicito al mesero en *Aleckzander* otro café. Este me mira de modo extraño, posiblemente por el calzado de goma que uso, no muy común en personas de mi edad, o quizás porque es mi octava taza de café y este no entiende quién podría tomar tanto espresso.

El alto hombre de ojos grandes y particular simpatía, se acerca, llena de nuevo mi taza y se retira algo confundido. Ciertamente es algo obsesivo consumir tanta cafeína, pero es así como mi mente toma acción apasionada. Tan solo un sorbo y con frotar mi mano derecha alrededor de la taza, el líquido desciende y, gota por gota, desaparece y se traslada hacia mi reserva de café. Algunos contenedores de cristal resistentes al calor funcionan como depósito en la habitación donde descanso cada noche, ubicada a un par de calles de la Plaza Navona.

Tal vez te preguntas qué hago con tal cantidad de la negruzca bebida. Solo podría decirte: muchos coleccionan vinos, monedas o rocas, pero el café se ha convertido en un tesoro para mí. Muchos de mis frascos conservan intacto su sabor y aroma durante años, el guante me ayuda a controlar su calidad.

Con el poder que me otorga el espresso, se me hará más ameno el relato de mi historia o mejor, la historia de ellos, de los que se convirtieron en parte de un gran legado...

Tomo la pluma, extiendo la hoja del libro e inicio.

1958

Tan solo con doce años de edad ya era poseedor de un guante mágico. Dedicaba parte de mi tiempo a recorrer las estrechas calles del Imperio del Norte, habitado por menos de dos mil personas. Algunas no tenían ningún don particular y se dedicaban a tareas mundanas a lo largo de sus vidas, pero la agricultura era la labor principal que les permitía sobrevivir. En mi caso, tenía la fortuna de ser parte de la familia de la Torre del Norte y mi padre era el gobernante al mando del lugar.

Un gran número de habitantes no mágicos dejaba el Imperio del Norte, cruzando las altas montañas del Imperio del Sur y atravesando el Portal Verde, para establecerse en el mundo humano. Este portal de más de diez metros de alto, rodeado en sus extremos por vegetación entrelazada y formado por las mismas raíces de sus plantas, era la única conexión física entre ambos mundos. Al pasar el arco hacia el mundo humano, muchos olvidaban todo sobre nuestro mundo: así se lograba mantener el secreto sobre nuestra sociedad.

En el barroso suelo a las afueras de la Torre del Norte, se dibujaba la figura de mi calzado. Con prisa, llevando algunos libros y un diario, me dirigía a descansar bajo la sombra de un árbol de manzanas. El viento soplaba fuerte, formando algunos remolinos con las hojas secas que habían caído horas antes. *Portales* era el título del libro que leía esa tarde. Llevaba pantalones de suave tela y calzado fino: era de suponer que pertenecía a la familia real.

Me encontraba descansando contra la cómoda raíz del árbol que sobresalía del pasto, cuando una manzana golpeó mi pierna izquierda. Impresionado, dirigí mi mirada al fruto y, al levantar la vista, noté la presencia de una niña de alrededor de diez años de edad. Ella lucía un vestido entallado color bronce, cabellos largos que tocaban sus lisos codos, ojos del color de la noche y una piel tan blanca como un copo de nieve. Al ver que ella se acercaba cada vez más, tome una posición incómoda, recogiendo mis huesudas rodillas.

—Hola, ¿cómo estás?, ¿qué escribes? ¡Oh!, ya veo tu guante. Eres un mago, seguramente leíste mi mente —dijo ella, dirigiendo su mirada hacia mi mano derecha, cubierta por el popular guante—. Un miembro de la familia real no debería estar solo fuera de su castillo. Bueno, te cuento, me encantan las manzanas, son muy deliciosas. Las uvas, en cambio, las utilizamos en mi familia solo para hacer los vinos —expresó con una voz algo chillona.

—Hola —respondí con timidez, sin levantar la mirada.

—Hola, ¿estás bien? Pensé que no hablabas. Bueno, te cuento algo sobre las manzanas y su poder —comentó la pequeña al tomar la manzana que reposaba en la sombra.

—¡Basta! ¡Ya me lo dijiste, Sea! —grité.

—¡No imaginé que conocías mi nombre, niño mago!, pero seguramente el guante te ayuda a leer mi mente —afirmó Sea, insistentemente.

—Llevar un guante puede hacerte poderoso, pero debes tener la actitud para poder controlarlo. No se trata de la familia a la que perteneces ni si eres mago o no, se trata del poder de tu mente. ¿Qué tan lejos crees que puede llegar la magia? —respondí mientras tomaba impulso para levantarme.

—Mis bisabuelos eran buenos usando la magia, pero hasta ahora, yo no soy maga —comentó Sea mientras frotaba sus manos con algo de vergüenza por no poseer un guante—. La verdad, no creo que pase. Tal vez sea trasladada al Imperio del Sur, pero no pronto, por el incendio y las muertes —contestó un tanto afligida.

—¿Cuál incendio?, ¿muertes?, ¿de qué hablas? —pregunté sorprendido.

—¿Aún no sabes sobre las nubes que arroparon el sol sobre el Imperio del Sur? —susurró Sea.

—Yo creo que las nubes están algo tristes, por eso actúan de manera extraña —respondí frunciendo el ceño y un poco incrédulo.

—Esta mañana muchos del Imperio del Sur tomaron camino hacia el Norte. Anoche se produjo un incendio en el Portal Verde, todo comenzó después de una tormenta. Aún los esperamos para que confirmen la noticia, se dice que son muchas horas para poder cruzar las montañas — dijo Sea, muy segura.

En ese mismo instante, mientras conversaba con Sea, el cielo se tornaba más gris, como si las nubes estuvieran enfermas, el pasto de los jardines ya no era el mismo, era opaco, se estaba secando. Todo el lugar pasó de tener un tono cítrico a uno envejecido. Los animales que podían trepar decidieron tomar hospedaje en los altos arbustos, el resto corrió hacia las cuevas o cualquier lugar oculto para salvarse de aquel fenómeno natural que descendía sin permiso.

—Sea, esto no es un juego ¿No te parece misterioso? —pregunté dirigiendo mi mirada a un lejano lago que se encontraba al fondo.

De repente, un fuerte sonido cortante proveniente del cielo, hizo vibrar cada roca en el Imperio del Norte. Un rayo cayó en el lejano lago, electrocutando cada especie que se encontraba en él.

—¿Qué fue eso? —exclamamos al unísono, mientras el viento soplaba cada vez más fuerte en dirección hacia nuestros pálidos rostros.

—Vino desde el cielo, no creo que haya sido un simple rayo —comentó Sea, tartamudeando.

Sin despegar mis ojos de las nubes, decidí regresar a la torre en busca de mi padre.

—¡¡Ey!! Olvidaste tus libros y la manzana. ¡Regresa…! —gritó Sea mientras yo corría.

Cuando me movía velozmente, la lluvia hizo presencia, empapando el algodón de mi ropa. Al llegar al centro del Imperio me preguntaba dónde estaban todos. Era como si se hubieran escondido. Apresuré la marcha.

Al llegar a la Torre del Norte, presioné con fuerza la puerta principal que daba entrada al salón de piedra.

—¡Padre! —grité con preocupación.

Unas largas escaleras descendían de lo alto y conectaban con el segundo piso. En ese instante bajó corriendo Rowena, nuestra ayudante del hogar. Ella era no maga, pero por su edad se había mantenido en el Imperio del Norte bajo la protección de mi padre.

Robusta y de estatura media, Rowena llevaba un largo abrigo y una falda que rozaba el áspero suelo. De cabello corto y rizado, de su rostro menudo resaltaban sus circulares ojos.

—¡Joven!, ¿qué hace aquí? Debe irse, corre gran peligro, venga conmigo —insistió Rowena alterada.

—No, Rowena, debo ir por mi padre ¿Qué está ocurriendo?, ¿dónde están todos?, ¿sabes algo sobre lo que sucedió en el Sur? —preguntaba sin detenerme.

—No le puedo dar mucha información, pero debe venir conmigo y resguardarse —aseveró Rowena sin titubeos.

—Debo ver a mi padre, quiero que me responda qué pasó en el Imperio del Sur —exclamé con voz gruesa.

—Ya no hay tiempo, todo ha colapsado. Debemos retirarnos —dijo la adorable señora.

—Lo siento, tengo que ir por él —respondí con desesperación.

El cielo seguía siendo rasgado por los tormentosos truenos que atemorizaban el solitario Imperio y no se veía nada ni a nadie alrededor. De pronto, Sea se presentó en la torre con cabellos mojados y ojos desesperados. La miré directamente.

—¡Ve! —gritó Sea.

Tomé dirección hacia las empinadas escaleras, sentía como si las agujas del reloj se movieran en sentido contrario, interponiéndose en cada paso, mientras que los reflejos de los rayos formaban escalofriantes figuras en los muros. Finalmente logré toparme con la habitación de mi padre, la puerta se encontraba entreabierta. Sin detenerme hice entrada y vi a mi padre que se encontraba de espaldas observando a través del ventanal de cristal.

—Llegó el momento, hijo. Ellos están aquí, debes irte —susurró.

—¿Quiénes? No entiendo, ¿qué está ocurriendo? —pregunté agitado.

—Hijo, la arena del tiempo llegó a su fin, el Imperio del Sur es solo el inicio de esta guerra. Fuerzas oscuras muy poderosas quieren destruir nuestra sociedad. Lord Balfour vendrá por nosotros —culminó mi padre sin esperanza.

—¿Balfour?, ¿existe tanta maldad en alguien, padre? Pero hacía mucho tiempo que en nuestros pueblos no aparecía la oscuridad —comenté.

—Algo se está formando, algo con un gran poder de destrucción que no descansará hasta deshacerse de la luz y su líder viene por ti. La Profecía ya lo decía — afirmó contundentemente. Se dio vuelta, se acercó hacia mí y colocó sus manos en mis hombros—. Cuatro humanos no magos, descendendientes del mundo mágico, deberán enfrentarse y ganar la victoria de ambos mundos —dijo mi padre, mirándome directamente a los ojos.

—¿Humanos nos salvarán?, pero ellos no tienen magia, no puede ser posible —terminé abrumado.

—No hay tiempo, toma las Escrituras que están en el ático y el cofre que contiene una herramienta muy poderosa que será tu principal protección para escapar de Balfour y su ejército de la oscuridad. Léelas y sabrás qué hacer. Debes ir en búsqueda de los humanos que serán los elementos más importantes. Creo en ti, hijo mío. No me vuelvas a defraudar. Ahora eres el Guardián —finalizó.

Entre miradas cruzadas, tenía la certeza de que esa sería la última vez que vería sus cálidos ojos que me habían protegido por muchos años. Con un pequeño paso hacia atrás y entre lágrimas me retiré lentamente, obedeciendo sus órdenes.

Me dirigí al ático, donde al fondo se encontraba el cofre. Con tan solo levantar mi mano derecha arrastré el mismo hacia mis pies, como si se deslizara una pluma caída. Muy cerca se encontraba un maletín, donde había una especie de libro mágico y, sin tocarlo, le ordené que saliera y flotara para saber de qué trataba. Se elevó y abrió sus páginas.

"Los cuatro elegidos son la unión perfecta para vencer todo legado oscuro de los dos mundos".

En ese instante, Sea abrió la puerta del ático.

—¡Niño mago, el centro del Imperio está en llamas! —gritó atemorizada.

Sin pasar un segundo más, una fuerte ola de aire nos arrojó a ambos al suelo. Del cofre salió una gran manta color púrpura, con la textura de un durazno fresco, que se extendió como una especie de carpa con una entrada en forma de pico en lo alto. Entre codos, traté de levantarme para descubrir qué era dicho objeto.

—¿Qué es eso? —preguntó Sea.

Justo en ese instante se despejaron todas mis interrogantes. Los recuerdos invadieron mi mente: ya estaba claro para qué me había preparado mi padre durante toda mi vida.

—El Carpalocius von Morin… —finalicé, mirando fijamente el manto.

Se abren mis ojos, suelto la pluma. Ya pasaron un par de horas. Sin darme cuenta la noche pintó el cielo de Roma.

—Disculpe, tenemos que cerrar —comenta el mesero de *Aleckzander*.

Ya el reloj marca las 9:10 p.m. Es hora de dar un receso a la escritura y dejar descansar la historia por el día.

2

LOS CUATRO

A solo un par de pasos, en la esquina del pequeño edificio donde me hospedo, se encuentra un metálico poste de luz que titila por su antigüedad, proporcionando escasa iluminación en la calle 20. Me acerco y deslizo mi mano derecha por su base, dando paso a que la magia haga lo suyo. El titileo se detiene.

Activo mi paso para entrar lo antes posible, me detiene la pesada puerta de madera que gruñe escandalosamente al abrir. Entro, respiro e impulso mis piernas hacia los doce escalones que me llevan al primer piso, donde se encuentra mi habitación, marcada con el número 3. En mi caso no es necesario usar la llave para abrir la puerta, el guante gira el pomo para darme libre paso a mi aposento.

Una vez adentro, presiono mis talones para deshacerme de mi calzado y dar descanso a mis pies, mientras el candelabro que ilumina el lugar se enciende con solo ordenárselo. Es tiempo de reposar en la cómoda cama que construí con algunos trozos antiguos de roble abandonados en el depósito de basura del lugar. El mueble original rechinaba por las noches y me estaba volviendo loco.

Dirijo mi mirada al techo y recuerdo el instante en el que me detuve junto al poste cuando, distraído, coloqué en el suelo el maletín de piel donde se encuentra guardado el Libro de las Escrituras. Inmediatamente despego mi cuerpo de la cama y corro hacia la ventana que da vista a la calle 20, donde está el anticuado poste de luz. Al abrirla me percato de que la suerte está de mi lado: allí permanece el maletín abandonado.

Me pregunto a mí mismo cómo pude olvidar algo tan importante. Lo de ser un viejo mago me está pesando. Rápidamente le ordeno al maletín que flote hasta mi ventanal para que ningún vecino capte el extraño momento. Lo tomo y decido sentarme en el sofá para revisar si las Escrituras están a salvo.

Finalmente regreso a la cama y permito que mi cabeza repose plácidamente, esta vez en posición lateral, sin despegar la mirada del maletín. En este instante algo me dice que debo seguir escribiendo, posiblemente es tiempo de continuar la historia de cómo conocí a los cuatro elegidos.

Elevo la pluma con solo mover mis dedos, permito que la historia continúe mientras mis ojos reposan. Ya la pluma se conecta a mi mente para verbalizar las aventuras.

2017

Welmort, una ciudad en Estados Unidos, situada al Norte de las Carolinas, es conocida por sus inmensos bosques y fuertes brisas que se originan en el Océano Atlántico. Fue el lugar al que me trasladó el manto mágico después de recorrer el mundo en busca de los cuatro elegidos.

El Carpalocius von Morin se tendió por sí solo sobre el suelo como vela de barco, para luego adquirir forma de una gigante carpa. A pesar de ya verse grande desde el exterior, era un espacio infinito al atravesar sus cortinas. Se trataba del único portal existente en ese momento que conectaba el mundo mágico y el humano, ya que, hacía cincuenta años, el Portal Verde había sido destruido en el incendio. Por múltiples razones, mi única opción había sido venir y habituarme al mundo humano durante todas esas décadas.

Se anunciaba el otoño por la presencia de las hojas secas que caían a lo largo del día, formando diminutas montañas en los húmedos suelos, donde los niños jugaban y rebotaban como si fueran pelotas de goma.

En el centro de la ciudad se encontraba Susan, de unos treinta y cinco años de edad, de signo astral Libra. Era una hermosa mujer, ojos color café, cabellera lisa de color caramelo con suaves reflejos dorados que reposaba a la altura de sus hombros. Su cuerpo menudo perfectamente esculpido, de curvas suaves y hermosas que prevalecían en el tiempo y, a pesar de su estatura promedio, sus piernas largas hacían suave y elegante su andar.

Susan era tía de dos encantadores niños: Max, el pequeño de diez años, y Vivian, la introvertida sobrina de quince años de edad. Luego del fallecimiento de su hermana, Susan se hizo cargo de los chiquillos, y con la ayuda de Martin, su esposo, lograron formar un hogar para la estabilidad emocional de los niños.

Martin, un beisbolista retirado y aficionado a los deportes, tenía una excelente condición física, como la de cualquier atleta, y sus músculos definidos se podían percibir a través de su ropa. Su cabello era color castaño y su piel blanca lucía bronceada por la permanente exposición al sol cuando entrenaba. De un metro ochenta centímetros de estatura, poseía un característico humor y una despistada personalidad. Martin era la protección de la familia.

Susan era propietaria de una tienda de antigüedades del mismo nombre del libro que yo solía leer, *Portales*, algo que posiblemente la magia había coordinado. Susan hablaba por teléfono desde su tienda, un espacio muy particular. En el suelo reposaban viejas cajas de madera que adornaban el lugar, obras con extraños diseños, pinturas arcaicas… Un apolillado mueble de madera sostenía docenas de piezas, entre ellas relojes y cualquier accesorio antiguo que te pudieses imaginar. Múltiples lámparas guindaban desde el áspero techo que cubría el lugar.

Susan tendría más de una década dedicada a recopilar piezas que se conservaban intactas a pesar de los años: relojes de bolsillo, candelabros del siglo XVIII o libros con cubiertas de cuero decoloradas por el tiempo. Ella continuaba conversando con su cliente, mientras esperaba la llegada de sus sobrinos, Max y Vivian, que se dirigían a la tienda después de clases.

—Perfecto, ya tengo la dirección para enviarle el pedido a la galería —le comunicó Susan a su cliente al teléfono—. Espere, tengo una llamada en la otra línea —Interrumpió.

El campanear de la puerta principal anunció que el cartero había traído algunos sobres. Él se acercó y saludó a Susan con una sonrisa. Ella lo recibió con solo agitar sus manos, agradecida por su visita. Al tomar las cartas y sobres, cayeron al suelo por error. Se disculpó con el cartero a través de muecas.

—¡Lo siento! Yo misma las recojo, no te preocupes —expresó Susan con vergüenza, mientras seguía sosteniendo el teléfono con su hombro.

El cartero se retiró de la tienda algo incómodo.

Susan descubrió entre las cartas un anuncio sobre una feria que estaría en la ciudad por algunos días, con atracciones para toda la familia. De pronto su mente le recordó que tenía a un cliente en la línea telefónica.

—Discúlpeme, ¿cuándo quiere el pedido para la galería? ¡¿Aló?! —añadió Susan alzando su voz.

Entretanto se dio cuenta de que, sin querer, había desconectado el cable de la línea telefónica. Tomó el celular y marcó una rápida llamada a su esposo Martin, que tuvo que cancelar por la campana que anunciaba la entrada de un cliente.

Esta vez era la señora Morrison, una anciana que por su cegada visión se equivocaba de local, siempre entraba pensando que era la tienda de mascotas, donde habitualmente compraba el alimento para su arisco gato.

—Lo siento mucho. !!Oh!! Señorita Susan, no la había visto, ya estos anteojos deben cambiarse, nuevamente me equivoqué de local —dijo la vieja anciana algo confundida.

—Tranquila, señora Morrison, nos pasa a todos, pero debo decirle que no trae sus anteojos consigo. —Susan amablemente le respondió.

La señora Morrison también sufría de mala memoria. La inocente anciana había dejado olvidados sus anteojos en casa cuando tomaba el té, y muy seguramente su gato había jugado con ellos al verlos abandonados en el sofá.

Al pasar un par de minutos, llegó Max a la tienda.

Max, el divertido de la casa, inquieto y exageradamente curioso, se metía en problemas constantemente. Sus ojos azules como el mar y su cabello dorado como el trigo destacaban aún más sus hermosos rasgos. Siempre con una dulce sonrisa en sus labios, era un niño especial que jamás podía pasar desapercibido.

—Hola, tía Susan —dijo el niño con gesto de felicidad.

—Max, ¿comiste todo lo que te envié a la escuela? —preguntó Susan con duda.

—Sí, ¡claro! Hoy me fue excelente, obtuve una A+ en mi trabajo de ciencias —comentó con orgullo el adorable niño.

En ese momento entró Martin a la tienda de antigüedades, sin despegar la vista de su teléfono que transmitía en vivo el canal deportivo.

—Hola, princesa —dijo Martin a Susan con un beso en la mejilla.

—Hola —respondió Susan algo molesta.

Cuando Martin escuchó el tono de la respuesta, tomó una postura apenada.

—Y Vivian, ¿dónde está? —preguntó Susan a Martin y a Max.

—Viene detrás de nosotros —aclaró Max volteando su mirada para estar seguro.

—Mira, allí viene —afirmó Martin.

Susan la observó con su cotidiana expresión, ceja derecha suspendida y ceño fruncido, gesto que evidenciaba su carácter. A pesar de su estilo algo rockero, que no definía su forma de ser, usaba siempre una medalla de oro que había heredado de su madre. Esto último rompía con su fría y oscura vestimenta.

—Hola, Vivian —la saludó Susan.

—Hola, tía Susan —respondió Vivian con voz tímida.

—No pareces contenta —le comentó Susan con claro tono de afirmación. Era evidente que la adolescente no tenía buen ánimo.

Susan se acercó y usó sus pulgares para corregir el triste rostro de Vivian, deslizando ambos dedos a los extremos de sus labios.

—¡Mejor! —señaló Susan al ver una forzada sonrisa en el rostro de Vivian—. Es mejor que todos estén listos, esta noche iremos a la feria — afirmó con gran emoción.

—¡¡¡Genial!!! No puedo esperar a entrar en la casa de los zombis — exclamó Max con clara intención de asustar a su hermana.

—¡Basta!, desearía no estar en esta familia —contestó Vivian, molesta al retirarse de la tienda.

—Max, espero te disculpes. ¡Vivian! —gritó Susan, dirigiendo su mirada a Martin para que interviniera en el episodio.

A más de 6 millas, en las afueras de Welmort, se encontraba la estación de trenes de la ciudad que conectaba a toda la población del oeste del país. La infraestructura de la estación conservaba su toque histórico, ya que había sido fundada entre los años cuarenta y cincuenta. Muchos de sus vagones habían sido intervenidos con detalles modernos, como la conexión a internet y una iluminación más clara en el interior de cada vagón.

El tren que provenía de Jordan Capital, a cinco horas de distancia de la ciudad, hacía llegada a la estación con su ensordecedor freno, descansando sus rieles para dejar a sus pasajeros. Allí estaba Ostin, un universitario que se había dirigido a Jordan Capital por un par de entrevistas de trabajo. Estudiaba fotografía en la escuela de Artes de Welmort.

Ostin, caracterizado por su corto cabello rizado color café y su piel blanca durazno, era un hombre fuera de serie. Lucía delgado pero fuerte y las gafas cuadradas que usaba ocasionalmente le daban un toque intelectual. Tenía un singular estilo vintage al vestir.

Apresuró el paso para encontrarse con su mejor amiga, Emmy, que lo esperaba con ansias. Ambos vivían en habitaciones distintas de la misma residencia. Ella lo esperaba sentada en un banco cerca de la taquilla de información. En la pared, un gran reloj producía un chirrido cada vez que las agujas se movían para marcar los segundos.

Emmy tenía ojos de color azabache como la noche oscura, intensos y de forma almendrada, y un cabello castaño oscuro que resaltaba su adorable flequillo. Su cintura pequeña contrastaba con sus caderas y tenía busto firme y pequeño. Era una mujer hermosa con la que cualquier hombre querría estar. En la espera cada vez más pesada, Emmy sacudía sus botas de cuero negro: ya quería ver a Ostin.

Emmy y Ostin se habían conocido un par de años antes en el mercado mientras ambos buscaban las frutas más frescas de la temporada. Desde ese momento se habían vuelto amigos cercanos, ya que ambos eran huérfanos y sus historias eran muy similares. Todo esto había dado paso a una estrecha relación entre ellos, su conexión había sido instantánea.

A unos metros de distancia, Emmy vio caminar a Ostin. Se levantó rápidamente del incómodo banco y se acercó para recibirlo. Ostin aceleró el paso, reposando sus sudorosas manos en los bolsillos de su pantalón color pardo.

Entre ellos existía cierta complicidad, al punto de tener un interesante saludo: no se abrazaban, ni se besaban en las mejillas, sino que realizaban un juego de manos como si fueran compañeros de fútbol. Luego del peculiar saludo, comenzaron a hablar.

—¿Todo bien por aquí? —preguntó Ostin.

—Sí, no mucho que comentarte, ¿conseguiste el trabajo en Jordan Capital? —le preguntó Emmy.

—Ellos no están en la búsqueda de un fotógrafo de mi estilo, me dijeron que debería dedicarme a la fotografía de eventos o fiestas familiares —respondió Ostin después de una corta pausa, producto de su desánimo.

—Lo siento, pero todo no termina allí, tranquilo. Para animarte quiero invitarte hoy a la feria —exclamó Emmy con alta energía para ayudar a su afligido amigo.

—No creo que sea buena idea, estoy algo cansado del viaje —comentó Ostin.

—¿Y si la salida incluye palomitas de maíz? Sabemos que mueres por las palomitas —expresó Emmy con picardía.

Finalmente Ostin borró su gesto de tristeza y su rostro tomó una mejor expresión. Era posible que Emmy estuviera ocultándole algo importante a Ostin, sus ansias de verlo en la estación la delataban.

Ambos amigos salieron de allí para montarse en la motocicleta de Emmy que los llevaría a la feria.

De vuelta en la tienda de antigüedades estaba Susan preparando todo para cerrar e irse con su familia a la feria. Ya el sol estaba por ocultarse.

—Sal con los niños mientras yo termino de revisar todo antes de cerrar. Te veo en el auto —anunció Susan con voz mandona a Martin.

Martin, sin más opción, tomó por los hombros a Max y a Vivian y se dirigieron a esperar a Susan en el auto. Susan se aseguró de que todo estuviera bien en la tienda antes de abandonarla, y en ese instante decidió ir al depósito para desconectar la iluminación del lugar.

Giró su cuerpo para tomar la manilla de la puerta que daba al depósito, pero, cuando intentó abrirla por primera vez, no funcionó. Era como si hubiese sido cerrada por dentro. Con insistencia, Susan presionó y haló la puerta con toda su fuerza para intentar resolver la situación. Sin perder la esperanza, empujó nuevamente en conteo.

—¡Uno, dos… tres! —gritó Susan y la puerta se abrió.

Susan cayó en el suelo, quedando algo impactada y con la piel erizada por la extraña situación. Se levantó. Sus rodillas sostenían su tembloroso cuerpo mientras sus ojos presenciaban algo sobrenatural. Todo parecía ser una premonición. Lo que debía ser el depósito, ahora era un enorme terreno verde, tan extenso que al fondo se podía ver un misterioso lago. Susan creía que todo se trataba de una alucinación y, velozmente, dio unos pasos atrás. Una fuerte brisa cerró la puerta y ella cayó al suelo nuevamente como una roca.

Su cuerpo no dejaba de sacudirse, su respiración era tan veloz que podía asemejarse a la de un asmático en crisis. En su mente recordaba a su difunta hermana, que siempre había relatado sus misteriosos ataques de pánico y sus extraños sueños. En ese instante se preguntó si estaba experimentando lo mismo que Leonor había vivido tantas veces en el pasado. No entendía el porqué.

Susan se levantó huyendo de la tienda como ladrón desesperado. Sin comentar nada al respecto, se guardó lo sucedido y decidió actuar de manera normal para evitar que su familia pensara que había perdido la razón.

La noche en la que conocí a los cuatro elegidos había una persona más. Se trataba de Victor, un bibliotecario que, por destino, también fue parte de esta aventura.

Victor, de ojos azul nítido como el mar, sonrisa sarcástica y nariz discreta, tenía una personalidad conservadora, intelectual, y no muy sociable. Tenía treinta y nueve años de edad. Sus días transcurrían entre los textos.

La Biblioteca de Welmort era muy popular por sus altos techos, lo que daba cabida a las largas repisas en su interior. Allí reposaban cientos de libros a la espera de un lector sediento de conocimiento. Victor, coordinador de la biblioteca, conocía cada texto y casi a diario organizaba detalladamente los ejemplares de cada sección. Ese día le tocaba a la sección de ciencia ser acomodada, mientras Victor conversaba con su compañera de trabajo, Olivia.

—Victor, estuve revisando el inventario de los libros que obtuvimos por donación y todo está en orden y disponible —anunció Olivia con seria voz.

—Perfecto —respondió Victor, un tanto parco sin hacer ningún contacto visual.

Olivia recordó en ese instante que horas atrás había recibido una llamada de la abuela de Victor. Había apuntado el mensaje en un papel reciclado de la oficina.

—Olvidé decirte, pero aquí está el mensaje de tu abuela. Te aconsejo que le eches un vistazo, podría ser importante. Te dejo, tengo que organizar el almacén antes de salir. Feliz noche —se despidió Olivia.

Ella se retiró del lugar, colocando el mensaje sobre el mesón de lectura. Victor decidió tomar el papel y lo leyó con curiosidad.

"Buen día, Victor. Te dejé esta nota porque sabía que te marcharías temprano. Recuerda lo que me prometiste hace una semana. Ir a la feria para celebrar tu cumpleaños.

Besos, tu abuela Dorin."

En ese instante, Victor se percató de que había olvidado la promesa que le había hecho a su abuela y decidió tomar sus cosas e irse rápidamente a la feria.

Posiblemente parezca algo de coincidencia que todos fueran a un mismo destino esa noche, pero es porque ya había encontrado a los elegidos y necesitaba reunirlos. Justo este evento marca el inicio de la aventura.

Ya era tiempo de que los cuatro visitaran el Carpalocius von Morin.

3

LA FERIA

2019

A la mañana siguiente, el cielo pinta un cansado color gris, tal vez no es el mejor día para salir. Es por eso que permanezco en la habitación, mientras espero que caigan las primeras gotas provenientes de las nubes cargadas de lluvia que se estrellaría en los techos de tejas rojas.

Tomo asiento en el estampado sofá para continuar la escritura y me acompaña una aromática taza de café proveniente de la colección de mis frascos de cristal. Este en particular marca en su etiqueta diez años, quizás proveniente de algún país de los tantos que visité durante la búsqueda de los elegidos. De pronto, mi atención se desvía por un sonido proveniente del interior del sofá.

Me había olvidado del pequeño roedor que me acompaña en mi habitación. Vive dentro del sofá. Es un ratón robusto debido a su excesivo consumo de queso que roba con profesional agilidad a los vecinos del edificio.

2017

Era una noche mágica donde las luces se reflejaban en el negruzco cielo que apenas comenzaba su horario nocturno en Welmort. La feria ofrecía mágicos y coloridos carruseles, una noria con más de treinta metros de altura que giraba por el aire con vagones que parecían burbujas de cristal… Había diferentes y entretenidas atracciones que llamaban la atención de todos: desde entrar en la casa de los encantos y ver una sirena, hasta un laberinto habitado por fantasmas y brujas. Según rumores de pasillo, uno de los empleados del Banco Central era uno de los falsos fantasmas, ya que él siempre había querido ser actor y, después de años de intentos fallidos, su rol más importante había sido el de recrear el sonido de un muerto.

En un largo y metálico banco descansaba Dorin, la abuela de Victor, que rodeaba los setenta años de edad, de corto cabello blanco como el algodón y de brillantes ojos azules que resaltaban de su rostro pecoso ya arrugado. Dorin no dejaba de mirar su reloj de pulsera, que revisaba a cada minuto, estaba muy emocionada por ver a su nieto y que disfrutaran juntos la celebración de su cumpleaños.

La adorable abuela tomó su cartera, la posó sobre sus robustas piernas y con sus sedosas manos sacó una fotografía de amarillosos y descoloridos bordes, probablemente por los años de antigüedad del retrato. La fotografía mostraba a Dorin sentada en el sofá de su casa en el que apoyaba su delicado brazo sobre la espalda de un niño, era Victor.

La feria solo iba estar durante dos noches en la ciudad de Welmort. Por una de las entradas llegaron Martin, Susan y los dos traviesos, Max y

Vivian, algo dispersos como cualquier familia moderna. Vivian, de boca puntiaguda y molesta, no lucía nada feliz con la salida familiar.

—¿Vivian, puedes sonreír solo por esta noche? —comentó Susan.

Vivian, entre brazos cruzados, solo dio un paso adelante para así evadir la conversación con Susan, todo lo contrario de Max, quien irradiaba alegría y curiosidad.

En ese instante hicieron entrada Ostin y Emmy, ambos en la motocicleta que ella conducía. Luego de estacionarla, entraron al festival, mientras mantenían una amena conversación. Ostin, entre manos sudorosas, no se aguantó y sacó su cámara que se encontraba en el bolso transversal que él siempre portaba sobre su hombro derecho.

—Es una sorprendente noche —exclamó Emmy con notable emoción.

Su sonrisa abarcaba su delicado rostro, acompañada de una dulce y pícara mirada sobre Ostin. Era evidente que tenía una gran sorpresa para él, sus gestos la delataban. Desde su encuentro en la estación del tren, ella había estado a punto de decirle algo que cambiaría su manera de relacionarse.

—¿Qué sucede?, ¿tengo algo en mi cabello? Lo sé, siempre está desordenado —aseveró Ostin, ya que se sentía algo incómodo.

—¡No! Estás bien, es solo que… bueno, sigamos… Olvídalo, ¿qué tienes pensado para las fotos de hoy? —dijo Emmy tartamudeando y con mejillas ruborizadas. Era evidente que Emmy no sabía cómo expresarle a Ostin sus verdaderos sentimientos hacía él.

—Posiblemente capturar algo de rostros o emociones, quiero ver cada detalle de este lugar en los ojos de sus visitantes, creo que sería una excelente idea —respondió Ostin.

—Suena interesante, puedes empezar con una familia. Ven, esa familia se ve amable, conversemos con ellos —dijo Emmy, apresurando el paso para abordar al grupo familiar.

A Ostin, apenado, no le quedó más opción que seguir a Emmy y actuar como si la idea le agradara. Estaba tan avergonzado que ocultaba la cámara en su espalda. En ese instante, Emmy, decidida, se acercó a Susan y a Martin y así aprovechó el momento para ayudar a Ostin.

—Hola —saludó Emmy estirando su delicada mano.

A Martin y Susan se les hizo extraño el saludo de la jovencita, pero de igual manera actuaron amablemente.

—Hola ¿Nos conocemos? —preguntó Susan, algo confundida.

—¡No! Lo siento, mi nombre es Emmy y él es mi amigo, Ostin, un excelente fotógrafo —añadió ella.

Ostin aguardaba detrás de Emmy. Susan estrechó su mano y lo saludó amablemente. En cambio, Martin tenía su boca llena de restos de algodón de azúcar: al parecer no había perdido su tiempo para disfrutar de los dulces bocados que ofrecía la feria.

—Un gusto, soy Susan —respondió la mujer.

—Me preguntaba si Ostin podría tomarles una foto familiar —consultó Emmy.

Vivian solo suspiraba, todo le irritaba, pero, al contrario, Susan y los demás accedieron a ser retratados. Ostin tomó su cámara y la puso frente a su rostro para captar con detalle a los miembros de la familia. Emmy ayudó a organizarlos para obtener el cuadro perfecto.

—Se ven felices juntos, familia —comentó Emmy.

En ese instante, los coloridos y escandalosos fuegos artificiales se desplegaron por el cielo que cubría la feria: era el inicio de la celebración. Max fijó su mirada en el espectáculo, pero su mente solo tenía un pensamiento fijo, buscar diversión. El resto solo decidió disfrutar del estallido de luces coloridas.

Una vez más, la personalidad inquieta del chiquillo salió desbocada: él se apartó unos metros y se adentró entre la multitud, deseando averiguar a toda costa cuál era el mejor lugar para divertirse.

Un anuncio que decía "vea a una sirena real" se le cruzó por el camino y el pequeño travieso pensó: ¿Quién querría ver sirenas? Cada vez se alejaba más de su familia. En su búsqueda, Max se topó con un lugar atractivo y misterioso que se encontraba a unos cien metros de la atracción de las sirenas.

Fue justo así, movido por la curiosidad, que Max fue el primero en percatarse de la presencia del sorprendente manto. Su habitual intranquilidad lo mantenía alerta ante cualquier detalle. Sin pensarlo, corrió en dirección a la empinada montaña donde reposaba lo que parecía un extraño y encantado lugar. Lleno de adrenalina y con la firmeza de indagar en lo que escondía ese lugar, se dirigió sin pausa a su objetivo.

La figura del místico objeto se reflejaba en sus claros ojos azules. A diferencia de las otras atracciones, esta no tenía ningún letrero, lo que originó algunas interrogantes en la mente de Max: ¿Por qué tan solitaria esta atracción? ¿Será que es una atracción engañosa?

La Carpa estaba iluminada en su totalidad por el destello de la luna, dando visibilidad a su imponente textura y color púrpura oscuro. Sus cortinas se encontraban semiabiertas, pero no se veía nada hacia su interior.

Al llegar a la Carpa, Max se detuvo frente a ella. Dudaba si era una buena idea entrar. En ese instante se llenó de valentía, y con su mano derecha abrió un lado de la cortina principal y entró a curiosear.

—¡Hola!, ¿hay alguien aquí? —gritó el pequeño.

Max comenzó a observar el lugar y sin ningún temor se adentró cada vez más. Todo lucía como un encantador salón al estilo vintage: un sofá, algunos velones, libros por doquier, diferentes alfombras que cubrían el suelo y una luz inexplicable, que no provenía de ninguna lámpara central, flotaba en su techo iluminando todo el lugar. Lo más curioso era que no tenía fin, era como llegar a un espacio sin paredes.

De repente, una vajilla de plata que se encontraba al lado de un candelabro encendido, cayó al suelo, provocando un detestable eco, como el golpe a un platillo musical. En eso, la llama proveniente del candelabro se desprendió de su mecha como saltamontes, estrellándose en la espalda del pequeño. Este, sorprendido, giró su flacucho torso en busca de la llama, tropezando con una mujer mayor, que sostenía una linterna metálica, que se encendió producto de la rebotadora chispa. El cuerpo de la mujer había aparecido como un fantasma.

Ella era de alta estatura, con desorganizado y frondoso cabello negro que bordeaba sus blanquecinas mejillas. Su cuerpo tallado por un ajustado chaquetón azul oscuro cubría sus brazos, los pantalones de cuero negro que llegaban a la altura de su abdomen sostenían la camisa también color negro que rodeaba su rugoso cuello. Sus botas opacas comenzaban en sus rodillas. Definitivamente ya no era la niña pequeña e inocente que había conocido en mi infancia.

Sea mantenía su ocurrente personalidad de enredadas conversaciones y bondadoso corazón, que se mantenía intacto a pesar de los años.

Luego de la noche del dramático incendio que consumió parte del Imperio del Norte, Sea había sido mi compañera de viaje durante todos estos años, ambos protegiendo el portal del Carpalocius von Morin. Ella se encargaba de vigilar las cortinas del manto y de que, si llegaba a entrar algún no mago, la magia no fuese develada. Hacíamos creer que el espectáculo era presentado por dos ancianos haciendo ilusionismo, como baratos hechiceros que llenaban botellas con agua pura para venderlas como pócimas de amor eterno.

Después de un silencio que se hizo presente entre Max y Sea, ella hizo su habitual y única bienvenida.

—Hola, ¿cómo te llamas?, mi nombre es Sea —comentó.

Max, de cobarde expresión, miraba de arriba a abajo a la extraña anciana que lo había sorprendido con su peculiar vestimenta. Pensó que su vestuario era parte del show. La mudez se adueñó de su boca, era como como si unos ratones hubieran comido su lengua.

—¿Qué es este lugar? —Tartamudeando preguntó.

—Es una excelente pregunta, jovencito, pero yo no soy la responsable de darte la bienvenida, eso es trabajo del Guardián. Mientras él viene a saludar, ¿te gustaría ver algo mágico? —preguntó Sea al niño.

—Entonces veré un conejo saltar desde el fondo de un sombrero — Bromeó Max.

Quizás la broma de Max no fue del agrado de Sea, quien algo irritada dio un salto hacia al frente y dejó la linterna sobre una montaña de libros que se encontraba en el suelo. Al instante pudo observar cómo Max se fijó sin disimulo dónde había quedado la linterna.

Sea tenía súper entendido que, por regla, jamás podíamos develar la identidad completa y el poder de la Carpa. Ella, que era no maga, sabía que cualquier cosa podría pasar dentro del manto, como hacer flotar objetos al estilo de la lámpara principal que daba luz a todo el sitio. Era como si el manto se conectara a los corazones de quienes lo visitaban e hiciera de sus pensamientos algo real.

En la incómoda conversación con el pequeño que la había puesto en posición de desafío, Sea pensó que no sería gran problema demostrarle al chiquillo algo mágico creíble.

—Trucos como usar un conejo, se los dejamos a los oportunistas que quieren ser magos. ¿Has visto estrellas antes? —le dijo susurrando al oído.

Sea apuntó su arrugado índice al techo de la Carpa, obligando a los ojos de Max a moverse en esa misma dirección. Luego dio un paso atrás y colocó su mano dentro de su bolsillo, en búsqueda de algo que tomó formando un puño: eran cristales que seguramente había hurtado de mi abrigo mientras dormía.

Con pulmones repletos de aire, sopló los cristales que se encontraban en su palma derecha hacia el techo y se esparcieron por todo el espacio, en combinación con la luz principal que flotaba. Logró formar un negro cielo iluminado con estrellas reales que estaban por doquier, era como estar en un espacio astral. Algunas diminutas estrellas descendieron hasta llegar a los hombros de Max.

—¡¡Guao!! —exclamó Max, ciertamente sorprendido, sus enormes ojos lo delataban.

Se podían escuchar desde las afueras del recinto algunos murmullos de personas que se acercaban, pero Sea detuvo el mágico momento porque sabía que se podía meter en problemas conmigo.

Entretanto, Max comprendió que la anciana no estaba bromeando. Mientras todo volvía a la normalidad, el chiquillo se acercaba con discreción hasta el lugar donde se encontraba la linterna que Sea había abandonado minutos antes, su interés era tomarla.

Entre una brusca sacudida, Susan abrió la cortina de la Carpa en búsqueda de Max, detrás la seguían Vivian, Martin, Ostin y Emmy. Estos dos últimos, después de tomar la fotografía familiar, habían sentido la misma curiosidad de visitar el lugar y así ayudar a encontrar al travieso pequeño.

—¡¡¡Allí estás, Max!!! —expresó Susan bastante molesta.

Se acercó y de rodillas abrazó al tremendo sobrino. Después de unos segundos, la molesta tía entró en razón al verse dentro del lugar, pero no comprendía por qué era tan espacioso el interior de aquella extraña Carpa, si en su exterior solo se percibía del tamaño de una regular tienda de circo.

—Un segundo, Max, ¡en qué lugar te has sumergido!, es realmente enorme aquí adentro —añadió Susan.

Allí seguía de pie Sea, que entre nervios calló su boca, y esta vez no saludó como era lo habitual. La anciana tenía cara de susto como si hubiera aparecido un fantasma frente a ella. Susan giró su mirada y quedó impresionada también con el especial rostro de Sea.

—Lo siento mucho si mi sobrino le causó problemas —comentó Susan.

Martin, Vivian y los demás entraron al recinto y todos, impresionados, hicieron el mismo comentario en coro.

—¡¡Guao, es enorme!! —exclamaron.

Ya Vivian había borrado su irritado rostro y Martin empezó a curiosear como niño en tienda de juguetes. Sea chasqueó sus dedos y con emoción se dirigió a saludarlos.

—¡Esto es increíble!, el encuentro tan esperado finalmente ha llegado, debo llamar al Guardián —exclamó Sea con gran efusividad.

En ese instante Sea se retiró desapareciendo entre las sombras, como si su cuerpo se hubiera convertido en humo. Todos se estremecieron, estaban algo aterrados y desconcertados por aquel misterioso lugar, solo les quedaba esperar qué les mostraría luego la Carpa. En ese momento penetraron las cortinas Victor y su abuela Dorin.

—No creo que sea una buena idea, Victor —dijo Dorin cuando ingresaban al lugar.

—Todo va a estar bien, abuela, es mi cumpleaños y por eso debemos aventurarnos —susurró Victor.

Se podían escuchar algunos extraños sonidos provenientes de los oscuros vacíos, que supuestamente eran las paredes. En ese instante, muy lentamente, se iluminó el gran salón como una típica salida del sol en un día de primavera. Se podía ver un enorme estante de al menos dos pisos repleto de libros, que contaba con una delgada escalera. De ella guindaba un viejo hombre de espaldas al público. Era yo. Sea emergió de la nada sin hacer comentario.

Yo estaba en lo alto, revisando algunos libros y, en ese instante, mi cuerpo se reveló por la magia de la Carpa. Decidí bajar muy pausadamente, viendo desde el rabillo de mi ojo los rostros de los elegidos.

—¿Quién eres? —preguntó Emmy de inmediato.

Sabía que las preguntas surgirían y que todos esperaban a un mago que hiciera volar cartas o apareciera una moneda detrás de la oreja de otro. Ellos no sabían que habían llegado al lugar que los haría merecedores de algo muy poderoso.

—¡Bienvenidos al Carpalocius von Morin! Soy el Guardián del manto. Hoy es un día interesante, siempre supe que llegaría —anuncié con entusiasmo.

—Disculpe, pero estamos aquí para ver la función —afirmó Victor.

En ese instante, por poco pierdo el equilibrio. A pesar de ser un mago, también mi cuerpo se fatigaba como el del cualquier humano. Por ello decidí sentarme en una silla estampada.

—¿Se encuentra bien? —comentó Susan.

—Siento decirles esto, pero ustedes son la función —dije al cabo de unos segundos.

—Creo que hay una confusión, solo queremos ver la función de esta llamativa carpa —comentó Martin con voz alterada.

—¿Mi función? —Entre risas contesté—. ¿Saben dónde estamos? Este es el manto, la Carpa. He viajado durante muchos años buscando algo que me ayudara a cumplir mi misión. ¿Y saben qué? Lo conseguí: son ustedes, ustedes serán el espectáculo.

—¿De qué está hablando este anciano? —Balbuceó Vivian.

—Solo presta atención, podría ser importante... y cállate —le advirtió Max.

Todos mostraban caras de confusión e incredulidad, pensaban que no había sido una buena idea ir allí.

—¿Nosotros seremos la función? Entonces creo que no hay nada importante que ver aquí, lo mejor es que nos retiremos —concretó Ostin.

Victor se abrió paso hacia atrás para evitar la incómoda conversación y comenzó a buscar la salida, pero las cortinas se unieron mágicamente en una sola tela como si la abertura de entrada hubiera desaparecido. Me puse de pie nuevamente al ver cómo la Carpa no había dejado salir a Victor, quien regresó con el grupo.

—Mucho mejor de lo que esperaba. ¿Podrían prestar atención? —comuniqué enseguida.

—Somos todos oídos —Bromeó Ostin entre risas.

—¿Alguien de ustedes sabe lo que es la magia? Y no me refiero a mi colección de linternas, que realmente son mágicas —dije, dirigiendo mi mirada al chiquillo Max—. ¿Saben lo que significa vivir para cumplir una misión? —pregunté de brazos cruzados.

—¿A qué se debe todo esto? La magia es algo falso, un mundo creado por fanáticos de libros polvorientos, es irreal, sería un error creer, ¿no es así? —manifestó Martin.

—¡Nooooooo! —grité con furia—. La magia buena es la verdad y es luz. Y su enemigo quiere eliminarla, al igual que a ustedes. Hace muchos años, a un niño le fue entregado un cofre con una gran herramienta y un libro, las Escrituras, que contenía las Profecías, una de ellas sobre los elegidos. Ese libro fue creado por los magos más poderosos y me fue dada la tarea de continuarlo. Aunque ustedes no lo comprendan en este momento, cada uno de sus corazones está lleno de magia. Y van a descubrirla.

De pronto, Max me interrumpió cuando mi mente se desesperaba. Nunca fui entrenado para explicar a humanos sobre magia.

—Yo sí sé lo que es realmente la magia. Es una palabra que viene del latín y describe un arte o ciencia oculta que puede dar resultados contrarios a las leyes naturales conocidas. Puede producirse a través de actos, de palabras o de seres fantásticos. Eso es la magia —explicó Max entre rápidas palabras.

Todos boquiabiertos se sorprendieron con la inteligencia del chiquillo.

—Aunque la magia no es ciencia, es realidad. Pero excelente, tienes ese espíritu en ti —indiqué al pequeño.

—La Carpa es una de las herramientas más poderosas que heredé de mi padre. Es el portal donde los magos hacen conexión con el mundo humano, pero también es el perfecto lugar para resguardarse del mal. Sin embargo, hay que tener mucho cuidado, a veces las cosas no salen de acuerdo al plan —aseguré.

De repente, la lámpara que flotaba en el centro del salón empezó a bajar su luminosidad hasta que los tonos se hicieron fríos. Todos se preguntaban qué estaba sucediendo, tendría que ser un buen truco para que su efecto de flote se viera real.

Susan tomó a sus pequeños y junto a Martin decidieron retirarse. En las afueras todo estaba húmedo y lentas gotas descendían. Sea se encontraba en silencio a mis espaldas.

—¿Su trabajo aquí es darnos lecciones de magia? No logro entender su punto —expresó Ostin.

—La lámpara no miente, el mal se acerca —comenté.

—¿Quién? —dijo Sea.

—No te preocupes, solo estemos atentos porque serán días de tormentas —finalicé.

Todos se retiraron del Carpalocius von Morin algo consternados por lo que les había dicho. Era como si la atracción les hubiera consumido las energías. Seguidamente, todos tomaron sus caminos.

Desde el automóvil que trasladaba a la familia, se veía el rostro del pequeño Max, un poco distraído y callado, había quedado conectado con lo que sus ojos habían presenciado en aquel lugar. Seguramente su curiosidad le ganaría y lo haría volver. En el ventanal trasero, su mirada se dirigía a la Carpa, recordando la travesura que había cometido minutos atrás. Sin que nadie se diera cuenta, había decidido llevar la linterna consigo, aquella que Sea había abandonado sobre los polvorientos libros. Lo peculiar de esta linterna era que no tenía ningún pulsador para encender el bombillo y tampoco un espacio para insertar baterías.

Max no fue el único que había quedado enlazado con mi presencia. Susan y Martin, desde sus retrovisores, también fijaron su mirada hacia la Carpa. Era evidente que ellos querían saber más, descubrir lo que sucedía dentro de ese lugar, era un pensamiento fijo que los acompañaba. También Ostin y Emmy iban en silencio en la motocicleta y daban su última ojeada a la Carpa arropada por luz de la luna, imagen que deseaban guardar en sus memorias.

2019

Suelto la pluma nuevamente y ya el cielo ha mejorado su semblanza, froto mi guante para hacer venir a mí una taza de mi negruzca bebida. Al disfrutar del café, observo con atención el cofre donde se encuentra la Carpa. Podría tomarme un tiempo para disfrutar de la naturaleza, pero me pregunto a dónde podría ir. Es necesario para mi estado de ánimo disfrutar de otro ambiente, seguramente haría fluir los escritos de la historia de los elegidos.

Pienso hacer un viaje exprés a las montañas donde podré disfrutar de la armonía de las aves o de ver a los grandes osos en los infinitos bosques. Decidido, me pongo de pie y, viendo que aún no tengo ningún calzado adecuado, deslizo los zapatos de goma hacia mí y ato las agujetas. Ya listo y con abrigo sobre mi espalda, con mágicas palabras invoco el manto.

—Carpalocius von Morin —susurro.

El cofre se abre, dando paso a que el manto salga en su totalidad: se menea como serpiente, haciéndose del tamaño de la habitación, ocupando el espacio hasta tomar forma de portal.

En el mismo edificio, en el piso de abajo, se encuentra el apartamento de la señora Saffron, la conserje. De piernas largas y gruesas, voz robusta y mal carácter, ella vigila cada sonido del edificio. Su habitual y molestosa rutina es averiguar qué hacen todos los vecinos: su rol es ser una espía. Hasta el gordo ratón es víctima de su mal humor, ya que este siempre merodea por su habitación, lo que produce que Saffron pierda el control por cada ruido o sonido que llega a sus oídos.

Justamente, mientras me preparo para incursionar en mi viaje exprés desde la Carpa, Saffron escucha secos golpes que provienen desde mi habitación. Sin pensarlo decide la malhumorada mujer salir furiosa y subir las escaleras para espiar desde las afueras de mi puerta y así conseguir saber de qué se trata el aparatoso ruido. Yo, por supuesto, sin ningún pelo de tonto, sé que ella está espiándome.

Saffron solo puede ver unas sombras a través del espacio entre la puerta y el piso. Con la convicción de obtener más información, decide pegar su enorme oreja a la madera para indagar mejor. Inmediatamente decido abrirla sin ningún temor y sorprenderla.

—¡Ahhh! —grita Saffron.

—¿Puedo ayudarla, señora Saffron? —pregunto.

—Escuché unos molestos ruidos —me dice la sorprendida conserje.

La Carpa, suspendida en el techo sobre la puerta principal como una trepadora araña, no es perceptible para la señora Saffron, quien al no observar nada, se retira frustrada. De inmediato hago que la puerta se cierre para partir a mi nuevo destino.

4

EL MISTERIOSO CHOFER

Luego de la rara situación que se vivió en la Carpa, Victor y Dorin fueron los últimos en salir del recinto. Estos dos apuntaban sus manos en búsqueda de un taxi que los transportaría a casa. Dorin permanecía en silencio, pero Victor, en cambio, no despegaba su mirada del manto, era evidente que también había quedado conectado con el lugar.

Al rato llegaron a casa, el vehículo se estacionó sobre un charco de agua que hizo mojar el calzado de Victor, quien amablemente ayudó a Dorin a bajar con facilidad. Unas rejas, de no más de un metro, protegían la casa de Dorin, que tenía un jardín algo desastroso, techos de madera y un ventanal principal en el segundo piso que iluminaba su habitación. Ambos se dirigieron a la cocina para preparar un aromático y caliente té, en ese instante Dorin abrió el refrigerador y tomó un pastel de frutas, específicamente de fresas, que había conseguido esa misma mañana para preparar un suculento pastel de cumpleaños.

—Feliz cumpleaños, cariño —expresó Dorin mientras dejaba sobre el mesón el pastel de fresas.

—No tenías que… —apuntó Victor.

De uno de los cajones cerca de la hornilla, Dorin tomó algunas velas recicladas y las plantó sobre el pastel, de manera que Victor pidiera su deseo como era habitual. Él no compartía el mismo ánimo por su cumpleaños, pero solo por la tranquilidad de Dorin accedió a participar de la tradición.

Juntó sus secos labios y, llenando sus pulmones de aire, expulsó con fuerte presión para extinguir la llama de las velas. Culminó cerrando sus ojos para pedir un deseo. Después ambos se despidieron con un delicado beso en la mejilla.

—Feliz noche, abuela Dorin —dijo Victor.

—Que descanses, cariño —contestó Dorin.

Cada uno se retiró a su habitación, Victor se liberó de su calzado y descansó su cuerpo sobre la cama, dirigiendo su pensativa mirada al vacío techo de madera. La luz proveniente de su lámpara de noche creaba un par de sombras en las paredes, en ese instante el agotado hombre tomó su teléfono celular y reprodujo un audio que tenía grabado. Victor, maliciosamente guiado por su instinto, había grabado la conversación dentro de la Carpa. Era como si algo o alguien le hubiera ordenado grabar, susurrándole al oído. ¿Por qué un humano querría grabar mi voz? ¿Acaso Victor suponía o sabía algo sobre el mundo mágico?, me pregunté.

Entre párpados pesados, el sueño fue tomando control de los pensamientos de Victor, mientras la reproducción del audio seguía su curso. Había entrado en una fase donde su mente producía una sensación de sueño ficticio. Enseguida, un extraño sonido se empezó a esparcir por la habitación, era muy similar al de la cola de una serpiente cascabel. Victor, con sus ojos a medio cerrar y su piel húmeda por el sudor, dormitaba intranquilo: era evidente que su subconsciente estaba en medio de una extraña situación.

—¡¡Victor… Victor!!. —Una aterradora voz, que no provenía de ninguna boca presente—. Estoy cerca… —La voz finalizó y todo sonido se disolvió.

Victor despertó de la horrible pesadilla y levantó bruscamente su cuerpo de la cama como si hubiera sentido un insecto entre las sábanas. Su oído derecho hizo que se detuviera su acelerado palpitar cuando escuchó algunas fuertes voces que provenían de la habitación de Dorin. Era imposible, la vieja abuela se había ido a dormir minutos atrás y en la casa solo estaban ellos dos. ¿Será que alguien entró a robar?, pensó Victor temeroso.

Muy preocupado por el extraño episodio, decidió ir a supervisar la casa, pero, su instinto de supervivencia le decía que debía tener algún objeto para defenderse. Sin embargo, en su habitación solo había libros, lo que no serviría de mucho. Con manos vacías, inició sus primeros pasos tal como los de un felino en cacería, para no causar ningún ruido.

Al salir de la habitación se percató de que sí era cierto que las voces provenían de la habitación de Dorin, se podía suponer que la abuela conversaba con alguien en persona. De inmediato, una sombra se deslizó por el borde inferior de la puerta. Victor, aterrado, dio un paso atrás, pero decidió repentinamente tomar impulso y tocar con un fuerte puño la puerta. Toc— toc, se escuchó.

—Un segundo… —contestó Dorin con voz ronca.

Pasaron alrededor de treinta segundos, hasta que Dorin decidió abrir la puerta.

—Escuché algunas voces, abuela… —susurró Victor, preocupado.

—¡Qué extraño! Aquí no ha pasado nada, lo siento, cariño, es mejor que regreses a la cama. No te preocupes, estoy bien —especificó Dorin con tono nervioso.

Victor, a través de la puerta semiabierta que sostenía Dorin, observó que el ventanal al fondo se encontraba abierto. Esto le pareció sospechoso, ya que ella nunca lo abría porque temía que las ardillas o cualquier ave entraran en su habitación.

—Okey, feliz noche, abuela, seguramente tuve una pesadilla —dijo Victor al retirarse lentamente.

Dorin cerró su puerta y Victor quedó de espaldas a ella en el pasillo. Poco convencido con la explicación de su abuela, decidió darle un último vistazo a la puerta, sosteniendo la mirada sobre su hombro derecho.

En otro lugar de la ciudad, esa misma noche, Ostin, el joven fotógrafo, se encontraba en su apartamento en el cuarto oscuro de revelado, haciendo el proceso químico para obtener las fotografías que había capturado en la feria. Mientras Ostin se ocupaba de la técnica, fue interrumpido por Emmy que vivía en el mismo edificio, justo en el apartamento del frente. Ella traía buenas noticias a Ostin. A Emmy se le hacía muy fácil entrar al apartamento de Ostin, ya que poseía una llave extra del lugar.

—Siento interrumpirte —comentó Emmy con algo de pena.

—Cierra la puerta, puedes arruinar el proceso —exclamó Ostin.

—Este día ha pasado súper rápido y olvidé mencionarte algo importante —confesó Emmy.

—Cierto, lo pude notar desde que te vi en la estación de trenes. ¿Qué ocurre? —preguntó Ostin.

Emmy se llenó de valor para contarle las buenas noticias a Ostin, su rostro era apenas visible por la luz roja del cuarto oscuro.

—Okey. Sé lo mucho que te has esforzado para conseguir un buen trabajo como fotógrafo, por eso decidí ayudarte. Logré conseguirte una entrevista para el periódico central de Welmort —comentó Emmy con efusividad.

—¡Una entrevista! —respondió Ostin impresionado.

Las manos del joven fotógrafo habían quedado solitarias al terminar de levantar su última fotografía del líquido, ya todos sus ejemplares sostenidos por ganchos colgaban para su secado. Él disfrutaba con gran pasión el método tradicional de revelado. Asombrado, siguió escuchando la historia que Emmy relataba sin pausa, él no podía ocultar su sorpresa.

—Sí, mañana tienes una entrevista para ser parte del Departamento de Imágenes del periódico —afirmó Emmy.

—¿Qué?, ¿mañana? No estoy preparado. ¿Qué has hecho? —gritó Ostin, nervioso.

—¡Tranquilo! Ya yo seleccioné algunas de tus fotos y llené la aplicación, solo quieren conocerte y conversar contigo. Sería buena idea que llevaras un par de fotos extra, las de la feria, por ejemplo —exclamó ella con entusiasmo.

Por un momento el joven se detuvo y levantó su mirada hacia Emmy, sus ojos se encontraron por varios segundos en medio de la poca luz que los acompañaba. Muchos pensamientos afloraron, él tenía uno muy puntual en su mente: ¿Por qué Emmy tiene siempre buenos gestos hacia mí?

—Emmy, aprecio mucho tu ayuda. Es solo... ¿por qué haces todo esto por mí? —Ostin no resistió y le hizo la gran pregunta.

—Ostin, ambos sabemos lo difícil que ha sido crecer sin familia, especialmente sin padres. Tú eres mi única familia. Tú eres mi mejor amigo —expresó Emmy visiblemente emotiva.

Los ojos de la joven se humedecieron, pero ella, decidida a no mostrar sus sentimientos, resistió el llanto y no permitió que las lágrimas se deslizaran por sus mejillas.

—Feliz noche, te veo mañana —finalizó Emmy mientras se retiraba.

—Feliz noche, Emmy —susurró Ostin.

En la mañana siguiente, durante el programa de noticias que se transmitía por medio televisivo, se anunciaba que una sorpresiva tormenta descendería sobre la ciudad de Welmort, con fuertes vientos y posible pérdida de electricidad.

Susan y Martin salieron muy temprano de la casa para asegurarse de que la tienda estuviera preparada para la tormenta. Uno de ellos había dejado encendida la televisión que se encontraba en la cocina y el sonido proveniente del dispositivo se propagaba por cada rincón de la casa, llegando hasta el oído del chiquillo Max que aún disfrutaba de su confortable cama.

El mismo eco interrumpió el descansar de Max y este pensó al solo abrir sus ojos, que había dejado pasar su autobús escolar. En un brincar salió de la cómoda cama con sus pies descalzos y holgada pijama, bajando sin medir la velocidad por la escalerilla que daba directo a la cocina.

—El comercio, las actividades escolares y laborales serán canceladas por la tormenta. Ciudadanos de Welmort, bienvenidos a lo que parece ser nuestra primera tormenta en otoño —anunció el presentador del noticiero.

Max asomó su pálida cara por un ventanal y pudo observar que el día coloreaba sus cielos de un plomizo color. En el mesón de mármol ubicado en el centro de la cocina estaba servida una bandeja con manzanas rojas que lucían deliciosas. El pequeño se apoyó en uno de los bancos y tomó el fruto para devorarlo con una gran mordida, se dio media vuelta y regresó a la habitación para disfrutar de un día de diversión sin escuela.

Los habitantes de la ciudad buscaron refugio en sus viviendas. En el centro, la mayoría de los propietarios comerciales sellaron sus ventanas con tablones de madera para evitar que los golpes firmes de las olas de viento quebraran los cristales.

Susan y Martin estaban en la tienda de antigüedades. El viento soplaba con furia, ocasionando que la bandera frente al ayuntamiento danzara sin parar por el aire como cometa. En ese instante, la señora Morrison hizo presencia en las afueras de Portales, golpeando la puerta principal con el mango de su paraguas. Martin y Susan no le prestaron atención y esperaron que la vieja chiflada siguiera su paso.

—¿Tú crees que deberíamos ayudarla? —preguntó Susan un tanto arrepentida de su actitud.

—No lo sé, posiblemente su gato gruñón falleció y se siente sola —Se burló Martin.

En ese momento Susan decidió llamar a Vivian para advertirle sobre la tormenta que se aproximaba y para asegurarse de que no saliera de la casa bajo ninguna circunstancia. Susan hizo su primer intento de comunicación sin respuesta e insistió por segunda vez. Pensó que posiblemente Vivian tenía sus audífonos y no lograba escuchar el teléfono.

—¡¡Aló!! —contestó Vivian.

—Hola, Vivian. Es tu tía —respondió Susan.

—Lo sé, puedo verlo cuando me llamas —respondió sarcásticamente la adolescente.

—Solo quiero asegurarme de que no salgan de casa, una tormenta se acerca. En un rato llegaremos —afirmó Susan con preocupada voz.

Vivian ya sabía a qué se refería su tía, por eso decidió dar una mirada al cuarto de Max mientras seguía conversando por teléfono.

—Si lo que quieres es que cuide de Max, no te aseguro nada, pero igual lo intentaré —señaló Vivian.

—Vivian, solo haz lo que te corresponde, es tu hermano —ordenó Susan.

Vivian llegó hasta la habitación de Max, descansó su espalda sobre el marco de la puerta y miró al pequeño que se encontraba cerca de la ventana, observando el patético clima.

—Okey, estaremos bien. Bye —murmuró Vivian con un gesto de fastidio por la responsabilidad encomendada, sin dejar de mirar a su hermano menor.

Esa misma mañana, Victor se despertó muy temprano y ya se encontraba en la Biblioteca de Welmort. Conversó con el jefe de seguridad del edificio para comunicarle que, al igual que los otros lugares de la ciudad, no abrirían sus puertas al público. Victor se dirigió a su oficina produciendo un ruido al caminar con la suela de su zapato que chocaba con fuerza contra el piso de mármol. Ya en la oficina tomó su bolso de cuero y lo colgó en su hombro, al igual que el largo paraguas negro que descansaba detrás de la puerta. Era habitual en Welmort que apareciera una repentina lluvia, y más aún con la tempestad anunciada.

Cuando caminaba por los extensos pasillos de techos altos y arqueados, de repente Victor detuvo su paso, el sonido de una voz que le era conocida se hizo presente. Al instante recordó la pesadilla de la noche anterior.

—Hola... ¿Señor Spencer? —gritó refiriéndose al oficial de seguridad de la biblioteca.

Sin ninguna respuesta, Victor marcó nuevamente su paso, esta vez no se detuvo hasta llegar a la puerta principal para salir del lugar. Sus rodillas rebotaron por los numerosos escalones que descendían hasta la acera de la calle. Decidió usar el paraguas como bastón, rozándolo en cada paso por el concreto. ¿Estaré loco? pensó.

Parado en medio de la calle, con un notorio nerviosismo por la escalofriante situación vivida, decidió buscar algún medio de transporte para alejarse del lugar. Pensó en un taxi, pero las calles se encontraban completamente vacías, similares a las de un pueblo fantasma de carretera. Era evidente que no correría con suerte, nadie se arriesgaría con una tormenta a punto de estallar.

Victor, presionado por alejarse del lugar, decidió caminar. Después de la segunda cuadra, logró ver un autobús público estacionado con sus luces encendidas, parecía que esperaba por pasajeros. Él se acercó y el autobús abrió su puerta lateral.

—Disculpe, ¿está en servicio? —preguntó Victor dirigiéndose al chofer.

El vehículo permanecía con su motor encendido, transmitiendo un escandaloso sonido desde su interior, el humo del tubo de escape rodeaba el lugar, impregnándose en las ventanas como goma de mascar. Victor no podía contener su incomodidad por el fuerte olor a monóxido. Dentro se encontraba el chofer de uniforme azul oscuro y gorra que no permitía ver su rostro, este mantenía su mirada al volante sin pronunciar ninguna palabra. Le hizo un par de señas a Victor como invitándolo a pasar, ya que pronto iba a arrancar.

Victor dio un paso con impulso e ingresó al autobús, se dispuso a tomar asiento en el último puesto que daba directo al pasillo. Se deshizo de su cruzado bolso, colocándolo a un lado y posó las manos en sus rodillas. En ese instante, el chofer pisó el acelerador iniciando su ruta. Victor percibió que la luz interna comenzó a parpadear como si el vehículo perdiera energía desde su interior. Repentinamente el chofer frenó sin compasión, se veía una gran sombra frente al autobús, parecía un animal grande, como un venado. El frenazo fue tan fuerte que el bolso se deslizó por todo el pasillo y Victor cayó de rodillas, apoyándose con sus manos para evitar un golpe en el rostro.

—¿Está loco? —gritó mientras se levantaba—. ¡Ey!, ¿qué le sucede? Podría haber ocasionado un accidente.

El sospechoso chofer se retiró de su asiento sin responder ante el reclamo. Solo se escuchó nuevamente el sonido de la voz misteriosa de la pesadilla, esta vez más cerca. El encubierto chofer irguió su cuerpo y comenzó a caminar lentamente en dirección a Victor. Desde las botas negras con cordones mal atados del conductor, comenzó a desprenderse un líquido que cubrió la superficie del suelo. En forma de líneas gruesas con la textura del petróleo, la sustancia se convirtió en serpientes reales, de un color negruzco como la oscuridad. Los asquerosos reptiles se multiplicaban y se deslizaban con velocidad hacia él, que quedó paralizado y en shock observando la sobrenatural situación.

Finalmente las serpientes llegaron hasta el su calzado, subiendo por sus extremidades e impidiéndole cualquier movimiento. Eran tantas las criaturas, que lograron cubrir todo el cuerpo del hombre hasta llegar a sus ojos bloqueando por completo su visibilidad con su escamosa piel, al punto de no poder actuar ni emitir ningún sonido.

5

LA LUZ MÁGICA

En las afueras del periódico central de Welmort se encontraba estacionada la motocicleta de Emmy. En una de las oficinas del alto edificio de paredes de cristal y sillas de cuero negro, estaba sentado Ostin. De traje gris claro, camisa blanca y una corbata azul índigo que ahorcaba su cuello, el nervioso aspirante esperaba para ser entrevistado. A pesar de que Emmy era quien había conseguido la cita, había decidido no acompañarlo para no incrementar su notable ansiedad.

El jefe del Departamento de Imágenes era el encargado de realizar las entrevistas del nuevo personal. Aun cuando la ciudad se encontraba paralizada por la llegada de la tormenta, el periódico seguía su jornada de trabajo en algunas áreas y tal era el caso de la imprenta de noticias y de un equipo de prensa conformado por periodistas y fotógrafos que estaban a la espera de cubrir algún acontecimiento.

Llegado el momento, Ostin fue recibido por el hombre del periódico, cuyo aspecto no era el de una persona amigable, lo que incomodó más aún al nervioso joven. Con un traje oscuro pasado de moda, orejas largas, lentes que descansaban en el borde de su inclinada nariz y una voz muy ronca, el jefe inició la entrevista. Las preguntas no se hicieron esperar.

—¿Has trabajado para otro medio impreso? —gruñó el hombre.

—No, pero puedo captar excelentes imágenes, estoy dispuesto a adaptarme rápido a las exigencias del periódico y a su línea editorial —respondió Ostin bastante acelerado.

—¡¡Mmm!! Interesante —gimió el hombre con gesto de aceptación al ver la actitud positiva del muchacho.

El hombre le preguntó si había traído consigo algún trabajo en físico. Ostin había preparado un portafolio con las mejores fotografías que había capturado en la feria. Le entregó el material con mucha seguridad, ya que sabía que, al ver su trabajo, el jefe le daría la vacante en el departamento.

El hombre colocó la carpeta negra sobre el escritorio y la abrió. Al introducir su mano, notó algo extraño que se impregnó en las yemas de sus dedos. Se habían teñido de negro, como de cenizas, producto de un papel consumido por el fuego. Ostin, con ojos saltones por la desagradable sorpresa y preocupado al ver lo sucedido, observó que el hombre, sin temor, volvió a introducir su mano en el sobre para finalmente poder ver el material. Al sacar una de las fotografías, se percató de que estaba quemada por la mitad y vació el resto: todas tenían el mismo aspecto, era como si alguien le hubiera jugado una broma a Ostin, quien de inmediato se disculpó con el hombre.

—¡Lo siento! No sé qué ha pasado —expresó Ostin claramente desconcertado.

—Disculpa, te llamaremos —finalizó el hombre cortando la entrevista en seco.

Ostin, defraudado y extrañado, se levantó rápidamente de la silla y tomó su maletín para salir de la oficina. Al bajar un par de escalones se topó con Emmy, quien había decidido a última hora ir al periódico.

—Cuéntame todo, estoy segura de que obtuviste el trabajo —dijo Emmy con una gran sonrisa.

—¿Por qué lo hiciste? —bramó Ostin visiblemente enojado.

El rostro de Emmy era de confusión, ella no comprendía por qué Ostin estaba alterado, llegó a pensar que tal vez esa era su forma de expresar su felicidad. Ella no imaginaba que la entrevista había sido un fracaso y que alguien o algo había saboteado la presentación. Ostin no esperó que la confundida Emmy respondiera y decidió continuar su camino para salir del edificio y marcharse a casa. Ella lo persiguió como sombra, con ruidoso taconear por el lustre calzado de charol, hasta que ambos tomaron el mismo elevador para salir a la calle.

En otro lugar de la ciudad, Max se encontraba en su habitación, cerca de la ventana. El travieso niño había tomado unos marcadores de colores y había usado la ventana como caballete de pintura para plasmar un gran dibujo de la Carpa. Era evidente que Max había quedado muy conectado con lo que habían presenciado sus ojos aquella extraña noche, por eso su curiosidad era cada vez mayor y no podía controlar su mente con tantas preguntas sin respuesta.

En ese instante, el rociado ventanal se iluminó, como si alguien apuntara una luz intensa al cristal. Sin pensarlo, Max giró su cuello y dirigió su mirada a la repisa donde tenía su gran colección de dinosaurios plásticos y rocas que recopilaba en sus viajes a la playa. Allí guardaba la linterna que había hurtado a Sea, la misma que proyectaba la intensa luz en dirección al dibujo. Parecía que alguien la hubiera encendido y colocado perfectamente para iluminar el ventanal. Era tan hermosa, brillante y nítida que no se podía describir.

El pequeño se acercó a revisar cómo el objeto se había activado, ya que por horas había estado tratando de encenderlo sin éxito. La particular linterna era todo un enigma.

—¿Cómo…? —Tartamudeó Max.

—Aquí estoy, ¿qué quieres? —anunció Vivian, entrando en la habitación.

—¿A qué te refieres? —dijo Max.

—Max, me acabas de llamar en voz alta —explicó Vivian.

—No, no lo hice —respondió Max.

—Ya basta de bromas, ¿por qué tienes una linterna encendida? —preguntó.

Max, sin responder, se puso frente a la linterna que se encontraba a la misma altura de sus ojos y dejó que la luz tocara su rostro, iluminando por completo su pálida cara. Vivian no se contuvo e interrumpió el mágico momento, acercando sus manos a la linterna, que tomó con intención de apagarla. La agitaba fuertemente porque no encontraba el botón de encendido.

—¡Noooo! —gritó Max alterado.

Enseguida Vivian comenzó a sentir en sus manos un intenso calor, como si un fuego las quemara y vio que sus palmas se enrojecían, por lo que la soltó abruptamente. En el instante en que la metálica linterna aterrizó en el suelo, la luz que provenía desde su interior salió disparada del objeto y como luciérnaga comenzó a rebotar por toda la habitación.

—¡¡Guao!! ¿Qué es eso? —gritó Vivian.

—Sabía que te vería nuevamente —dijo Max señalando la mágica luz.

Max recordó que esa había sido la misma luz saltarina que había hecho sonar la vajilla dentro de la Carpa. La mágica chispa no dejó de sorprenderlos por unos minutos, sus cabezas giraban como esferas para seguir con la vista sus movimientos. Volando sin parar para llamar la atención de sus espectadores, tomó mayor velocidad hasta salir de la habitación, dándole una clara señal a Max. Su natural curiosidad lo dominó y de inmediato pensó que debía seguirla.

—¡Ven, Vivian, hay que seguirla, corre! —exclamó Max con gran emoción.

Vivian se negó al primer llamado de Max, pero recordó las palabras de su tía Susan: debía cuidar de él hasta que regresaran a casa. Dejó a un lado el temor que le producía lo desconocido y decidió acompañar a su intranquilo hermano.

La chispa radiante salió por la parte lateral de la casa, volando lentamente para que Max le siguiera. Tomó dirección hacia la calle principal y justo en ese momento Max vio en el suelo su bicicleta, se acercó rápidamente, se subió a ella para ganar velocidad y seguirla de cerca. Cuando Vivian vio la reacción de su hermano, que cada vez más se alejaba de casa sin posibilidad de retorno, no tuvo otra opción y subió a su propia bicicleta y comenzó a pedalear sin pausa.

—¡¡Maaax, Max alto, espera…!! —gritó Vivian.

Entretanto, Susan y Martin estaban atrapados en un incierto tráfico a las afueras del centro. Los vehículos detenidos por un par de oficiales abrían paso a los bomberos de Welmort que conducían rápidamente a un costado de la larga hilera de automóviles. Se dirigieron a la calle transversal y allí se detuvieron impidiendo el paso. Al parecer había un incendio muy cerca del lugar. Susan, impaciente, presionaba sus manos en el volante y solo pensaba en llegar a casa.

—Toma el teléfono y comunícate con Vivian —Susan le pidió a Martin.

—Me envía al buzón de mensajes —dijo Martin.

Después de pedalear por un rato, Max y Vivian llegaron hasta la entrada de la feria y se dieron cuenta de que allí seguía la Carpa. La misma chispa voló, entró al manto mágico y, con sus movimientos, le indicaba a los hermanos que hicieran lo mismo. Estos de inmediato abandonaron sus bicicletas afuera y entraron.

—Max, esto no fue buena idea. Tía Susan nos castigará por tu culpa —reclamó Vivian.

Max, sin prestar atención a las quejas de su hermana, continuó su paso. Al fondo del lugar la chispa había detenido su recorrido, flotaba justo en frente de una puerta en forma de arco que se encontraba cerrada. El niño atrevido se acercó hasta el fondo y Vivian le acompañó. Ambos miraban a su alrededor preguntándose dónde estábamos los locos ancianos. La puerta no tenía manilla, no entendían cómo abrirla. En ese instante Victor entró a la Carpa: sus ojos y voz habían cambiado.

—¿Qué hacen aquí? —preguntó él.

—Lo siento, ya nos retiramos —respondió Vivian, tomando a Max de la mano.

Victor dio unos pasos hacia la arqueada puerta y la tocó con su mano, respirando sobre ella como si fuera un trozo de carne fresca. En su mano derecha llevaba un guante rojo sangre con el que abrió la puerta sin ningún inconveniente e invitó a Max y a Vivian a entrar. Ambos se sorprendieron al ver que algunos copos de nieve fueron soplados desde el otro lado, lo que llamó su atención y entraron. De inmediato apareció Sea desde las mágicas e infinitas paredes del manto.

—¡Hola, hola! Niños, sé que están aquí —afirmó Sea con seguridad.

Sea logró ver la puerta abierta y corrió hasta ella para cerrarla, dándose cuenta de que los niños habían entrado. Alguien se molestará, pensó. Interrumpió su pensamiento un sonido proveniente del interior del arco: estaba segura de que había escuchado la voz de Amelia, una maga oscura.

—Estamos en problemas —susurró Sea.

Al otro lado de la ciudad, Ostin y Emmy iban en la motocicleta. Ostin, algo molesto, seguía en silencio. Se detuvieron justo una calle antes de la residencia donde vivían, porque el paso estaba cerrado. Un espeso humo llegó hasta las narices de ambos y, preocupados, se bajaron rápidamente y comenzaron a caminar desesperados. Parados en una esquina, vieron que el humo nublaba toda la zona y las llamas consumían la estructura del edificio. Los bomberos hacían su mejor esfuerzo para apagar la descontrolada llamarada, rescatar a los habitantes que aún estaban dentro y evitar una tragedia mayor.

—Oficial, oficial, por favor dígame qué sucedió —preguntó Ostin alterado.

—El incendio se produjo en el piso 6, por favor un paso atrás —respondió el oficial visiblemente atareado.

—¡Mi apartamento, nooooo! —gritó Ostin.

—Lo siento, joven, un paso atrás, repito —indicó el oficial.

Emmy, aterrada, cayó de rodillas y, sin palabras, rompió en llanto. Ostin solo veía hacia los lados sin saber qué hacer. Sin trabajo, sin casa, sin familia... con el corazón destrozado, se acercó y abrazó a Emmy, ambos entre lágrimas. En ese momento, Susan y Martin salieron del automóvil para preguntar por qué no avanzaba el tráfico. Ya ellos imaginaban que se trataba de un incendio, pero fue al caminar un par de metros que se percataron de lo que ocurría. Fue allí cuando Martin vio en el suelo a Ostin y a Emmy, y corrió hacía ellos.

—¿Qué sucedió? —preguntó Martin.

—Es nuestro edificio, lo perdimos todo —respondió Ostin con voz desesperanzada.

Martin abrazó a Ostin y Susan se acercó para consolar a Emmy.

—¡Lo siento tanto!—dijo Susan.

Las nubes se tornaban cada vez más oscuras y el viento soplaba cada vez más fuerte, era evidente que ya la tormenta estaba lista para descargar su brío sobre la ciudad. Los pensamientos de desesperación inundaban la mente de Ostin, su corazón latía fuertemente por la impotencia.

De pronto, entre la multitud que presenciaba el lamentable incendio, aparecí. Ostin reconoció mi rostro y se alejó del grupo pensando que yo tendría algo que ver con el incendio.

—¡¡Ey, tú…!! —gritó Ostin entre la muchedumbre.

Aceleré mi paso, perdiéndome entre la gente y, con el sonido de un fuerte trueno, las nubes liberaron la lluvia en Welmort. La multitud se desplazó y corrió a refugiarse. Para los bomberos fue maravilloso que la lluvia llegara, ya que les ayudaría a controlar las llamas.

De cabellos mojados, Martin, Susan y Emmy fueron tras Ostin. Me escabullí por uno de los callejones estrechos que separaba a dos altos edificios de ladrillos rojos. Ostin me perdió de vista, pero, sin detener el paso, decidió cruzar en el próximo callejón, desde donde se veía a la Carpa reposar al fondo.

Me detuve en las afueras del gran manto púrpura para esperarlos. Enseguida llegaron los cuatro, que me miraban atónitos bajo la lluvia.

—Confíen en mí —murmuré, mientras las gotas mojaban mis pestañas.

Susan tomó de la mano a Emmy y a Martin, y corrieron hacia la Carpa para refugiarse. Emmy volteó en busca de Ostin para que no perdiera la oportunidad y entrara con ellos. Ostin, convencido, corrió y entró, cerrando las cortinas con sus empapadas manos.

6

OLYMPIC NATIONAL FOREST

En las montañas del Olympic National Forest, ubicado en el noroeste de los Estados Unidos, los altos árboles ocultan el cielo con sus frondosas y espinosas hojas que bailan en el viento. El silencioso aire se escabulle a través de las infladas raíces que resaltan sobre la superficie y que se sumergen como peces en el húmedo suelo del bosque.

Cerca de un enorme tronco cubierto por la frondosa vegetación, a dos metros de altura, se empieza a formar una esfera con la textura de una nube que irradia rayos. Produciendo sonidos similares a los de una tempestad y formando círculos de aire como torbellinos, la esfera atemoriza a las inofensivas mariposas que vuelan libremente a su alrededor.

Esta suerte de nube se comienza a esparcir por el lugar, tomando la forma del sorprendente manto púrpura, hasta que su triangular apariencia toca suelo para finalmente formar sus largas cortinas que dan paso al mágico portal.

¡Al fin!, luego de tener la engorrosa visita de la señora Saffron, he llegado a mi destino en las montañas del Olympic que me traen tantos recuerdos. Fueron estos mismos árboles que contemplaron todo el entrenamiento de los cuatro elegidos.

El fresco aire hace que mis pulmones se llenen de la naturaleza pura que tanto recuerdo y, no muy lejos del manto, decido tomar asiento en el terroso suelo impregnado de un particular olor a musgo. Puedo ver muy de cerca el temor de las mariposas por la repentina aparición del Carpalocius von Morin, es allí que decido atraer a una de ellas con mi guante. El volador insecto viene hacia mí como si estuviera siendo succionado desde sus patas y aterriza sobre mi guante, perdiendo lentamente el miedo para girar en dirección a mi rostro.

—Necesitaré de tu ayuda —susurro.

Entre la mariposa y yo surge una especial conexión. Con un gesto ligero, le ordeno al guante hacer su trabajo y pequeñas partículas como el brillo de escarcha se comienzan a adherir al cuerpo y a las alas del insecto, cambiando lentamente el color marrón que tenía por un blanco luminoso, haciendo de ella una nueva especie en su comunidad. Finalmente elevo mi brazo y ella emerge como bruma por el aire en dirección al cielo, hasta desaparecer entre los altos pinos.

Me levanto y estiro mi espalda, dándome cuenta de que mi estómago reclama hambriento. Es hora de comer, pero al estilo de un mago con magia real. Abro nuevamente las cortinas de la Carpa con el poder de mi guante y deslizo hacia las afueras un polvoriento tocadiscos que Sea me obsequió en mi cumpleaños. La máquina aterriza en el suelo y el disco ya se encuentra listo para girar y comenzar la melodía. Al ritmo de la música de los años sesenta, el reproductor esparce su sonido por todo el bosque, empiezo a bailar.

Uso la magia para armar una mesa de madera especial con objetos que flotan: vajilla, vasos y un mantel de cuadros para cubrirla. Todos los objetos se mantienen en el aire hasta que la canción concluye y cada uno se ordena en su posición. En su centro se encuentra un plato de metal con cubierta circular que debe contener mi deliciosa comida.

Al retirar la cubierta me percato de que está vacía, sin ningún platillo. Definitivamente me dejé llevar por la melodía y olvidé lo más importante, la comida. ¡Qué tonto soy! pienso.

Me doy vuelta para caminar un par de minutos en dirección al lago de frías aguas donde algunos peces habitan. Es posible que con algo de suerte consiga pescar un robusto salmón que sacie mi hambre. Es lo que los humanos hacen en lugares como este, pescar y cazar. Iré con precaución, en el camino puedo tropezar con un oso hambriento: a ellos no les gusta compartir su territorio.

Con fuerza elevo mi brazo, doblo mi codo y muevo mi guante de izquierda a derecha, usando la magia para meter en la Carpa todo lo que preparé: la vajilla flota, al igual que el largo mesón que es succionado por el manto. Sin embargo, antes de emprender mi caminata, recuerdo que no puedo dejar la Carpa a la vista de todos, no querría que alguien entrara al portal. Es por ello que debo aplicar lo que domino como mago.

De repente, mi memoria me lleva a mi niñez.

Mi padre, el Rey del Norte, dominaba múltiples hechizos con su guante, que no era tan poderoso como los de los elegidos. Recuerdo que él se enojaba si alguien entraba a su alcoba, un lugar que parecía vacío con solo su cama y la ventana que daba entrada a la luna por la noche. Años atrás, mientras rondaba por la torre, me tropecé con su habitación, que tenía la puerta semiabierta. Aún era nuevo con mi guante y era poco lo que lo dominaba. Entré y vi a mi padre de espaldas, quien, frente a las rocosas paredes, alzó su guante color gris ratón y lentamente abrió su mano. Tomó aire con toda su fuerza, sopló fuerte sobre su palma y susurró el nombre del hechizo que hizo que aparecieran múltiples objetos de los humanos. Al ser el Rey, estaba acostumbrado a cruzar el portal.

Regreso de mis recuerdos, levanto mi mano, abro mi palma y soplo apuntando el aire hacia la Carpa.

—Protegum —susurré.

La Carpa empieza a volverse invisible hasta desaparecer por completo. Me retiro e inicio mi camino al río. Pondré en práctica mis dones de pescador a ver si tengo suerte y logro atrapar algo para la cena. No es nada fácil adaptarse a todas las actividades que hacen los humanos.

El Olympic National Forest es infinito y el sonido de las aves que lo habitan es más que mágico. Se respira aire puro y los árboles son amistosos. Al llegar al inmenso río, veo que cerca de una roca se encuentra un enorme oso de pelaje marrón, quien, concentrado viendo hacia el agua, espera por una presa fácil de atrapar. El gran mamífero y yo tenemos un objetivo en común: saciar el hambre.

Veo cómo mete su monstruoso hocico en el agua y ágilmente muerde la sombra de un gran salmón que pasa cerca de la sobresaliente roca donde el peludo animal se encuentra parado. Este no logra su cometido y expresa su frustración con un gruñido.

Probablemente el feroz animal sea un cazador profesional y, en mi caso, solo soy un viajero mago. ¿Cuáles son las posibilidades de introducir mis manos en las aguas heladas y capturar un pez? pienso.

Algo es cierto, soy un mago y ¿por qué no ayudar al desesperado animal? De inmediato deslizo mi guante sobre el agua fría y espero unos segundos a que la magia tome acción. Cerca de la roca como grillos saltarines hay un grupo grande de peces chapoteando y logro ver cómo el oso se relame con ansias. Le ordeno al guante capturar dos salmones y con el agua formo una esfera que me ayuda a mantener los peces suspendidos y hacerlos llegar al hambriento animal. Este, sin pensarlo, atrapa con prisa los peces que tanto disfruta.

Yo también tengo en mis manos un gran ejemplar, pero, a diferencia del mamífero, armo una pequeña fogata para cocinar su rosada carne. De regreso a la Carpa descanso mi espalda sobre un tronco cercano y tomo el libro para continuar la historia.

2017

El Olympic National Forest fue el mismo lugar a donde la Carpa nos trasladó para protegernos y huir de la tormenta que azotó Welmort. Era de suponer que Ostin, Emmy, Susan y Martin estaban en shock por todo lo que habían experimentado. Fue allí donde mi trabajo como Guardián comenzaría, ayudándolos a comprender lo que estaba sucediendo.

El primero en abrir las cortinas y toparse con el bosque fue Ostin.

¿Qué está ocurriendo? ¿Dónde estamos? Respira, Ostin, respira… se decía para recuperar el autocontrol.

Enseguida le siguió el resto de los elegidos, que también estaban confundidos y algo alterados, girando sus cabezas sin parar, sorprendidos del lugar en donde estaban. Todos se hacían las mismas interrogantes: ¿Cómo llegamos a este lugar? ¿Dónde estamos? ¿Qué está pasando?

—¿Quién eres realmente? —me preguntó Emmy.

—Eso ya te lo respondí la noche en la feria —contesté.

—¿Dónde estamos? —preguntó Susan.

—Eso sí te lo puedo responder. Estamos en un bosque de su mundo, el mundo de los humanos —aclaré.

—Es obvio que estamos en un bosque —afirmó Ostin, alterado, dirigiéndose a mí.

A pesar de su fuerte físico, Martin era un hombre muy pacífico, pero al ver que todos estaban desconcertados y hasta desesperados, decidió intervenir en la conversación.

—¡Okey! Seamos más específicos. ¿Por qué nos trasladaste hasta este bosque? y ¿qué sucedió en aquel edificio? —indagó Martin sin titubeos.

—Un segundo, es cierta la historia de que eres un mago, ¿verdad? — Susan interrumpió mirándome fijamente.

—Susan, ¿qué te pasa, te sientes bien? —le dijo Martin con cara de incredulidad.

—Sí, lo estoy y le creo. Desde niña siempre he tenido estos extraños..., no sé cómo describirlos... —comentó Susan con confusión.

—¿Visiones? —sugerí.

—Sí, exacto. No sé qué piensan ustedes, pero yo quiero escucharte, quiero saberlo todo —apuntó Susan.

Todos se quedaron en silencio, la experiencia que habían vivido los había dejado agotados y muy pensativos. Se calmaron y se postraron en el suelo en descanso. Martin decidió alejarse un poco del grupo y se sentó en un tronco cercano. Aún se encontraban empapados por la fuerte lluvia de Welmort.

Les ofrecí algunas toallas para que se secaran y pudieran así calentarse, ya que la temperatura descendía. A pesar de la confusión que sentían, Emmy no podía dejar de pensar en su apartamento consumido por las llamas, tenía el corazón roto y no podía ocultarlo.

—¿Qué sucede? —susurró Ostin a Emmy.

—Solo quiero volver a casa —respondió Emmy esquivando la mirada.

—Estás en casa, este es nuestro nuevo hogar. Algo me dice que confiemos en él —le comentó Ostin al oído.

Ya más calmados, todos tomaron la determinación de escucharme. Los invité a pasar dentro de la Carpa, así comprenderían lo que estaba sucediendo. Ya era hora de aclarar todas las dudas.

Simultáneamente, Max, Vivian y Victor habían entrado por la puerta curva dentro del manto y habían pasado al mundo mágico sin saberlo. Sea, al ver lo que los curiosos humanos habían hecho, decidió seguirlos deshaciéndose de su calzado para no causar ningún ruido.

Cuando se cruza el portal, todo simula una cueva oscura, tan oscura que es imposible ver tus propias manos y aún menos tus pies. Lo seguro es que, al final del túnel, siempre aparece progresivamente la luz. La chispa que había guiado a los hermanos Max y Vivian, se había fugado sin dejar ningún rastro. Ya su misión había culminado con éxito.

El primero que pisó el suelo mágico fue Max, los copos de nieve rozando sus mejillas y una fuerte brisa haciendo que su piel se erizara. De inmediato, Vivan recibió la misma sensación sobre su piel. Todo lucía como en la temporada de invierno, era evidente que estaba en su mejor momento. El portal los había trasladado dentro de la Torre del Norte, exactamente a uno de los amplios salones del segundo piso. Se podía observar que dicho lugar estaba abandonado, así lo confirmó Victor al tocar con sus dedos la congelada pared del salón.

—¿Qué es este lugar? ¿Dónde estamos? —preguntó Vivian.

—No lo sé, pero hace mucho frío —comentó Max, castañeando los dientes.

—Creo que deberíamos regresar, podríamos morir congelados y la chispa nos abandonó... ¿Qué haces, Max?—gritó Vivian con voz temblorosa.

Max se había alejado del grupo hasta un rincón del solitario salón, donde se encontraba un largo baúl tirado en el suelo. Él, sin pensar, decidió abrirlo, intentando con todas sus fuerzas, pero estaba atascado su cerrojo. Al parecer, sus bisagras estaban congeladas y era imposible sin ayuda. Sin embargo, el insistente chiquillo vio a un costado un par de ladrillos quebrados, tomó uno con sus heladas manos y lo lanzó contra el baúl, logrando abrirlo. La gran sorpresa fue que en su interior había un par de abrigos de piel de animal en excelente estado. Victor, al otro lado del lugar, aún seguía en silencio, como si no hubiera estado interesado en lo que estaba viviendo.

—¡¡Lo sabía!! Esto nos calentará —exclamó Max con satisfacción.

—Debemos regresar, nuestros tíos nos castigarán —advirtió Vivian.

Los hermanos no perdieron tiempo y se apoderaron de los abrigos, así podrían calentar sus cuerpos que temblaban sin parar por el frío. Victor continuaba de pie, viendo a los pequeños y sin dar señales de sentir las bajas temperaturas. Repentinamente, comenzó a toser sin parar, era evidente que algo le estaba sucediendo. Los niños no sabían cómo ayudarlo, solo lo observaban sin acercarse.

De repente, Victor dobló su cuello hacía atrás y abrió enormemente su boca, de donde salió una repugnante serpiente que cayó al suelo y, a su vez, se desprendieron de ella otras pequeñas criaturas. Uno de los reptiles, desde el suelo, comenzó a crecer de manera vertical, formando una silueta humana con características de mujer, de largo y oscuro cabello negro humo. Ella se incorporó, con pies descalzos y holgada bata del mismo color de su cabello y sonrió maliciosamente. Victor se desplomó en el suelo y se desintegró.

—¡¡¡Ahhhhh!!! —Vivian gritó espantada.

Había sido un hechizo. Amelia tenía el poder de tomar la imagen de cualquiera que estuviera en su poder. La mujer, entre risas siniestras, levantó su mano para suspender a los hermanos en el aire y ató sus brazos con las pequeñas serpientes que estaban aún en el piso. Había muchas de ellas con afilados colmillos a la espera de morder a las presas indefensas. La malvada caminó y salió del amplio salón, mientras Max y Vivian flotaban en el aire detrás de su espalda.

Sea, que se encontraba todavía en la oscura cueva, había presenciado a lo lejos. Estaba aterrada y su cuerpo estaba tieso como un bloque de hielo.

7

REHENES EN EL MUNDO MÁGICO

En el bosque seguían Martin, Susan, Ostin y Emmy, quienes, una vez dentro de la Carpa, se entregaron a la situación que estaban experimentando, a la espera de una explicación coherente de lo que sucedía. Tomaron asiento en las alfombras que cubrían el mágico suelo y sus cuerpos agotados soltaron la postura rígida y de alerta que traían del mundo humano.

Todos me miraban mientras tomaba un descanso en el estampado sillón y la lámpara flotante continuaba iluminando con una eclipsada luz que había cambiado desde la noche que los elegidos visitaron la Carpa por primera vez. Las lágrimas de Emmy ya se habían desvanecido de sus mejillas, pero sus ojos la delataban: aún sentía una inmensa nostalgia por la pérdida de su hogar. Martin, de brazos cruzados, servía de espaldar a Susan, que frotaba sus manos sin cesar. Ostin se deshizo de la corbata que no lo dejaba respirar cómodamente. Las mojadas vestimentas se habían secado por completo, las toallas que les había dado un rato antes volaron por sí solas en fila y tomaron camino hasta desaparecer en las infinitas paredes.

Sorpresivamente fuimos interrumpidos por la llegada de Sea, que cerró con fuerza la arqueada puerta. Mi reacción fue notable, despegué del sillón de forma brusca y mi cuerpo inició una serie de gestos involuntarios e incómodos: mi mandíbula temblaba, mis manos comenzaron a sudar y mis cejas cruzadas eran un claro signo de enojo. La presencia de Sea en la Carpa era inesperada. Los elegidos estaban un tanto incrédulos y curiosos por saber de dónde venía y, para mí, la razón era muy obvia: teníamos problemas.

—¿Qué ha ocurrido, Sea? ¿Por qué cruzaste al mundo mágico? —alcé la voz, alterado.

—Lo siento, Guardián, tengo malas noticias —contestó la no maga.

—¿Hay más? —bromeó Martin.

—Silencio —dijo Susan.

—¡Amelia Cuber Vil está de regreso! Y entró al mundo mágico —contó Sea.

Era lógico que ya me había tomado el tiempo de leer la mente de Sea. Una vez más, sus palabras me llegaban más tarde que sus pensamientos. Desde que la había conocido en el árbol de manzanas, había experimentado esto con ella, pero siempre le había mentido al decirle que no era así.

—¡¡Oh, no!! ¿Tiene a los niños? —pregunté mientras miraba al suelo y leía la mente de Sea.

—No hace falta responderte, ya robaste mis pensamientos —comentó Sea.

—Un segundo, ¿cuáles niños? —preguntó Susan mientras se levantaba y volteaba su dorso hacia mí.

Lentamente giré mi espalda, mientras apretaba mis manos con preocupación. Debía decirle a Susan lo que ocurría.

—Max y Vivian fueron secuestrados por un mago maligno, una oscura bruja de nombre Amelia Cuber Vil —informé.

Sin decir una palabra y en un solo impulso, Susan y Martin corrieron hacia el portal del fondo, guiados por su instinto de protección. Acto seguido, usé mi guante y congelé sus calzados para impedir que dieran un paso más. Susan no paraba de quejarse y de hacer fuerza para mover sus piernas, al igual que Martin, que no podía contener su molestia y preocupación. Todo les parecía una realidad fantasmagórica y yo podía comprenderlo.

—¡¡Basta!! Déjanos avanzar —gritó Susan, inmóvil.

—No comprenden, no pueden cruzar el portal sin prepararse —respondí.

Ostin y Emmy decidieron incluirse en la conversación.

—Okey, terminemos con esta situación. ¿Qué debemos hacer? Te escuchamos —comentó Ostin.

Sin tener otra opción que dejarse guiar por mí, el grupo volvió al alfombrado suelo. El único que quedó de pie en signo de inconformidad fue Martin. Sea les preparó té caliente para calmar los ánimos, ya que las circunstancias no eran las mismas. Debía sincerarme por completo con ellos para poder rescatar a los hermanos. El tiempo era crucial.

—Ya las arenas del reloj están en contra. Años atrás se inició una guerra con el legado oscuro de Lord Balfour, un ser malvado con una única misión: destruir los Imperios del Norte, Sur y Este, y apoderarse del mundo humano. Mi padre era el Rey del Imperio del Norte y, luego de que este ser oscuro acabara con él, seguiría con su hijo, es decir, ¡conmigo! Sin embargo, antes de que esto pudiera suceder, la noche del devastador incendio, mi padre me otorgó una salida con el cofre que pertenecía al trono. Allí estaban este manto y el Libro de las Escrituras, que relata la Profecía de, ustedes, los elegidos de los guantes púrpura, que ayudarían a salvar la luz de ambos mundos. Esto no solo se trata de una guerra del mundo mágico, los humanos están en peligro —finalicé.

—¿Esa es la razón por la que estamos aquí ? —preguntó Emmy.

—Si les preguntara qué ha pasado con sus familias y dónde están sus padres, ¿qué dirían? —añadí.

—Mis padres fallecieron en un accidente, al igual que mi hermana, la madre de Max y Vivian —comentó Susan.

Enseguida me puse de pie, y, en un rincón, hice aparecer un alto atril que sostenía el Libro de las Escrituras. Lo tomé y lo abrí en una página específica.

— "Los elegidos que salvarán la paz de ambos mundos serán humanos no magos, descendientes del mundo mágico" —leí en voz alta—. Esto siempre ha causado descontento en el mundo mágico, el conocer que los poderosos guantes púrpura no les pertenecerían a magos, sino a humanos. ¿Por qué? Es un misterio, realmente —agregué.

—¿Todo esto quiere decir que nuestras familias tienen algo que ver con el mundo mágico? —preguntó Ostin.

—Probablemente. Es posible que los padres de sus padres hayan nacido en el mundo mágico, pero, por no poseer guantes, hayan decidido irse al Imperio del Sur para cruzar el Portal Verde al mundo humano —intervino Sea para saciar las dudas que todos tenían.

Enseguida, alcé mi mano derecha y puse el guante a la vista de todos.

—Si observan con detenimiento, el guante es el instrumento que mágicamente nos ayuda a controlar elementos, incluso nos permite merodear en los pensamientos ajenos —añadí.

—¡Un momento! Ninguno de nosotros posee un guante —señaló Ostin con voz gruesa.

—Es cierto, aún no lo poseen. Los cuatro guantes púrpura están aquí en la Carpa, justo en el cofre. Llegó la hora de que sus manos se entrenen y sus corazones se transformen en guerreros de magia. Será la única forma de que estén listos para atravesar al mundo mágico y rescatar a los pequeños Max y Vivian. Al pasar la arqueada puerta, enfrentarán situaciones que jamás han imaginado, por eso deben estar listos antes de emprender la búsqueda. ¿Están conmigo? —finalicé.

El silencio invadió el lugar y la intriga de saber si todos aceptaban mi propuesta se alargó por unos segundos. El más callado de todos, Martin, se puso de pie firmemente y levantó su fuerte brazo, siendo vigilado por los ojos de Susan. Finalmente rompió el perturbador silencio.

—Cuenten con Susan y conmigo —exclamó él sin dudas, mientras Susan afirmaba con un gesto de su cabeza.

Ostin y Emmy cruzaron miradas por un momento, como en busca de una señal en el otro. En ese instante, Emmy recordó que lo había perdido todo...

—¡Lista! —dijo ella.

Solo quedaba Ostin en dar respuesta, todas las miradas estaban sobre él. Con sus manos ocultas dentro de los bolsillos de su pantalón, hizo un gesto como señal de su decisión: sacó su mano y la alzó al cielo de la Carpa.

—Enséñanos —susurró Ostin.

De vuelta en el mundo mágico, Amelia caminaba por los desolados espacios de la Torre del Norte. A sus espaldas le seguían Max y Vivian, cuyos cuerpos arqueados flotaban, ambos conscientes, pero no podían mover ninguna extremidad, solo hablar y girar sus cuellos. Los pies de la malvada bruja pisaban el pasto congelado y ya sus dedos lucían morados, pero ella no sentía dolor, no expresaba queja alguna. Los hermanos estaban protegidos del frío con los viejos abrigos que habían encontrado en el viejo baúl minutos antes de quedar paralizados.

Mientras avanzaban sin saber a dónde se dirigían, el chiquillo Max giró su cuello en dirección a su derecha donde se veía, no muy lejos, un enorme lago congelado por las bajas temperaturas del lugar. Su mirada fija se topó con la aparición de una sombra azul radiante, como la silueta de una mujer, cuyo reflejo era traslúcido, sin piel ni huesos, similar a un fantasma. Su extraña figura se encontraba de pie, como suspendida, y sus cabellos largos se movían con la brisa. De repente giró su mirada y Max quedó atónito.

—¿Mamá? —susurró Max.

Vivian le escuchó y, sin saber de qué hablaba su pequeño hermano, le llamó la atención. Ella no logró ver la sombra de la mujer.

—¿Dijiste mamá? ¿De qué hablas? Tengo miedo... —dijo Vivian, mientras se miraban uno al otro sin poder mover sus cuerpos.

Amelia escuchó el murmullo de los niños y se detuvo para hacerlos dormir con solo soplar su guante. Segundos después, la extraña sombra que flotaba en el congelado lago descendió hasta desaparecer.

Luego de un par de horas de mucho caminar, Amelia llegó al pie de una rocosa montaña que tenía forma de túnel. Sacó de su túnica un encendedor que había robado en el mundo humano y, con el chasquear de sus dedos, tomó el gas del objeto produciendo una llama que luego posó sobre el guante y lanzó en dirección al oscuro espacio. La flama ascendió hasta lo alto del lugar, permaneciendo allí para dar luz a la zona, al igual que lo hacía la lámpara flotante de la Carpa.

Amelia entró con los niños y los dejó tocar el suelo. Estos despertaron y lentamente abrieron sus ojos hasta entrar en consciencia.

—¿Quién eres? —preguntó Vivian con gran temor.

—¿Quién soy? —Entre risas sarcásticas respondió Amelia.

En un acto desesperado, Max intentó huir tomando de la mano a su hermana, pero fue bloqueado por las asquerosas serpientes que salieron de la túnica de la bruja.

—¡¡No, no!! —dijo Amelia moviendo de lado a lado su índice de uñas largas y sucias—. Todos saben mi nombre, soy la pesadilla de muchos. La guerra está por iniciar. Es mejor que cierren sus bocas o morirán.

Vivian y Max abrieron aún más sus ojos, estaban aterrorizados por la amenaza de la siniestra mujer y aún no comprendían lo que estaba sucediendo. Sus mandíbulas temblaban del miedo.

—¿Eres un mago como el Guardián? —Se atrevió a preguntar Max.

—Mi nombre es Amelia Cuber Vil, líder del ejército de Lord Balfour, hija de la oscuridad —contestó la malvada mujer entre risas.

—¡Balfour! —exclamó Vivian.

Amelia caminaba en círculos. Sus dientes eran perfectos, sus manos tenían muchos pliegues y arrugas. Su aspecto no permitía conocer la edad exacta de la mujer.

—Shhh, no menciones a Lord Balfour de esa manera. Mmm... Nunca había visto humanos tan interesados en nuestro mundo. El viejo mago es un charlatán que quiere poner en riesgo nuestra raza, confiando el mayor poder a simples humanos. Lo siento mucho sus tíos. Morirán al igual que sus padre, niños — comentó.

—¿Qué sabes de mi padres? —preguntó Vivian, desafiante.

—Sus bisabuelos nacieron en este mundo pero se trasladaron al mundo humano muchos años atrás. Las generaciones siguientes se mantuvieron allí. La Profecía de los elegidos dice que estos deben ser humanos no magos, descendientes del mundo mágico. Por eso sus tíos son dos de los elegidos, pero eso no durará mucho porque Lord Balfour estará de vuelta —finalizó Amelia.

En ese instante Amelia decidió retirarse y salir de la cueva. Selló la entrada hasta lo alto con serpientes, formando una pared de reptiles asesinos para evitar que los niños escaparan. Max y Vivian estaban aterrados y sin saber qué hacer, solo miraban a lo alto de la cueva, donde las llamas de fuego flotaban para iluminar.

8

PODERES EXTRAORDINARIOS

Dentro del Carpalocius von Morin seguían los cuatro elegidos, mirándome fijamente a los ojos. Susan de brazos cruzados y Martin con sus fuertes puños cerrados. Ostin se colocó unos lentes oscuros que guardaba en uno de los bolsillos de su chaqueta para evitar el contacto visual y Emmy ató su cabello para descubrir sus orejas y prestar la mayor atención a lo que les iba a demostrar. Todos lucían ansiosos y hambrientos de conocer la verdad sobre la misteriosa circunstancia que los unió. Decidí deshacerme de mi largo abrigo verde y dejarlo en uno de los extremos del salón. Sea se ocupaba en ese instante de proteger el manto desde el exterior. No queríamos ser sorprendidos por algún extraño.

Acto seguido, tomé el cofre de madera fornida que era protegido por extraños diseños, formas de hierro detallado en todos sus bordes y un particular cerrojo que unía los dos extremos de la caja.

—Este es el cofre, dentro de él se encuentran los guantes púrpura que les pertenecen —comenté sin titubear.

—Eso quiere decir que usando estos guantes tendremos poderes —comentó Emmy.

—No, tienen que entrenarse para que el guante los escoja y sea de su propiedad —respondí.

—Okey, ya puedes entregarnos los guantes y decirnos cómo usarlos —expresó Susan en tono de desesperación. Seguía preocupada por sus sobrinos.

—A eso me refiero. El guante los escogerá. Aunque ya son los elegidos deberán obtenerlo sin abrir el cofre. Pero no teman, confíen una vez más en mí y déjense sumergir en la curiosidad —dije intencionadamente.

Una lluvia de pensamientos inundaba la mente de los elegidos. De repente Sea se acercó con una bandeja de plata que llevaba cuatro copas de metal con otro té que desprendía un fuerte olor a menta.

—¡No queremos tomar otro té! —dijo Ostin.

—Si quieren obtener los guantes, es indispensable que sigan cada una de las instrucciones al pie de la letra —precisé.

La primera en tomarlo fue Susan, luego todos la siguieron. Al acercarme pude ver que los ojos de cada uno ya estaban desorbitados por los efectos de la menta. Justo en ese instante cayeron al suelo. Sus mentes y espíritus se habían trasladado al cuarto del bautizo, lugar donde sabrían si realmente se convertirían en magos. El cuarto era similar a las oscuras paredes infinitas de la Carpa: con poca visibilidad, sin nada alrededor, sin rumbo definido, sin nadie a quien llamar... Solo el silencio del lugar.

El suelo por donde caminaban era la superficie de un infinito mar oscuro. A cada paso que daban se percibía el vibrar del agua, dejando una estela de ondas. Cada elegido debía tomar posición en un extremo de la inmensidad, exactamente en los cuatro puntos cardinales.

—¡¡Oh, increíble!! Estamos parados sobre la superficie del agua —afirmó Ostin.

—Es cierto… —confirmó Emmy quien decidió dar un paso al frente.

—¡Martin!, ¡te estás hundiendo! —gritó Susan al ver que el cuerpo de su esposo se sumergía lentamente.

—¡¡¡Oh!!! No sé qué sucede, ¡¡¡¡ayuda!!!! — exclamó Martin desesperado.

Todos, alterados, corrieron para ayudar a Martin, excepto Emmy que se detuvo para detallar la superficie en la que estaba parada. Su impresión de caminar sobre las oscuras aguas la transportó al momento en el que yo les estaba explicando su misión minutos atrás. Recordó algo que los ayudó.

—¡¡Basta!! No se muevan… —les gritó Emmy, muy segura.

Todos voltearon a verla.

—Es sencillo, estamos aquí por los guantes. Martin se está hundiendo porque está perdiendo su fe —expresó.

—¿A qué te refieres? —consultó Ostin un poco desconfiado de las palabras de Emmy.

Entre susurros, Emmy repitió cada una de las palabras que recordaba, era muy difícil escucharla. Sin embargo, Martin retomó el control y con mucha atención pudo entenderla. Desde su interior aceptó por completo lo que estaba viviendo y, de inmediato, su cuerpo ascendió de nuevo a la superficie de las misteriosas aguas.

—"Déjense sumergir en la curiosidad" —Emmy les recordó mi juego de palabras—. Es justo lo que debemos tener en cuenta. El Guardián lo dijo exactamente al final— comentó mientras se arrodillaba e introducía su mano derecha hasta la muñeca en la tenebrosa agua.

Al paso de unos segundos, una luz incandescente irradió de su mano. Al retirarla del agua, estaba cubierta con el esperado guante púrpura. Todos, sorprendidos, decidieron hacer lo mismo: se arrodillaron e introdujeron sus manos en el agua, causando el mismo efecto y obteniendo cada uno su respectivo guante. De repente, todos cayeron sumergidos en las profundidades como por el peso de una gran roca. Al recuperar la consciencia, se encontraban dentro de la Carpa.

Cuando abrieron sus ojos, se percataron de que Sea y yo nos encontrábamos revisando su respiración. Cada uno se levantó de la alfombra, sin dejar de frotar el guante con su otra mano.

—Nunca lo dudé, es hora del entrenamiento—anuncié.

Invité a Susan y a Martin a pasar al centro para iniciar. Ambos se colocaron uno frente al otro, se miraban fijamente. Martin inclinaba su cabeza por ser mucho más alto que Susan.

—Susan, quiero que con tu guante roces la frente de Martin —le ordené.

Susan elevó su mano y posó su guante en la frente de Martin como le indiqué. Sus ojos permanecían fijos el uno sobre el otro y sus mejillas estaban ruborizadas por el evidente amor que existía entre ellos.

A la mente de Susan comenzó a llegar cierta información. Se trataba de los pensamientos de Martin que mágicamente eran trasladados a su mente. Era solo una pequeña muestra de lo que algunos magos dominaban. Tan solo el roce de su guante había causado el sorprendente resultado.

—¿Qué sucede, cariño? —comentó Martin.

—Lo que sucede es que Susan puede leer tus pensamientos… —comenté.

—Estabas pensando que no tienes señal para ver tus juegos en vivo y que no te gusta el color púrpura del guante—dijo Susan entre risas.

—¡Imposible! Pero es cierto, no es mi color favorito —apuntó Martin que inevitablemente también soltó un par de carcajadas.

Posteriormente le ordené a Martin que saliera de la Carpa para iniciar su práctica. Le indiqué que se pusiera frente a uno de los gruesos árboles. Con el poder de mi guante y la fuerza de la magia, arranqué las raíces del enorme árbol, haciéndolo flotar encima de Martin. Retiré mi mano y lo dejé caer sobre el mago novato. Es una de las prácticas más peligrosas para un mago que se está iniciando, pero indispensable para su futura defensa propia, pensé. Martin no dudó en detener el pesado arbusto con su guante, que lo frenó como pluma en el aire.

—¡¡Guao, es increíble!! —manifestó Martin sin dejar de admirar su guante. No te preocupes por el color, lo aceptaré así… —culminó.

Todos caminamos de regreso a la Carpa. Los últimos en estrenar sus guantes fueron Ostin y Emmy, que se encontraban nerviosos. Especialmente Ostin, quien cerraba los puños de la ansiedad. La curiosidad de saber qué podía lograr lo mantenía muy inquieto.

Me tomé un tiempo, busqué un vaso de vidrio y lo llené con un poco de agua proveniente de una jarra de metal. Puse la jarra a un lado y le indiqué al joven Ostin que apuntara su guante al vaso, de manera que pudiera controlar el peso del objeto. Él, siguiendo mis indicaciones, lo señaló y, con un poco de mi ayuda, el vaso empezó a subir como ave por el aire. Enseguida, le ordené a Emmy que se mantuviera atenta para que cuando Ostin lo dejara caer al suelo, ella abriera su guante con determinación.

—Déjalo caer —le anuncié a Ostin y, segundos antes de que tocara el suelo, le grité fuertemente a Emmy—. ¡Ahora!

Emmy abrió su puño para mostrar el poder de su guante. Al instante, el vaso frenó su caída en el aire y cada gota de agua que salpicó quedó estática.

—¡¡Excelente!! Puedes controlar el tiempo con solo abrir el puño, la magia de tu guante hará efecto —afirmé a la joven Emmy.

Acto seguido, todos se ubicaron en diferentes posiciones para practicar con sus respectivos guantes. En el caso de Emmy, la enseñé a dominar el tiempo, jugando con las agujas de un viejo reloj de bolsillo que tenía. Era importante que cada uno entendiera su especial poder, a pesar de que todos podían dominar ciertas maniobras básicas como provocar luz, elevar y desaparecer objetos, entre otros. La verdad es que cada elegido tenía destinado algo más grande, un secreto que a medida que avanzara el tiempo y dominaran sus habilidades, sería descubierto.

Ostin luchaba con levantar objetos, con sus intentos ya había más de una docena entre vasos y botellas quebrados en el suelo. Sea se mantenía muy cerca de él y recogía su desastre.

Por otro lado, Martin siguió descubriendo la fuerza de su guante rompiendo rocas con sus manos, un poder muy especial. En el caso de

Susan, ella posaba su mano en el lado derecho de su cabeza, se mantenía en silencio y atenta, y lograba escuchar múltiples pensamientos.

El día ya casi terminaba, habían pasado varias horas entrenando. Un día no sería suficiente y era momento de parar para cenar y descansar.

En medio de la fría noche en el mundo mágico, Max y Vivian se encontraban acurrucados, observando las intensas llamas que flotaban en la cueva. Estaban resignados, era imposible escapar del lugar.

De repente, Max se levantó del incómodo suelo atraído por un destello proveniente de un orificio a lo alto de la cueva. Podía ver claramente la luna que iluminaba parte del lugar. Vivian se acercó para observar el extraño fenómeno y se sentó cerca de su hermano, mientras él continuaba mirando a lo alto.

—¿Crees que nuestros tíos vendrán por nosotros? —preguntó Max.

—No lo sé —respondió Vivian.

Un triste gesto invadió el rostro del niño y las lágrimas corrieron por sus mejillas. La respuesta de su hermana había destruido cualquier esperanza de volver a casa. Vivian le secó la húmeda cara con el grueso abrigo.

—¿Por qué lloras? —preguntó Vivian.

—Es solo que... por mi culpa estamos aquí, por mi tonta curiosidad —aseguró él entre llanto.

—Todo va estar bien, debemos ser inteligentes... ¡¡Espera un segundo!! ¿Aún conservas la linterna? —preguntó Vivian.

Max buscó rápidamente en los bolsillos de su abrigo hasta hallar el objeto. Ipso facto Vivian tomó la linterna apuntando hacia el alto orificio en el techo, golpeando el metálico objeto con fuerza. Max no comprendía lo que su hermana estaba intentando.

—¿Qué haces? —le dijo ansioso el chiquillo.

—Estamos aquí por haber seguido la voladora chispa, ¿cierto? —afirmó Vivian.

—Sí, pero la chispa desapareció hace horas —comentó Max.

—Exacto, pero por lo que me contaste, la chispa salió de la linterna. Probablemente significa que regresó a su hogar, porque todos siempre queremos regresar a nuestro hogar —aseguró la adolescente.

Vivian movía sin cesar la linterna a lo alto, como bandera de lado a lado, mientras algunos copos de nieve entraban por el orificio, cayendo también sobre los ojos de ambos, sin impedirle a la jovencita que elevara el objeto. Algunos minutos después, desde el exterior de la cueva, apareció nuevamente la chispa saltarina, que rápidamente entró al lugar por el pequeño hueco a lo alto y voló directamente a la metálica lámpara. La alegría de ambos niños era enorme, sus sonrisas abarcaban sus rostros.

—¡¡Sí!! —manifestó Max con efusividad.

—Eso no es todo —acotó Vivian.

Enseguida, la adolescente fue en dirección al mural de las ásperas serpientes que cubrían la entrada de la cueva por orden de Amelia. Ella suponía que la chispa podía ayudarlos a destruir la pared de los rastreadores reptiles. Max le siguió el paso. Cada vez que los niños se acercaban, las víboras presumían sus filosos colmillos y escandalosas lenguas, sus colas se movían produciendo un terrible sonido. A las serpientes se les había ordenado atacar sin compasión.

Vivian elevó su mano apuntando con la linterna hacia el mural, ordenándole a la chispa que saliera disparada y chocara contra los reptiles. Esta contuvo toda su luz y salió volada, chocando con fuerza contra las bestias e hiriéndolas a muerte. Estallaban como bombas, dispersando un gas verde que terminó por destruir completamente el muro.

—¡¡¡Guao, increíble!!! Ahora vámonos de aquí —finalizó Max.

Ambos niños corrieron hacia la salida de la cueva, no les importó el frío del exterior. La nieve seguía cayendo, los copos descendían lentamente hasta adherirse al suelo y la luna les iluminaba el camino.

En el bosque donde se encontraban los elegidos, había llegado la noche. Emmy había logrado dominar otro de sus poderes, controlar el fuego. Para alardear, había preparado una fogata para calentar sus manos. La acompañaban Ostin, Martin y Susan.

Yo preferí descansar dentro de la Carpa. Sea había decidido salir a caminar por el bosque y ver las estrellas en el oscuro cielo.

Martin miraba fijamente la fogata con un pensamiento fijo: ¿dónde estaban sus sobrinos?

—¿Estás bien? —le preguntó Susan.

—Sé que no soy muy expresivo, solo quiero a mis sobrinos de vuelta —respondió Martin.

—Lo sé. Yo también estoy angustiada por ellos, pero ahora estoy segura de que pronto los encontraremos, lo importante es que estamos juntos en esto —aseguró Susan.

Ambos miraban la luna mientras conversaban, el corazón de Martin encontró un poco de tranquilidad con las palabras de su esposa. Estaba seguro de que arriesgarían cualquier cosa por tener a los traviesos de vuelta. Al otro lado de la fogata, Emmy y Ostin también mantenían una conversación.

—¿Qué crees que esté del otro lado de la arqueada puerta? —consultó Emmy con profunda curiosidad.

—El mundo mágico —respondió Ostin.

—No, me refiero a qué nos encontraremos. Toda esta preparación, pareciera que nos espera una gran guerra —Emmy comentó.

—Es la guerra y nosotros somos soldados para la batalla. Es mejor que entremos y descansemos. Mañana será otro día —puntualizó Ostin.

Todos se levantaron del suelo y tomaron camino hacia la Carpa para descansar. Sea llegó unos minutos después de su nocturna caminata. Ostin elevó su guante para apagar la llama de la fogata, apretando sus ojos de manera que el guante actuara por sí solo, pero no obtuvo ningún resultado. Sea observó el intento fallido, entró a la Carpa y salió con un balde de agua que lanzó al fuego, apagando las llamas por completo.

—¿Qué intentabas lograr? —bromeó Sea sarcásticamente.

—Apagar la llamarada con el guante ¿por qué, lo hice mal? —dijo Ostin mientras todos se burlaban.

9

REVELACIONES DE LA CIEGA

A la mañana siguiente, el primero en despertar fue Martin, quien, desde muy temprano practicaba con su guante, golpeando un grueso tronco una y otra vez con todo su poder. Lo hacía como deshaciéndose de la rabia que claramente sentía. El imparable golpeteo me despertó, mis oídos escuchaban el toc, toc y decidí acercarme para conversar. Sus puños ya tenían señales de maltrato, estaban rojo intenso.

—¡Buen día, Martin! ¿Todo bien por aquí? —pregunté entusiasmado.

—¡Buen día, Guardián! Sí, todo bien —respondió el elegido.

—Recuerda que no puedes engañarme, leo tu mente —le recordé.

—Lo sé, mi cabeza ha estado sumergida en muchos pensamientos y preguntas, lo que más me repito es que me prometí a mí mismo cuidar de mi familia. ¡Y mira los resultados! Mis dos únicos... —exclamó preocupado.

—¡¿Hijos?! —interrumpí.

—¡Bueno! Realmente son mis sobrinos, pero los amo como si fueran mis hijos. Lo cierto es que están allá, en no sé dónde, sin protección. Le fallé a Susan, me fallé a mí mismo... —siguió con consternación, al borde de las lágrimas.

—¿Qué recuerdos tienes de tus padres, Martin? —indagué.

—Cero, ninguno. Fui abandonado —anunció él.

—¿Quieres ver lo que realmente pasó? —ofrecí.

Me acerqué y posé mi guante sobre el rostro de Martin, cubriéndolo como si fuera una máscara. Martin estaba algo incómodo, pero al final accedió a mi ritual. Nuestros ojos estaban sellados por nuestros párpados y nuestras mentes se conectaron en una sola para recibir información del pasado. La memoria de ambos era dispersa y estaba cubierta por una espesa neblina blanca que se disolvía cada vez que llegaba un nuevo recuerdo.

La primera memoria en reflejarse mostraba a un bebé que era dejado en el suelo frente a la puerta de una casa de familia. Era una noche oscura, lo que hacía difícil ver los rostros de los padres, además usaban grandes sombreros de terciopelo para cubrir sus facciones. La pareja tocó el timbre de la casa y se retiró de inmediato. Un par de minutos después, una mujer abrió la puerta y, al encontrarse con el pequeño a sus pies, entró corriendo a la casa para llamar a la estación de policía de la ciudad y pedir ayuda.

De repente nuestra memoria se nubló y nos trasladó a otro recuerdo. Se veía a un niño sentado en una angosta cama que se encontraba en una larga habitación. Un par de docenas de literas ubicadas en dos hileras llenaban el lugar, todas vestidas por sábanas color hueso. No tenía nada de color a pesar de ser una habitación de niños. El pasillo central que dividía las veinticuatro camas era el patio de juego de los pequeños que corrían por doquier, mientras eran supervisados por dos hombres adultos que murmuraban en un extremo. Haciendo referencia al único pequeño retraído que se encontraba sentado en una de las frías literas. Era evidente que se trataba de un orfanato.

Acto seguido, la niebla regresó para dejar ver al mismo niño, ya adolescente, sentado en la oficina de uno de los dos hombres del recuerdo anterior. Resultó ser el director de la institución.

—Es hora de que tome alguna decisión —dijo el director, amablemente.

—Antes de que termine mi tiempo aquí, ¿puedo saber la verdad sobre mis padres? —preguntó el adolescente.

—Sus padres fallecieron en un accidente cuando solo era un bebé, ¡es la única verdad! —dijo el hombre, aclarándose la garganta.

La cara del joven mostraba que no estaba convencido con la explicación.

Luego la niebla nos trasladó hasta la misma oficina donde, horas atrás, el director se encontraba conversando con una pareja que actuaba de modo sospechoso. Ambos se cubrían con largos abrigos y llevaban sombreros de terciopelo. De repente, la mujer se puso de pie y sacó su mano derecha que ocultaba en el abrigo. En ella llevaba puesto un guante como el de cualquier mago. La apuntó al director del orfanato y lo miró a los ojos. ¡Forgerum!, murmuró entre labios secos. El cuerpo del hombre quedó congelado, sus pupilas se engrandecieron y su respiración se detuvo por segundos hasta volver a la normalidad, pero sin recuerdo alguno de lo que habían hablado. Ipso facto, la pareja salió de la oficina.

Justo en las afueras se encontraba el adolescente que esperaba su turno en un banco de madera para hablar con el director. Al pasar frente al joven, la mujer se detuvo y, por unos segundos, ambos cruzaron miradas. Una intensa sensación de familiaridad invadió al joven, pero, rápidamente, la mujer sacó nuevamente la mano y con solo hacer un par de círculos, volvió a recitar la misma palabra. ¡Forgerum, hijo!, dijo con lágrimas en los ojos.

Los recuerdos habían finalizado. Las memorias se cubrieron de neblina hasta hacer que nuestros párpados se abrieran totalmente.

—Pero no entiendo... ¿Cómo puede ser...? —dijo Martin, desesperado.

—Ellos solo querían protegerte —dije compasivamente.

—¿Forgerum? ¿Por qué querrían que yo lo olvidara? —preguntó Martin con gran duda.

—Tus padres temían por ti y lo que pudiese ocurrirte si otros se enteraban de la verdad. Es por eso que hoy estás aquí y eres un elegido —expliqué.

—¿Ellos siguen con vida? —preguntó Martin.

—¡No lo sé! Es tu tarea averiguarlo —concluí.

Esa misma mañana los reuní para conversar, debía aprovechar al máximo las horas del día antes de que llegara la noche e intentáramos cruzar al mundo mágico desde la Carpa. Todos ya habían cambiado sus vestimentas y desechado la ropa del día anterior. Vestían pantalones con botas de cuero de tacón bajo. Al igual que Ostin, Vivian y Susan se habían decidido por ligeros abrigos de algodón que les cubrían hasta las rodillas, pero el de él era de color verde como mi sobretodo. En el caso de Martin, él había decidido usar una chaqueta de cuero marrón y, debajo, un suéter que le cubriría el pecho. Ya les había comunicado que en el mundo mágico el invierno se había apoderado del lugar, por eso Sea se había encargado de conseguirles algo apropiado.

—Debemos visitar a alguien que nos ayudará a entender a quién nos enfrentamos —anuncié.

—¿De quién se trata? —consultó Emmy.

—¡De una conocida muy interesante! —contesté.

—Sea, por favor permíteme el Atlas… —indiqué con premura.

El Atlas Mágico es un mapa con textura como de papel de seda y de color marrón oscuro que heredé de mi madre, que también era un mago. Mi padre alguna vez mencionó que mi madre, con ayuda del Atlas, lo había salvado cuando había perdido su orientación en uno de los bosques mágicos. Su única particularidad es que no tiene ninguna imagen definida, sino que revela el lugar para hacerlo desaparecer luego de unos segundos, dejando el papel limpio, sin ninguna información. Además, no confía en cualquiera, solo funciona cuando está en las manos adecuadas, y es útil en ambos mundos. Quienes lo han utilizado son seres muy especiales.

Al tomar el objeto con mis manos, el mapa de inmediato dibujó la ciudad de Washington D.C., lugar al que debíamos ir. Todos estábamos listos para partir, el tiempo apremiaba. Al instante dejamos el bosque para seguir nuestro camino.

En el Barrio Chino de Washington D.C., en medio de algunos edificios de la ruidosa ciudad, se encontraba una vieja construcción a donde la Carpa nos trasladó. Al tocar el suelo, su áspera tela se cubrió de polvo, la edificación estaba inconclusa y llena de escombros.

Tanto recorrer el mundo y era la primera vez que visitaba esta ciudad. Gracias a la ubicación dada por el Atlas, estaba seguro de que aquí encontraría a la persona que nos ayudaría con la información que necesitábamos sobre Amelia y sobre todo el oscuro lado que se había revelado.

—¿Exactamente a quién deberíamos ver? —consultó Ostin.

—Ya lo descubrirán —respondí sin más detalles.

Todo en su momento, pensé.

Rápidamente salimos del edificio en la congestionada ciudad. Al llegar al exterior de la torre nos encontramos sumergidos en una comunidad oriental en medio de un país occidental, el famoso Barrio Chino, repleto de asiáticas estructuras que cubrían las calles, todas iluminadas por sus peculiares lámparas rojas que guindaban en los cables que daban luz a las calles. Múltiples mercados ambulantes abarrotaban las aceras bloqueando el paso a los peatones, las melodías temáticas resaltaban sobre el ruido de la muchedumbre. Era una comunidad que se negaba a pasar desapercibida en una sociedad muy distinta a ella.

Caminábamos por las calles un poco desorientados y era algo complicado entender exactamente a dónde dirigirnos, ya que el Atlas solo daba un punto de referencia. En ese momento, dos adolescentes salieron de un callejón a lo lejos. Ambos conversaban y miraban sus manos mientras uno de ellos consolaba al otro. De repente, deduje a dónde ir e invité al grupo a seguirme.

Al llegar al callejón, al fondo, se veía un pequeño letrero iluminado por una luz de neón que anunciaba el servicio de lectura de manos, algo a lo que muchos humanos recurrían para conocer sus futuros, así proviniera de algún impostor con una falsa esfera de cristal. Sin embargo, en este caso, estaba seguro de que no era un ningún charlatán... Apresuré mi paso y detrás me seguían todos.

—¡¿En serio!? ¿Venimos a leernos las manos? Mis sobrinos están sumergidos en mundo desconocido y nosotros seguimos perdiendo tiempo —manifestó Susan, notablemente molesta.

Ella decidió retirarse, y Ostin, confundido, la siguió. Martin se interpuso y lo detuvo, pero Susan usó su guante y le hizo llegar un mensaje a su esposo a través de sus pensamientos.

—¡No me detengas! —le comunicó.

Martin detuvo su paso. Emmy decidió ir tras ella.

—¡Ya volvemos! ¡Entren ustedes! Estaremos cerca —dijo Emmy, mientras tranquilizaba en su hombro a la decepcionada Susan.

Paralelamente, Martin, Ostin y yo entramos a la tienda. Al ingresar se observaba una colección de cristales y piedras preciosas, al igual que una gran diversidad de plantas que eran iluminadas por una luz azul neón que cubría todo el techo. A pocos metros había una rojiza cortina abierta por la mitad, se podía percibir una luz intensa que emanaba desde su interior. De inmediato mi mente percibió que debía ir hasta allá.

Martin y Ostin seguían fascinados con la gran cantidad de cristales de todos los tamaños. Al pasar la cortina, justo allí, estaba de espaldas, sentada en una silla de ruedas. Era Frida, una maga con alrededor de sesenta y cinco años, de cabello blanco rizado y alborotado, su piel morena oscura con claros signos del paso del tiempo y una particular voz ronca que la delataba.

—Sabía que te volvería a ver —comentó Frida al sentir mi presencia, girando su silla de ruedas.

—¡Fue difícil encontrarte, mujer! —Bromeé.

La primera vez que me topé con Frida, había sido en una feria en una ciudad al oeste del país. Para ese entonces aún conservaba la movilidad de sus extremidades. ¿Qué le habría sucedido?, me pregunté.

Recuerdo que fue extraño, ya que en ese tiempo pensaba que yo era el único mago en el mundo humano. El Portal Verde se había incendiado, era lógico que me preguntara cómo ella había logrado pasar.

Era obvio que mi vida había sido siempre bastante atípica, sin embargo, siempre había tenido clara mi misión y cómo debía llevarla a cabo. No obstante, mi conexión con Frida tenía misterios que aún no había podido descifrar. Mi don de leer la mente, por ejemplo, funcionaba con cualquier persona, maga o no maga, pero con ella no, existía algo que me impedía leer sus pensamientos, entrar a su mente… Algún día, ese misterio de mi vida como mago sería descifrado, estaba seguro de ello.

Dejé de lado mis pensamientos y proseguí para no ser irrespetuoso, sabía que ella sentía mis dudas, a pesar de que no podía ver por el daño permanente en sus grandes ojos blancos. Sí algo tenía muy desarrollado era la intuición, otro de sus mayores dones.

—¿Te vas a quedar allí parado, sin decir nada? —expresó Frida.

— ¡Lo siento…! —Tartamudeando le respondí.

— ¡Oh! Por lo que siento, vienes acompañado —aseveró Frida.

Enseguida, Ostin y Martin entraron a la habitación y se quedaron algo asombrados, casi espantados, al ver a Frida con sus ojos totalmente blancos. Entre miradas directas, les di a entender que me dejaran continuar la conversación.

Tomé asiento en la silla donde regularmente sus clientes esperaban con ansias una especie de clarividencia acerca de sus vidas y de qué les depararía el futuro. Lo que no sabían los escépticos era que, cuando buscaban respuestas por parte de una ciega mujer, discapacitada y con aspecto de loca, cada una de sus palabras era cierta, sus poderes le permitían verdaderamente predecir lo que sucedería. Sin embargo, algo me decía que me revelaría mentiras.

—Frida, estamos aquí porque necesito saber quién es exactamente Amelia Cuber Vil —enuncié sin más merodeos.

Frida se puso visiblemente nerviosa antes de contestar mi pregunta, tanto que apretó su mandíbula e hizo fuertes movimientos corporales involuntarios que la delataban. En medio de los dos había una mesa circular con una bola de cristal que de repente cayó al suelo, estallando en mil pedazos con un tropezón de la silla de Frida. Ostin, en medio de la situación, trató de ayudar, pero ya era tarde. La mujer, con su guante, rodó la mesa cubierta por un mantel azul oscuro y la posó a un lado para acercarse más a donde me encontraba sentado.

Frida se acercó a mi rostro.

—No menciones ese nombre en mi casa, ¡Guardián del Norte! —me susurró, molesta.

—¡¡Lo siento, Frida!! Mi intención no es incomodarte, pero dos niños humanos se encuentran en nuestro mundo secuestrados por la mujer de la oscuridad —puntualicé.

—¡Un segundo! ¿Estos dos hombres que te acompañan son magos? Puedo percibir un gran poder —dijo Frida, algo confundida.

—Son los elegidos de los guantes púrpura —respondí.

—¡¡Imposible!! Acérquense, quiero tocar los guantes, es el sueño de todo mago —afirmó con efusiva emoción.

Rápidamente le pedí a Ostin que se acercara hasta ella. El joven se le colocó justo al frente y extendió su guante. La mujer, con manos temblorosas, lo empezó a acariciar.

—Los guantes púrpura son cuatro, ¿dónde están los otros? —preguntó con ansiedad.

—Están cerca... —contesté.

Fuera del lugar, Emmy y Susan se habían dirigido a un tienda de café en el mismo Barrio Chino, allí tomaron asiento en un pequeña mesa cerca de la ventana del lugar. Susan ya se encontraba calmada.

—Todo va estar bien, solo debemos ser pacientes —le afirmó Emmy.

—No puedo dejar de pensar en mis sobrinos —comentó Susan mirando hacia la calle a través del ventanal.

—Esta mañana, en el bosque, escuché cómo el Guardián le contó a Martin que el pasado había sido borrado de su memoria. Posiblemente pasó lo mismo con nosotras, por eso es que todo nos parece nuevo y extraño... pero creo que siempre hemos sido parte de esto —expresó Emmy.

En ese instante, un alto hombre de piel morena se posó de espaldas en el vidrio del café, impidiendo la vista a Emmy y Susan hacia la calle. Enseguida, Susan comenzó a tocarse la cabeza como si algo le ocurriera.

—¿Pasa algo? —preguntó Emmy.

—Es un repentino dolor, me siento rara, no sé qué me pasa —manifestó.

—Creo que debemos volver —dijo Emmy.

Ambas salieron del local dejando monedas suficientes en la mesa para pagar el café. Ya en la calle, Emmy notó que el hombre poseía un guante rojo y enseguida esquivó su mirada, tomando a Susan por el brazo para apresurar el paso y encontrarse con el resto del grupo. Había tanta gente que era casi imposible caminar por el lugar.

En el otro extremo, Sea salió de la Carpa en el polvoroso edificio, preguntándose por qué se tardaban tanto.

Mientras tanto, la conversación con Frida no había avanzado mucho.

—Hombre, puedo ver en tu mano a una mujer. ¡¡Mmm, no tengas miedo de decirle lo que sientes!! —le comentó Frida al inquieto Ostin.

—Lo siento, pero no venimos a que nos leas las manos. Queremos saber a qué nos enfrentamos —aseveré impaciente.

Frida finalmente soltó la mano de Ostin y decidió hablar...

—Es algo muy oscuro, sin precedentes... No hemos visto poderes parecidos en alguien tan despiadado. Debes apresurarte, esos niños no tendrán mucho tiempo, el mundo mágico está repleto de asesinos —dijo la extraña mujer.

—¡Pensé que todo había muerto en el incendio! —comenté.

—¡No todo! Si la mujer de la oscuridad cruzó, es por algo o por alguien que lo permitió —finalizó ella.

Al instante entraron al lugar Emmy y Susan algo alteradas.

—¡Debemos irnos, tenemos compañía! —informó Emmy.

10

AURION, EL PROTECTOR

En la tienda de Frida, Martin arropaba con sus fuertes brazos a Susan, que seguía con un insoportable dolor de cabeza.

—No estamos solos, acabo de ver a otro mago muy cerca de aquí, en el mismo barrio —contó Emmy.

—¡¡Mmm!! Creo que necesitas un poco de té relajante, jovencita —habló Frida.

—Ella es Frida, una de nosotros —dije.

—Entonces, ¿cuántos magos más rondan en el mundo humano? —formuló Emmy.

—¡No lo sé!, pero debemos bloquear la entrada, alguien nos delató —aseveré.

Frida movió sus ruedas dirigiéndose hacia la puerta principal de la tienda y abrió sus ojos, develando sus blancas pupilas. Acto seguido, elevó su guante color vino tinto frente a la puerta recitando el hechizo para resguardarse. Protegum. La entrada de la tienda tomó la misma fachada de ladrillo rojo que tenían los muros del callejón, camuflando la verdadera entrada del lugar. Así evitaríamos ser encontrados por el sospechoso mago que rondaba el Barrio Chino.

A pesar de las muchas dudas sobre lo que iba a ocurrir, los elegidos estaban preparados para cualquier situación de ataque, con sus guantes ya listos y apuntando para responder.

Ipso facto usé la magia para contactar a Sea, que aún se encontraba resguardando la Carpa.

—¡Sea!, presta atención, no estamos solos. Traslada la Carpa hacia nosotros, ahora —comuniqué a través de mi pensamiento.

De inmediato Sea corrió a la entrada del manto, pero se percató de que no estaba sola. A pocos metros aparecieron dos hombres altos con largos abrigos negros y pantalones de rayas coloridas. Sin dudarlo, los extraños seres sacaron las manos de sus abrigos, dejando ver los guantes que portaban.

Justo antes de entrar apresuradamente a la Carpa, Sea supo que debía reaccionar con rapidez antes de ser víctima. A pesar no poseer un guante mágico, durante los años había aprendido algunos trucos. Como necesitaba distraer a los oscuros magos, sabía que producir una cortina de humo sería la mejor opción para escapar.

En uno de sus bolsillos, Sea siempre llevaba un pequeño frasco que contenía una sustancia en su interior. Lo sacó y lo lanzó al aire. De repente, uno de los magos la atacó y ella cayó de rodillas al suelo con un fuerte dolor que la inmovilizó, pero el frasco ya había liberado su contenido. En segundos, se produjo una gran cortina de humo muy denso que hizo posible que la no maga entrase a la Carpa y desapareciera del lugar con éxito. Los oscuros magos no pudieron recuperar el rastro de la Carpa y se retiraron inmediatamente.

Nosotros seguíamos ocultos en la tienda de Frida a la espera de la única opción posible para salir de allí: El Carpalocius von Morin. En la parte trasera del lugar existía un pequeño depósito de poco espacio que contenía cajas, sillas, algunas pinturas y unos inservibles muebles. Nada tenía uso, ya que las telarañas y roedores convivían en el mismo lugar. Enseguida el fuerte soplar de un intenso viento voló los cabellos de Frida, anunciando que la Carpa había llegado.

—Debemos irnos ya —anunció Sea, alterada.

—Mmm, es un honor que el manto haya pisado mi hogar —expresó Frida con interés.

—Ups, ¡¡hola, Frida!! —dijo Sea, con algo de desagrado.

—Eres afortunada, siendo una no maga y pudiendo viajar en la Carpa. ¿Es cierto que su interior es de un espacio infinito? ¡Eso dicen! —bromeó Frida, con algo de amargura.

A Sea no le agradó el comentario de Frida y, sin prestarle atención, se dio media vuelta y se dirigió a la Carpa junto a los elegidos. Para ese momento, el dolor de Susan había cesado.

Yo, en cambio, fui el último en retirarse, quería despedirme de Frida. Ya del otro lado de la calle podía percibir que se encontraban los magos oscuros. Era cuestión de segundos que rompieran el hechizo de protección e ingresaran a la tienda.

—¿Estarás bien? —pregunté a Frida.

—Mmm... Puedo sentir que aún no les has dicho realmente quién eres, viejo mago. Estoy segura de que algún día lo revelarás en el Libro de las Escrituras, allí apuntarás tu nombre real —declaró sin dudar.

No le respondí, mi silencio y una profunda mirada fueron mi despedida. La pared principal de ladrillo estaba quebrándose.

Finalmente entré y enseguida nos trasladamos a un lugar más seguro. Frida decidió quedarse como señal de sacrificio para evitar que algo nos ocurriera. Aunque no podía leer su mente, sí escuchaba el palpitar de su corazón. ¿La volvería a ver? pensé curioso.

Por otro lado, Max y Vivian se enfrentaban a lo desconocido en las montañas entre el Imperio del Norte y del Sur. La nieve cubría todo el suelo, huellas de sus calzados quedaban marcadas por todo el camino. El viento soplaba con gran intensidad y la luna estaba oculta tras las oscuras nubes.

En ese instante, se escuchó un aullido a lo lejos. Los hermanos quedaron inmóviles del miedo por unos segundos. Ambos pensaron que ahora no solo debían huir de la malvada Amelia, sino también de animales feroces y hambrientos de las frías montañas. Vivian, al ver a su alrededor que no tenía donde esconderse, decidió trepar hasta las ramas de un pino para resguardarse de cualquier ataque.

—Sígueme, Max, no te detengas —dijo la adolescente.

Vivian subía cada vez más rápido, sin dejar de ver hacia lo más alto. A pesar de que sus manos ya moradas por las bajas temperaturas y su cabello lleno de copos de nieve, su instinto de supervivencia era mayor, pues el aullar se percibía cada vez más cerca. Max solo miraba lo alto del pino y entraba en pánico. Su miedo a las alturas era más fuerte que él.

Unos segundos después, la mente de Max se trasladó a una de las experiencias más vergonzosas que le había tocado enfrentar en la escuela, específicamente en una práctica de la clase de deporte.

Una mañana en la escuela media de Welmort, el verano se respiraba en toda su calidez. Toda la clase de Max entraba al gimnasio para iniciar la actividad principal. El instructor ordenaba a sus alumnos para que formaran una sola fila. El ejercicio consistía en que cada estudiante trepara la soga que guindaba desde lo alto del techo para llegar al final, donde había una campana dorada de metal que sonarían como señal de haberlo logrado.

Max decidió ponerse de último, haciendo lo posible para esquivar la obligatoria actividad. Los primeros estudiantes, sin miedo y con una gran destreza, lograron alcanzar la meta. Algunos llegaban muy cerca, pero no tocaban la campana y caían sobre las camas de goma espuma que cubrían el suelo. Pasado un rato, ya casi era su turno. El compañero que estaba justo delante de él logró culminar la prueba, sonando con fuerza la campana. Max, visiblemente nervioso, no paraba de sudar, solo pensaba en que sus húmedas manos no le permitirían subir... Obligado por el instructor dio un paso adelante y se acercó a la soga, la tomó con ambas manos mirando a lo alto. Sus piernas temblaban. Con un fuerte impulso logró trepar un pequeño tramo y tomó un segundo aire para desplazarse un poco más, pero un pequeño resbalón hizo que se soltara inesperadamente y cayera abruptamente. Fue la burla de toda la clase por un largo tiempo.

Max regresó su atención a lo que estaba viviendo, miraba a su hermana trepando sin miedo. Al llegar muy alto, Vivian miró hacia abajo creyendo que su hermano menor la seguía. Al darse cuenta de que aún estaba paralizado, se molestó, nerviosa por lo que pudiese suceder.

—Max, ¿qué haces aún allí abajo? —gritó alterada.

—No puedo subir, tengo mucho miedo —respondió el niño con la voz quebrada.

—Max, por favor, tú puedes... Siempre me ganas en nuestras peleas. Pues es igual, tienes la fuerza en tus brazos para trepar. ¡¡Tú puedes!! —dijo Vivian.

Max sin responder, se llenó de valor e inició su escalada lentamente, avanzando poco a poco. No podía evitar pensar en que, si caía al suelo, podía morir. Simultáneamente, los aullidos estaban cada vez más cerca.

—Sí... Sí, ¡vamos Max! —lo alentaba su hermana.

Ya casi a la mitad del alto pino, Max pisó una rama frágil que se soltó por completo del tronco, cayendo al vacío. Logró sostenerse de otra rama, pero su cuerpo, aún en el aire, fue arrastrado por una gran figura blanca.

—¡Noooo! ¡Maaax, Max! —repitió Vivian, desconcertada por lo sucedido y con miedo al ver que su hermano había desaparecido.

El miedo descontroló la respiración de la adolescente. Ella miraba hacia todas las direcciones y no ubicaba a Max. Trataba de mantener abiertos sus cansados y llorosos ojos que le pesaban por el frío. Abrumada, decidió descender lentamente sin hacer ningún ruido, los peores pensamientos se apoderaban de ella.

—Max —dijo susurrando.

Enseguida se escuchó una fuerte ola de voz gruesa producida por el mismo Max, que intentaba sorprender a Vivian. El grito la asustó, haciéndola caer en la espesa capa de nieve que cubría el suelo.

—¡¡Bu!! —gritó Max.

—Max, ¡¡me mataste del susto!! ¿Qué fue eso? ¡¡Oh!! —concluyó Vivian al ver un enorme y peludo lobo blanco que sobrepasaba la estatura de Max.

Con afiladas garras, pero de tierna expresión, miraba directamente a los ojos de Vivian. Ella, impresionada, seguía tendida en la nieve sin poder levantarse, el majestuoso lobo blanco casi sobre ella. Max decidió romper el silencio.

—Tranquila, él me salvó de estrellarme contra el piso. No corremos peligro con él —exclamó Max.

—¿Él? —susurró Vivian.

El alto y peludo lobo se inclinó con un gesto de reverencia y de inmediato Vivian se levantó, perdiendo el miedo hacia la bestia. Max se acercó y tocó su blanco pelaje, acariciándolo detrás de las orejas como si fuera su mascota.

Era evidente la cara de sorpresa de ambos, ya que, con todo lo que estaban experimentando, esto solo los confundía aún más. En el lugar en donde se encontraban, si había un lobo merodeando, pues también debía haber otras especies de animales. Era evidente que el lobo debía alimentarse de algo.

Los hermanos se preguntaron entre ellos qué camino debían tomar, tal vez el lobo los guiaría a algún lugar seguro. Ellos temían ser encontrados nuevamente por la malvada Amelia, así que debían seguir. Ya el viento había cesado y la nieve había dejado de caer.

—Algo me dice que debemos seguirlo —opinó Max.

—Creo que esta vez tienes razón, estaremos más protegidos de Amelia si permanecemos junto a él —afirmó Vivian.

Al escuchar el nombre de la malvada maga, el lobo exhibió sus afilados y babosos colmillos. El animal se levantó e inició su camino, pero, al darse cuenta de que los niños no lo seguían, volteó su torso mirándolos a ambos. Su expresión les dio a entender que debían confiar en él.

Estábamos de regreso en el bosque, la noche había caído y las estrellas brillaban como nunca. Ya se acercaba la hora, los elegidos se habían entrenado con sus guantes, habían comprendido que estaban destinados a ser guerreros.

—¡Ya es hora! Será una larga aventura. Hoy se narra una nueva historia en el Libro de las Escrituras, hoy no hay marcha atrás. Al pasar el arco del fondo, entrarán a un mundo nuevo y lleno de retos, pero tienen las capacidades necesarias para defenderse. No lo olviden, juntos o nada — enfaticé con fuerza a los elegidos.

—No perdamos más tiempo —agregó Ostin con efusividad.

Al salir del área principal de la Carpa, la enorme lámpara flotante disminuyó su luz, lo que llamó mi atención. Era evidente que trataba de comunicarme algo. "Son tiempos oscuros", fue el mensaje que recibí solo con mirar fijamente su luz.

Posteriormente, todos caminamos por el largo pasillo que daba al arco que nos trasladaría al mundo mágico. Ostin seguía mis pasos, seguido por Emmy, Susan y Martin. Este último no dejaba de voltear su hacia el salón principal donde Sea se había quedado sentada en el sillón, preocupada por lo que sucedería y por cuál sería el final de esta misión. Durante años habíamos esperado que llegara este momento.

Al pasar el portal, empezamos a caminar por una oscura cueva que nos llevó directamente al salón donde estaba la chimenea que solía calentar la Torre del Norte. Era un lugar amplio que se conectaba con una secreta escalera que llegaba a la oficina del Rey, mi padre.

También en el salón había un majestuoso piano de cola, de la casa Bösendorfer, elaborado con madera de abeto, con detalles únicos propios de cada pieza fabricada por los artesanos de la casa vienesa. Mi padre solía tocar por horas, se deleitaba con su sonido inigualable, y, en algunas ocasiones, lo hacía desde su habitación con el poder de su guante, solo para poder escuchar las melodiosas notas. El instrumento estaba cubierto por una enorme manta polvorienta que lo protegía del pasar del tiempo.

Al cruzar, fui yo el primero en pisar mi antiguo hogar, donde viví cuando niño. Los sentimientos afloraron sin contemplación, mi piel se erizó y hasta mi garganta se anudó con un llanto oprimido. Regresar y observar alrededor me trasladaba a la última vez que vi a mis seres queridos, aquí mi vida cambió para siempre. Mis pasos eran lentos y secos, como si no hubiera querido estar allí. El resto del grupo se paseaba con gran curiosidad. Acto seguido, Martin levantó la tela, descubriendo el imponente piano, tomó asiento e inició una bella interpretación. El lugar se impregnó de música.

—¡Guao! No sabía que tocabas el piano —comentó Susan realmente impresionada.

—De niño tuve que decidir entre los deportes o la música, sin embargo, nunca olvidé el piano —respondió Martin sin dejar de tocar.

Por otro lado, Emmy decidió descender por la escalera de caracol que conducía a la secreta oficina de mi padre. Ostin no desperdició un instante y sacó de su mochila cruzada su cámara fotográfica, para capturar con su lente cualquier detalle. Todo era extraño y hasta absurdo para mí, el observar que en solo minutos habían olvidado su objetivo, la curiosidad por lo básico sobrepasaba la verdadera razón de estar en la Torre del Norte.

—¡¡Basta!! —grité.

Todos se giraron, sobresaltados por el escandaloso sonido que provoqué. Enseguida me percaté de que había sido exagerado mi clamor.

—Lo siento, mis sentimientos están mezclados —comenté con vergüenza.

—Es cierto, nos dejamos llevar por la novedad del lugar, olvidamos por completo que debemos ir a buscar a los niños —explicó Susan—. Debemos salir de la torre, probablemente estén en los alrededores —completó.

—Con este feroz frío, ¿ustedes creen que los niños estén abrigados? Hay nieve por doquier —dijo Emmy, mirando por la ventana.

Todos salimos al salón de la entrada principal, llegando al pasillo donde coinciden los dos extremos de las escaleras, el mismo lugar donde sostuve la última conversación con Rowena. Podía ver desde el piso de abajo que la habitación de mi padre mantenía sus puertas abiertas, pero, al enfocar mi mirada en la gran entrada de la torre, pude notar que se mantenía cerrada. En el suelo se apreciaban ciertos rastros de nieve. De inmediato pensé que Amelia podía haber estado allí con los niños para luego huir. Elevé mi guante para abrir las pesadas puertas y funcionó al instante, mientras cada elegido se ponía en fila delante de mí, aguardando la instrucción de salir.

—¡¡Aquí vamos!! —finalicé con entusiasmo y los cuatro cruzaron las puertas.

11

PRISIÓN EN LA TORRE

Frente a las puertas abiertas de par en par, la vista me trasladó a innumerables recuerdos, algunos dolorosos y aún presentes. Paralizado, observé el Imperio del Norte opaco y triste donde, a pesar de la blanca nieve que lo cubría todo, se sentía un ambiente denso y hasta extraño. Ahora era muy distinto el escenario ante mis ojos, me afligía... Los magos no estamos exentos de sentir nostalgia.

Enseguida, Ostin se abrió paso hasta cruzar las pesadas puertas con gran apremio y el resto del grupo le siguió. Cuando me disponía a salir con ellos, una energía muy fuerte bloqueó mi paso, elevándome por el aire cual pluma de ave, cerrando las puertas con un estruendo que retumbó en el castillo. Mi cuerpo fue impulsado hasta una enorme cortina que se encontraba debajo de la escalera, quedando enredado en ella hasta que se desgarró y caí al suelo.

Los elegidos quedaron del otro lado, todo sucedió tan rápido que no les dio tiempo de reaccionar y auxiliarme. El golpe me dejó un poco atolondrado, sentía un fuerte dolor en mi espalda y en mi cabeza.

Sin embargo, podía escuchar los gritos de los cuatro. Martin usaba su guante para mover con fuerza las puertas, mientras Susan trataba de conectarse conmigo a través de los pensamientos.

—¿Estás bien? Responde, Guardián —dijo Susan, interviniendo mi mente.

—¡¡Estoy bien!! No pierdan tiempo. La torre ha sido hechizada por Amelia, yo me libero de esto —finalicé mientras me levantaba de la estrepitosa caída.

Susan enseguida les comunicó mi mensaje a los demás. Un tanto preocupados, pero sin alternativa, iniciaron su marcha. Debían seguir adelante a pesar de que no los acompañara. Emmy era la más nerviosa, mi ausencia en su travesía le inquietaba, sus manos no dejaban de sudar a pesar de las bajas temperaturas. Esa misma adrenalina la hizo pensar acertadamente y, justo antes de marcharse, se le ocurrió hacer un hechizo especial de protección absoluta para blindar el castillo de posibles ataques. De inmediato llamó a los demás para que se detuvieran y se unieran a la magia, así sería más fuerte. Todos se posicionaron uno al lado del otro frente al castillo y elevaron sus guantes mientras exclamaban al unísono las palabras: Praesidium absoluta, et sic invisibilia tenebris.

Lo hicieron un par de veces e, ipso facto, la torre comenzó a desaparecer a través de una cortina. Es algo que habían aprendido para cubrir la Carpa de cualquier posible ataque.

—Él estará bien —comentó Ostin al bajarle la mano a Emmy, que aún señalaba con su guante.

—Okey, vamos —respondió ella.

Iniciaron su camino, todos se encontraban preparados para enfrentar cualquier adversario. Sus guantes hacían lo suyo, la magia ya era parte de ellos. El viento había cesado, la nieve en el suelo se iba derritiendo con el pisar de los cuatro elegidos.

Ostin sacó de su mochila dos linternas tradicionales, las que trabajan con baterías. Estaba muy oscuro y la visibilidad era escasa. Extraviarse era fácil y podía significar la pérdida de un tiempo muy valioso. Susan tomó de su abrigo el Atlas Mágico que les serviría como mapa guía y lo abrió, pero no había respuesta alguna, no había información en el pergamino.

Paralelamente, aún me encontraba algo atolondrado, pero debía actuar para salir del lugar y seguir con mi plan. Al observar la cortina roja que había rasgado por el impacto, rápidamente me percaté de que la torre había sido preparada como trampa. Amelia sabía que en cualquier momento la Carpa sería la que me trasladaría directo hasta el espacio abandonado. El aspecto del lugar era un poco aterrador. De repente, llegó a mis oídos un pequeño pero agudo silbido, como de un ave. Muy extraño, pensé.

El sonido provenía del segundo piso, exactamente de donde se encontraban las habitaciones y el gran salón del depósito. Mis mejillas temblaban, mi rostro estaba húmedo por las lágrimas que habían decidido salir sin permiso, la mezcla de emociones me embargó. Trataba de salir de mi estado emotivo, pues debía estar atento para atacar. Ya Amelia había logrado su objetivo, hacerme su prisionero en mi propio hogar.

Todas las ventanas y las puertas se encontraban selladas. Antes de subir por las escaleras me acerqué de vuelta al salón donde se encontraba el piano para asegurarme de que el portal estuviera sellado. Todo lucía bien, posiblemente el Carpalocius von Morin reposaba en el Olympic National Forest, bajo el resguardo de Sea. Sentía una relativa tranquilidad, ya que el otro lado, el mundo humano, era más seguro. Siempre y cuando no aparecieran magos con ansias de cazar...

Lentamente di pasos secos y precavidos. Subía los primeros escalones para dirigirme al segundo piso y supervisar de dónde provenía el peculiar silbido que se escuchaba como el de un pequeño canario. ¿Habría sobrevivido algún ave después del incendio? ¿O es posible que algunos pájaros se hayan alojado en la torre para resguardarse? me pregunté.

Al llegar al segundo piso, la primera puerta que me encontré fue la del salón usado como depósito, sus puertas abiertas de par en par. Al fondo se podía ver un baúl que tenía algunos abrigos sobre él y otros tirados en el suelo. Decidí continuar por el pasillo y la siguiente habitación era la mía, sus puertas se mantenían cerradas, mi memoria nuevamente se sumergía en los recuerdos.

Con solo agitar mi guante la puerta se abrió y rápidamente mi vista recorrió el lugar. Las paredes lucían tonos verdosos por la humedad y la cama era un mueble abandonado.

Hice un minucioso recorrido para verificar si existía alguna pequeña ave que emitiera el sonido que me mantenía en suspenso, pero al parecer no era ese el lugar de su nido. Al voltear la mirada me percaté de un papel en el suelo, específicamente una carta, que tenía un sello de cera roja. El color amarillo envejecido del papel delataba su antigüedad, lo que de inmediato alborotó mi curiosidad. Me incliné para tomarla y leer su contenido.

"Querido niño:

Este incendio es solo el inicio. La guerra por el poder se acerca y posiblemente leerás estas líneas cuando mi alma ya no esté en este mundo. No me busques en tus recuerdos, búscame en lo físico, así te podré ayudar a encontrar la verdad. La roca es la llave.

Rowena"

¿En lo físico? Mil preguntas llegaron a mi mente. No comprendía el confuso texto que me había dejado Rowena.

El misterioso silbido llegó a mis oídos nuevamente, tomé la carta y la resguardé en mi abrigo. La Torre del Norte tenía muchas habitaciones, la contigua a la mía era la del Rey, mi padre. La última habitación en la que mi mente querría estar. Era el mismo lugar donde él me había hecho Guardián de la Carpa, la última vez que vi su rostro cerca del ventanal.

Ya frente a la puerta de su aposento, me moví hacia la pared y elevé mi guante y soplé mi palma, formando un denso humo que enseguida se desplazó por debajo de la pequeña abertura entre la puerta y el piso. Este hechizo haría que cualquier cosa que estuviera presente se elevara en el aire, imposibilitando cualquiera de sus movimientos. Unos segundos después de tomar acción, el misterioso silbido invadió el área, se hizo más agudo y continuo. Justo en ese momento decidí abrir la puerta.

En efecto, todos los objetos dentro de la habitación flotaban, incluyendo lo que buscaba, un ave de unos doce centímetros, suspendida e inmóvil.

Un canario silvestre de plumas amarillas parduzcas se encontraba sin poder agitar sus alas, flotaba en el aire dirigiendo su pico al ventanal de cristal.

Al tomarlo para observarlo de cerca, cesó su particular canto. El canario lucía un tanto amigable. De inmediato, el encantamiento desapareció y todos los objetos descendieron y se ubicaron en su original posición. Al tenerlo en mis manos, tuve la sensación de que, al igual que a mí, el contacto le resultaba acogedor. Cerré mis ojos, los recuerdos se apoderaron y, como una película, llegó a mi mente el instante en el que estaba parado exactamente en ese lugar, cuando por última vez estuve con mi padre. Tal vez era una señal, no lo sabía, pero ¿cómo un indefenso pájaro podía estar allí? ¿Cómo había sobrevivido a una época tan dura en el mundo mágico?

—¿De dónde vienes? —pregunté al hermoso canario.

De repente, el ave giró su cuello bruscamente como si su cuerpo fuera elástico, dirigiendo su pico hacia mis ojos. Por un instante pensé que entonaría un bello canto, pero todo lo contrario. Un sonido perturbador, burlón y algo chillón salió de su pico. Sus plumas comenzaron a caer por doquier y su piel sufrió una metamorfosis. Su cuerpo en sí era una mutación y de él brotaron escamas de reptil. En segundos pasó de ser un tierno canario a una repugnante serpiente.

Con agilidad la solté, su reacción fue atacarme con sus colmillos. Al retroceder para esquivar su mordedura mortal, pisé en falso y caí desplomado. Solo tenía unos pocos segundos para reaccionar, así que saqué de mi abrigo el encendedor que contenía gas y, con la ayuda del guante, formé una línea de fuego directo al maligno reptil. Sin embargo, su sagaz movimiento le permitió evadir la llamarada, logrando impactar contra el cristal del ventanal y así huir velozmente.

—¡¡¡Cobarde mujer!!! —grité sin compasión.

Al otro lado, cerca del Imperio del Oeste, conocido en aquellos tiempos por ser el sitio donde residían los magos más temibles, existía la creencia de que en las altas y rocosas montañas la magia tomaba actos de sangre y malicia. Estos magos mantenían un acuerdo: no atacar a los otros Imperios. Sin embargo, la realidad contradecía dicho trato, y muchos de ellos viajaban hasta el Imperio del Sur para cruzar el Portal Verde y llegar hasta el mundo humano con el propósito de hacer sus fechorías.

En una de las empinadas montañas rocosas se encontraba la casa de Amelia, una cabaña de altas paredes que formaban un muro impenetrable. Tenía tres pisos de estructura y grandes ventanales, y para llegar hasta el lugar se requería tener poderes, ya que no existía ningún sendero o trocha de acceso debido a la altura. La cabaña fue el sitio donde Amelia nació, pero ya sus antecesores no se encontraban allí, sus padres habían fallecido muchos años atrás, incluso antes del gran incendio.

La perversa mujer se encontraba de rodillas en una de las habitaciones con los ojos cerrados, en una especie de meditación. Su poder de ilusionismo había creado el reptil para atacarme. La serpiente había regresado hasta ella y se deslizó por el suelo hasta entrar por la manga de su túnica. Amelia vestía pantalones oscuros, botas altas de tacón corto y una peluda lana que rodeaba todo su cuello. Sus manos eran pálidas y sus venas florecían protuberantes en su piel.

En medio de su trance, tuvo un recuerdo de su infancia.

Tenía trece años, era el día de su cumpleaños. Amelia bajaba las escaleras que llevaban al salón. Allí la recibieron sus padres, que eran una pareja de mediana edad. La madre de piel blanca, cabello liso, largo y castaño oscuro, con algunos destellos blancos. Su rostro duro, parco, con las primeras señales de la edad. Su padre alto, delgado, de cabello gris, su tez color beige medio y su rostro cuadrado. Su personalidad era más suave, parecía cariñoso.

—¡¡Feliz cumpleaños, Amelia!! —dijo su padre, mientras miraba la mano de su hija, que portaba un guante rojo.

El poseerlo le otorgaba el título de maga y gran prestigio en el Imperio.

—Finalmente, Amelia, ya era tiempo. Eres una de nosotros —apuntó la madre.

En el mesón bajo del salón se encontraba una caja de color vino con un lazo blanco que sellaba su tapa. Era el regalo que sus padres le tenían. La madre lucía algo incómoda y lo demostraba con un gesto desagradable, pero en cambio, el padre estaba visiblemente emocionado por el presente. Tomó la caja y la dejó en las rodillas de la joven sin emitir comentario alguno. Luego se sentó al frente para observar su reacción.

Amelia retiró el lazo lentamente con un poco de reserva. Al quitar la tapa y ver lo que contenía adentro, su impresión se evidenció en sus ojos: era una serpiente delgada de pequeño tamaño que rápidamente salió de la caja y se enrolló en su guante.

—¡¡Felicidades!! —finalizó el padre.

Segundos después, Amelia abrió sus ojos, interrumpiendo el recuerdo que había pasado por su mente. La misteriosa maga salió de su cabaña y se dirigió a lo más alto de las montañas del Imperio del Oeste. Cerró la puerta con el poder de su guante y observó la gran cantidad de rocas que reposaban en las afueras de la puerta principal. La oscura bruja apuntó hacia ellas con el guante, ordenándoles formar una especie de escalera o caminata flotante.

Era allí donde el Imperio del Oeste seguía sosteniéndose, sobre varias montañas unidas por pequeños puentes de piedras y altas torres de rocas grises. El destino final de Amelia era pisar la Plaza Negra, un espacio donde se reunían los magos para hacer oscuros hechizos desde hacía muchos años atrás. En el centro tenía una fuente circular con un pájaro negro de cobre como símbolo del lugar. Se decía que estas aves de plumas oscuras vivían en el Imperio por la sangre con la que las alimentaban. Su apariencia era monstruosa, solo salían en tiempos de guerra.

Amelia cruzó el puente que la llevaría a la Plaza Negra. Era un lugar desolado, sin ningún rastro de seres vivos. Ni el viento hacía presencia, como si le temiera al lugar. Con un golpe en seco Amelia posó el tacón de su bota en la plaza. La fuente que se encontraba en el medio no producía ningún flujo de agua y la estatua del pájaro de cobre estaba oxidada por las bajas temperaturas del largo invierno del mundo mágico.

—Discípulos del Oeste, es tiempo de que dejen atrás las sombras y revelen su rostro —gritó Amelia mientras hacía círculos con sus talones.

Al no oír ni ver respuesta a su llamado, la frustración se hizo presente, su rostro se endureció, sus ojos saltones miraban por doquier en busca de una señal de vida. Era muy probable que, luego del devastador incendio de los Imperios del Sur y del Norte, el Oeste también hubiese quedado afectado y sin sobrevivientes. De pronto se escuchó algo extraño.

—Si eres uno de nosotros, haz correr el agua de la fuente central. Solo seres oscuros pueden activarla —dijo una voz ronca que se oyó a lo lejos.

La malvada bruja dibujó en su rostro una sonrisa burlona por el desafío proveniente de la voz áspera. Visiblemente excitada por lo que acababa de escuchar, elevó sus brazos a lo alto y arrojó su poder sobre la fuente seca, rompiendo sus canales obstruidos por el abandono y, con gran presión, apareció agua de color cobrizo. La fuente, activa con un gran caudal, le dio vida a la Plaza Negra.

Al pasar unos segundos, se escuchó el sonido de rechinantes puertas y ventanas que se abrieron en la rocosa aldea. De ella salieron tanto hombres como mujeres con sus rostros cubiertos y trajes oscuros, dando pasos lentos y pronunciados mientras se acercaban a Amelia.

Eran unos pocos los que decidieron salir, a pesar de que se escuchaban murmullos de una cantidad mucho mayor. Se mantenían ocultos, pero algunas luces se empezaron a reflejar en las ventanas de las torres, confirmando que el Oeste aún estaba habitado.

Del grupo que decidió atender el llamado de Amelia, se pronunció un hombre de cierta edad, acercándose con firmes pasos. Su mano izquierda descubierta estaba llena de arrugas y marcas que evidenciaban los años. En cambio, su mano derecha estaba cubierta por un guante, se trataba de otro mago. El viejo hombre se posó frente a los ojos de Amelia y, de inmediato, se develaron sus párpados arrugados al dejar caer su capucha sobre su jorobada columna.

—Interesante —murmuró el viejo—. Pensé que no volvería a ver tus tóxicos ojos, ya mi cuerpo cuenta sus últimos días. Bienvenida, Lady Amelia —finalizó el viejo mago.

—¡Arthur! La oscuridad te mantiene vivo y debo agradecerte porque estas aún en el lado correcto —respondió Amelia.

Arthur era más que otro mago oscuro. Él era discípulo del sagaz Lord Balfour. Su aspecto era peculiar: no muy alto, de joroba pronunciada, un baño de arrugas bien marcadas en su cuerpo, ojos densos de pestañas blancas, al igual que su cabello.

De inmediato, Amelia decidió que no podía perder más tiempo, que debía revelar el motivo de su aparición en el Oeste. Elevó su voz para que todos los que permanecían ocultos salieran a la plaza a escuchar lo que tenía por decir.

—Esta noche quiero presentarme, seres de la oscuridad. Soy Amelia Cuber Vil, descendiente del Mago Adrian Cuber Vil. Muchos de ustedes me recuerdan, tal vez otros creyeron que era un cuento del pasado, pero aquí estoy, viva, haciendo un llamado para retomar el control de los Imperios del mundo mágico. Por mucho tiempo fuimos censurados por los Imperios del Norte, Sur y Este, pero es momento de recuperar los que nos pertenece —finalizó.

Paralelamente, seguían acercándose más discípulos al lugar.

—Si eres parte de nosotros, sabes que el único líder es Lord Balfour. Años atrás, su cuerpo desapareció en la batalla con el Rey del Norte, nunca se encontraron los restos —exclamó uno de ellos de misterioso rostro cubierto.

—¿Quién crees que eres para alzar tu voz y decirme la historia que yo conozco? Mis ojos vieron todo —dijo con seguridad.

—Mentirosa mujer, fuiste cruzada al mundo humano antes del incendio —respondió el hombre.

El fluido sanguíneo de Amelia era un torrente en ebullición, su expresión corporal se transformó. Sacó su guante para tomar desde lejos el cuello del hombre que la confrontó, apretando con gran poder las venas del desafortunado personaje. Enseguida algunas de sus ariscas serpientes se apoderaron del cuerpo del hombre, atándole sus extremidades para evitar la circulación del aire. Ya con sus ojos visiblemente brotados y la piel morada por la falta de oxígeno, cayó al suelo sin movimiento alguno.

—No vine aquí para discutir sus creencias, vine aquí para unirnos como ejército y luchar. Si quieren más pruebas del por qué debemos recuperar lo que nos pertenece, les digo que he visto con mis ojos el manto, la Carpa. Es real —dijo con ira.

El lugar se convirtió en decenas de murmullos y quejas al unísono, todos sorprendidos e impresionados por la revelación. Ya no era una leyenda la existencia de la Carpa, era cierto, existía. Todos sabían lo que representaba el manto, era el portal que los conectaría con el mundo humano, a cuyos habitantes querían dominar. Para ellos era inaceptable y repulsivo que los magos se relacionaran amistosamente con los humanos.

—Eso no es todo, también he visto al hijo del Rey del Norte. Ya es un viejo y es él quien controla la Carpa. Posiblemente ya se encuentra de vuelta en la Torre de su Imperio —agregó.

En ese mismo instante, en el cielo apareció un ave de plumas negras carbón, voló velozmente sobre la Torre del Oeste y, con un gran descenso, aterrizó sobre el hombro del viejo Arthur. Sus ojos rojos sangrantes y sobresalientes intimidarían a cualquiera, su aspecto era aterrador. La particular ave se comunicó desde su afilado y largo pico con el viejo mago, quien transformó su rostro con gestos de asombro por lo que acababa de escuchar. Enseguida decidió comunicar a los presentes lo que le había confirmado.

—Humanos invaden los bosques —dijo Arthur visiblemente exaltado.

—¡¡Imposible!! Solo son niños, ya debían haber muerto en la fría cueva —replicó Amelia desconcertada.

—No, no son niños. Se trata de hombres y mujeres adultos, humanos, pero magos. Eso quiere decir que… —interrumpió Arthur.

—Eso no quiere decir nada —declaró Amelia.

Por la mente de Arthur pasaba la misteriosa Profecía de los guantes púrpura. Ipso Facto, Amelia se acercó para que su voz llegara al oído del viejo, quien temblaba como si el frío lo consumiera por dentro. La tóxica actitud de Amelia lo hacía doblegarse ante ella, su valentía se desvanecía. Con tal imposición le susurró.

—Yo no permito que falsas profecías arruinen mis planes, espero que no seas un obstáculo y decidas estar del lado correcto —le susurró a Arthur —. Esta noche inicia una nueva guerra, esta noche apuntaremos a un solo enemigo. Mago que permita que los humanos tomen el control de nuestro mundo, será condenado como traidor y execrado de nuestro Imperio. Como demostración de unidad, eleven su grito ¡¡Ha iniciado la guerra!! —finalizó Amelia gritando al cielo.

Mientras la escuchaban, los magos que se encontraban cerca de la Plaza Negra tomaron, decididos, el control de sus guantes y propagaron fuego para iluminar la aldea del Oeste con llamas. Todos los candelabros abandonados alrededor del lugar dieron luz nuevamente al Imperio. Era la gran señal de que despertaban, de que resurgían y estaban listos para retomar la guerra por el control absoluto de los mundos. Gracias al retorno de Amelia Cuber Vil, el Oeste se había reactivado finalmente.

12

EL NUEVO IMPERIO

El invierno en el mundo mágico ya no era el mismo, se podía observar en las ramas cómo los trozos de hielo se iban derritiendo, como si al helado lugar se le hubiese enviado una señal de que era hora del cambio. Era la forma en la que la naturaleza nos mostraba señales de que algo estaba por venir. Tal vez era la venidera paz de los reinos gracias a los cuatro elegidos, o quizás todo lo contrario. Era el tóxico fuego que había nacido de la venganza y el odio en los cielos del Imperio del Oeste. Ya Amelia había hecho lo suyo.

Max y Vivian se habían sumergido en el bosque de hielo durante horas, habiendo viajado muchos kilómetros en el lomo del peludo animal. Al cabo de un rato este se detuvo, sus apresuradas patas habían dejado huellas por todo el camino. El animal, con una agitada respiración, bajó a los niños y, una vez frente a ellos, les señaló el destino de su viaje, el lugar a donde los había llevado para protegerlos. Su forma de comunicación era superior a la del resto, era obvio que el cuadrúpedo protector no era un lobo común y corriente, de esos que solo emiten aullidos o sonidos de animal. Su inteligencia era notable.

Parados sobre el nevado suelo, vieron que sobresalía una montaña en forma de pico que formaba la entrada a una especie de cueva. A diferencia de la cueva donde Amelia los había encerrado, este espacio transmitía seguridad y tranquilidad, una sensación de bienvenida. De inmediato, el lobo blanco tomó paso a la caverna, mostrándoles el camino y le dio a entender a Max que debían seguirlo.

—No tenemos opción —Max comentó a Vivian.

—Estamos juntos en esto —confirmó Vivian mientras tomaba la mano de Max con fuerza.

Ambos se adentraron en la oscura caverna con manos entrelazadas. Max tomó el cuello del lobo para seguir su paso y Vivian soltó la cadena que formaba con la mano de su hermano menor. Al final del túnel principal, sus ojos fueron sorprendidos por la inesperada aparición de algo que nunca imaginaron ver en sus vidas. Una transparente cortina hecha de medusas provenientes del océano bloqueaba el paso. Vivian se adelantó a Max y al enorme lobo, impresionada con lo que sus ojos veían. La adrenalina la llevó a investigar el extraño fenómeno.

—¿Qué haces? —preguntó Max.

—¡He visto esto antes! —comentó Vivian.

—¿De qué hablas? Cuidado, no toques... —advirtió él.

—Es una cortina de protección, lo leí en un libro que conseguí abandonado en una mesa de la biblioteca —dijo ella.

Vivian decidió tocar la cortina con cautela y logró atravesarla sin ningún efecto o consecuencia. El gran lobo blanco hizo lo mismo.

—¡Vamos, Max! ¡Cruza! Se siente como agua fría, pero es seguro. Todo está bien de este lado —gritó Vivian desde el otro extremo de la cortina.

Max, con gran duda, se llenó de valor y lentamente se acercó a la incolora cortina. Algo temeroso, tocó con su dedo índice la frágil pared mágica y, de repente, esta se quebró como lo haría un espejo. Al caer al suelo sin ningún sonido en especial, Max finalmente pasó. El niño revisaba cada una de sus extremidades para asegurarse de que la cortina no le hubiera ocasionado ningún daño. Al instante, su alma recibió una paz inmensa, como la que sentía en casa bajo la protección de sus tíos.

El peludo animal adelantó el paso y los niños lo siguieron. Llegaron al final de la oscura cueva, y, al salir al exterior, la luz lo inundaba todo. Era muy extraño, porque allí hacía calor, no había invierno a diferencia del resto del mundo mágico. Alzaron la mirada y se encontraron con algo inesperado, otra sorpresa. Se trataba de un alto edificio triangular que, en su extremo frontal poseía una columna clásica griega que iba desde el suelo hasta el punto más alto. Su fachada de caliza y terracota estaba dividida horizontalmente en tres partes.

—¿Cómo es posible? Ya estamos de vuelta en nuestro mundo —Eran preguntas que salían en susurro de la incrédula Vivian.

—Es un edificio grande como los que hay en Welmort —dijo Max con una pequeña risa producto de la impresión, mientras seguía a la bestia blanca.

—¿A dónde vas? —preguntó Vivian.

—Algo me dice que estaremos a salvo, recuerda que tú dijiste que todo iba a estar bien si estábamos juntos —finalizó el niño.

El rascacielos poseía más de veinte pisos y decenas de ventanas iluminadas por doquier, lo que comprobaba que la imponente estructura contaba con electricidad. La entrada principal estaba en el costado derecho del edificio. Para los niños, la expectativa de encontrar ayuda aumentaba. Ambos estaban ansiosos por salir de ese extraño mundo y volver a la normalidad. Siguiendo el paso del silencioso lobo, caminaron la ruta hacia el gran rascacielos.

Por otro lado, los elegidos seguían en la oscura noche, paso a paso en busca de Vivian y Max. Susan no despegaba la mirada del mágico pergamino, que seguía sin dar respuesta. Ostin, quien iluminaba el camino con una linterna, notó algo extraño, un olor nauseabundo. Decidió investigar de dónde provenía. De repente, un centenar de moscas comenzaron a aparecer por todos lados, el suelo era una mezcla entre la nieve restante y una barrosa sustancia. Ostin lo iluminó y encontró el cuerpo de un ciervo muerto, atado por raíces que brotaban desde el suelo y que, con gran presión, sostenían al animal. Era como si la tierra hubiera querido devorarlo. Los ojos del inocente ciervo seguían abiertos y Ostin se percató de que una lágrima emergió del cadáver para descender hacia el suelo.

El resto del grupo se acercó a la impactante escena y, en la oscuridad, Ostin notó que en realidad estaban rodeados de esas extrañas raíces y que ahora se deslizaban como serpientes. Todos evitaron tocarlas, teniendo presente el destino del pobre ciervo.

—¡Tengan cuidado! Es por esto que debemos estar atentos y alerta —dijo Ostin al resto del grupo, dándole la linterna a Emmy.

—¡No toquen las raíces! —exclamó Susan mientras guardaba el Atlas en su abrigo.

—Es obvio que se trata de una trampa —afirmó Martin.

Unos segundos después, en el cielo se observó una extraña ave que caía con la velocidad de un meteoro justo en dirección a la cabeza de Emmy. El golpe tan fuerte hizo que la joven perdiera el equilibrio y cayera en el húmedo suelo. La linterna que tenía en su mano estalló con el impacto y su bombillo se hizo pedazos, dejando a todos a oscuras. En ese momento, las malignas raíces tomaron a Emmy por las piernas, impidiéndole levantarse. Era tal su desespero, que gritaba sin cesar por ayuda. El diabólico pájaro huyó. Se trataba de la misma ave de ojos saltones y rojos que había reposado en el hombro del mago Arthur algún rato atrás.

—¡¡Auxiliooooo!! —gritaba Emmy con desesperación.

Ostin y los demás trataron de auxiliarla, pero las ágiles raíces tomaron a Susan por los tobillos y la arrastraron, alejándola un par de metros del grupo. La determinación de Ostin por salvar a Emmy lo hacía patear con fuerza las indomables raíces, pero estas fueron más veloces y lo tomaron por sus brazos, envolviendo su cuerpo desde el cuello hasta los pies. Martin, al ver la situación, alzó su guante para golpear con fuerza las raíces, logrando quebrar algunas. Sin embargo, no fue suficiente para exterminarlas y un par de ellas lo tomaron por los hombros, impidiendo que continuara usando su poder.

Para ese momento, los cuatro elegidos estaban inmóviles y apresados. Parecía que la nueva generación de magos estaba por ser exterminada y todos quedarían como el indefenso ciervo, asfixiados y con los huesos quebrados. Al ver la situación, Susan retomó la calma y se percató de que su mano derecha estaba presionada contra su pecho, sujetada por las raíces. Solo tenía movilidad en sus dedos, pero decidió posarlos en su corazón y, con ojos cerrados, intentó comunicarse con los demás, que parecían haberse dado por vencidos.

—¡Presten atención! —Era el mensaje que enviaba Susan al resto del grupo a través de su poder de comunicación—. No es más que otra prueba. ¿Recuerdan en el cuarto de bautizo cuando luchamos con el agua? Se trata de algo similar. Debemos calmarnos, tengo un plan. Si las raíces saben cómo controlarnos, quiere decir que piensan y sienten, lo que me daría la oportunidad de comunicarme con ellas y calmarlas. Para conseguirlo necesitaría tu ayuda, Emmy, debes intentar mover tu guante para congelarlas, así podremos huir. Espera mi señal —culminó.

Los elegidos lograron controlarse gracias al llamado de Susan. Se miraban entre ellos, callados, apenas podían mover sus ojos. La inmovilidad los hacía más débiles y frágiles. Susan era la única que permanecía con los ojos cerrados, concentrada para enviarles los mensajes correctos. En ese instante, comenzó a mover la mano que tenía el guante, sus dedos lograban moverse lentamente. Desde la posición en la que estaba, Emmy veía a Susan con claridad, a pesar de estar casi asfixiada por la falta de oxígeno. Tenía una gruesa raíz alrededor de su cuello, pero confiaba en el plan y hacía un gran esfuerzo por mantenerse atenta. Un silencio sepulcral invadió el lugar.

Susan permanecía concentrada, mantenía la conexión con el ser natural. Sus párpados cerrados temblaban por la presión que tenía por salvar al grupo, sabía que era la única oportunidad para salir de la trampa mortal en la que todos se encontraban. Al cabo de un largo minuto, las fuertes raíces comenzaron a soltar sus cuerpos, hasta el punto de relajarse completamente. Al verse liberados, el único sonido que se escuchaba eran las bocanadas de aire que tomaban los cuatro. De inmediato, Susan abrió sus ojos.

—Es el momento, Emmy ¡¡Ahora!! —dijo Susan en susurro.

Emmy tomó acción y congeló todas las salvajes raíces, dejándolas a todas inmóviles. Finalmente, todos se pusieron de pie, sacudiendo el sucio de sus ropas y de sus rostros. Se retiraron con precaución para evitar cualquier contacto con los restos, debían asegurarse de estar a unos cuantos metros del lugar.

Ya lejos, los elegidos detuvieron su paso para replantearse el plan.

—¿Qué fue eso? —reclamó Ostin.

—No lo sé —respondió Susan, confundida.

—Este plan es una aventura suicida —dijo Emmy.

—Tal vez lo sea, jovencita, pero quiero de vuelta a mis sobrinos —gritó Martin con dureza.

—¡¡Oye!! Baja la voz —reclamó Ostin, enfrentándose a Martin.

—¡Ya basta! Tengo algo que decirles —anunció Susan, interrumpiendo la discusión.

Todos voltearon a mirar a Susan con atención. A pesar del susto y de lo desagradable de la conversación, ella los había salvado. Lo mínimo que podían hacer era escucharla.

—Cuando logré calmar a las raíces, algo sucedió… Fue como si ellas me hablaran, lo único que escuché fue que nos pedían ayuda —comentó.

—¿Ayuda? Esas cosas intentaron matarnos —contestó Ostin alterado.

La mala respuesta de Ostin inició una discusión con Susan. Emmy, sin intenciones de intervenir, tomó el Atlas del abrigo de Susan y se alejó unos metros de ellos, observando con detenimiento. Necesitaban una ruta segura para seguir adelante. De repente, el pergamino comenzó a trazar un camino que indicaba ir por las nevadas montañas con destino al Imperio del Sur. La jovencita se emocionó tanto, que sin querer lanzó el objeto al aire, congelándolo para que no cayera al piso barroso.

—¡Eyy! Tienen que ver esto —gritó Emmy exaltada.

Todos corrieron hacia ella, viendo el Atlas congelado en el aire, que aún marcaba la ruta que debían cruzar hasta el destino final.

—El Atlas nos está guiando...tenía razón el viejo mago —comentó Emmy—. Tenemos que estar más unidos, a pesar de lo que nos encontremos en el camino. Es hora de seguir —aseveró Emmy, devolviendo el Atlas a Susan para que lo guardara de nuevo en su abrigo.

Ya en ese punto, los elegidos no dudaban de su gran responsabilidad. Cada uno tenía apretado su guante en forma de puño como gesto de que estaban listos para asumir cualquier batalla. El miedo de luchar y las preguntas se desvanecieron para ellos. Les había quedado claro que debían pelear por sus vidas. La búsqueda de los niños era lo principal.

Muy lejos de allí, los niños entraron al edificio, todo lucía impecable y solitario. Los ojos de Max se exaltaron al observar a lo alto las escaleras que conectaban con los veinte pisos de la estructura. Había decenas de lámparas en los costados y algunas en el vestíbulo. El niño se preguntaba de dónde provenía la energía. ¿Sería la descontrolada chispa voladora la que había iluminado el lugar? Él, curioso, se acercó a una de las lámparas para corroborar su idea, pero no había señales de la chispa. Vivian caminaba con pasos seguros y lentos.

—¿Hola? ¡Ayuda! —gritó Vivian.

—¿Ayuda? —le preguntó Max.

—Necesitamos volver a casa. Si el lobo nos trajo hasta aquí, que él mismo nos guíe —explicó Vivian.

—Vivian, ¿en qué estás pensando? El lobo no habla. Déjame comunicarme con él —aseguró Max—. ¿Puedes ayudarnos? —preguntó a la criatura.

Esta agachó su cabeza, la levantó y soltó un aullido muy fuerte, esparciendo eco por todo el lugar. Los niños, sorprendidos por el sonido, elevaron sus miradas a lo alto de la edificación, donde aparecieron lentamente rostros desde las escaleras, como si una tribu se hubiera mantenido escondida de algo o alguien. Parecían ser humanos al igual que ellos, cientos, algunos mayores que otros, hombres y mujeres. Todos poseían capas y bufandas de pelaje en sus cuellos.

—Max, mira —susurró Vivian.

—No estamos solos —respondió Max.

De inmediato bajó por las escaleras un viejo hombre de barba cuadrada y sombrero circular que le ocultaba el rostro. Los niños, asustados, dieron un paso atrás, mientras el hombre avanzaba para llegar al vestíbulo. Cuando pisó la sala central del lugar, observaron que usaba botas altas que llegaban a sus rodillas y una capa que tenía bordados unos símbolos. No poseía un guante.

—Era cierta la Profecía. Se cumplió, comunidad —exclamó el hombre mientras movía su mandíbula de lado a lado.

—¿Quién eres? —preguntó Max.

—Soy Adam —respondió el hombre.

En ese momento el lobo se le acercó.

—Gracias, amigo —dijo al peludo animal, acariciando su suave cabeza. Este hizo una reverencia—. No hubiese imaginado que viviría para ver a los elegidos. Pero, un segundo, ¿son magos? ¿Por qué no usan la magia? —preguntó Adam.

Max quedó confundido sin comprender a qué se refería el viejo hombre. Vivian se acercó para poder conversar con él.

—Lo siento, señor. No somos magos. Solo queremos regresar a nuestra casa, probablemente nuestros tíos nos estén buscando —respondió Vivian.

El hombre de sombrero circular quedó aún más confundido. Quería saber lo que estaba pasando, si realmente eran los elegidos o solo era parte de la magia que adornaba ese mundo. La expresión en su rostro era de desconcierto y hasta decepción, un trago agrio de saliva pasó por su garganta. No sabía qué decirles, tenía más preguntas que respuestas.

Sus abundantes cejas se movían. No sabía de dónde provenían los dos extraños ni por qué vestían esas ropas deterioradas, sucias y antiguas. En su mente revoloteaban varios pensamientos, sin embargo, el misterioso hombre decidió dar un margen de tiempo para despejar sus dudas. Les dio la bienvenida a los hermanos y, sin hacer preguntas, les ofreció cambiar de vestimenta y darles algo de comer. Suponía que si habían atravesado el bosque en ese implacable invierno, su última comida debía haber sido ser hace días.

—¿Quisieran comer en la mesa y tomar un poco de agua? Estoy seguro de que aún no tienen edad suficiente para una copa de vino... Ah, por cierto, así también pueden conocer a los demás —dijo Adam.

—¿Los demás? —preguntó Max en susurro, haciendo rechinar sus dientes.

— Sí, los demás... ¡síganme! —comentó el hombre.

Se podía escuchar el estómago vacío de ambos, ya había pasado mucho tiempo desde que Amelia los había trasladado al mundo mágico. Confiaron en la buena voluntad del hombre del sombrero circular y decidieron seguirlo. Mientras caminaban, no dejaban de observar el lugar. Para ellos era incomprensible que ese edificio estuviera del otro lado de la alta caverna. La curiosidad iba en aumento al pensar que había más gente dentro de la estructura. Llegaron hasta unas grandes escaleras, pero el peculiar hombre decidió tomar el ascensor de rejas de metal que se cerraban como cortina. El peludo animal, que también los seguía, se alejó del grupo. Max le dirigió la mirada a Adam con una expresión de negación en su rostro, no quería que el gran lobo los dejara.

—¿Qué pasará con él? —preguntó Max con voz emotiva por lo agradecido que estaba con el lobo blanco.

—No te preocupes, un alma pura jamás abandona a los suyos —expresó Adam.

En ese instante, el peludo lobo que se encontraba en las afueras del elevador miró por las aberturas del rejado metálico. Las pupilas del animal se tornaron de un azul intenso, creciendo hasta alcanzar las pestañas y extendiéndose de tal manera que envolvieron la cabeza del animal hasta cubrir todo su cuerpo con una gran esfera azul. Su cuerpo tomó la forma de un holograma hasta esfumarse por el aire como un espíritu.

Adam, sin ninguna expresión de asombro por lo sucedido, solo siguió la ruta y presionó el botón del piso dieciocho. Max, con la boca abierta de la impresión, no dejó de mirar el extraño fenómeno hasta que se desvaneció la imagen.

Mientras el grupo subía, se podía ver que en cada piso sucedían diferentes cosas. Sin embargo, era muy difícil detectar los detalles, ya que iban muy rápido. Luego de unos segundos llegaron al piso dieciocho. Adam abrió la reja para salir de primero, le seguía Vivian y de último el anonadado Max. Cuando los niños vieron lo que había allí, quedaron paralizados.

13

EL CEMENTERIO SUBTERRÁNEO

En el Imperio del Oeste, todos los magos se habían revelado en la Plaza Negra mientras Amelia bebía del agua rojiza de la fuente. Se trataba de una clara señal territorial: era su Imperio, su plaza, su fuente.

Arthur se acercó hasta la malvada bruja que secaba sus manos sobre la densa túnica que cubría su espalda. Los demás se delataban con sus miradas, estaban ansiosos y excitados, en espera de la siguiente orden de su nueva líder.

—Lady Amelia, todos esperamos su orden para anunciar al mundo nuestra rebelión —expresó el viejo Arthur con evidencia de sumisión, mientras sacudía de su jorobado hombro al pájaro negro de pico agrietado.

—No te atrevas a controlar mi tiempo, viejo sucio. Yo estoy a cargo y todos obedecen. La hora ha llegado —precisó Amelia.

La Plaza Negra tenía en un extremo un gran puente de piedra que conectaba al Imperio del Oeste con el del Sur. Era la única manera de cruzar de un reino al otro. Debajo de esa gran estructura corría un río que aumentó inesperadamente su caudal al presenciar la escena en la plaza, como dando su aprobación a las palabras de la nueva líder del Imperio del Oeste.

En respuesta, todos los magos oscuros se alinearon detrás de Amelia, dirigiendo sus guantes al negruzco cielo como espadas de guerreros. Uno de ellos trajo con él una antorcha de fuego que tomó de una de las paredes rocosas y se paró frente Amelia, justo al nivel de sus intimidantes ojos. El hombre lanzó la antorcha al aire para que fuera controlada por los demás.

De inmediato, todos murmuraron un hechizo para hacer flotar el fuego, creando una inmensa superficie compuesta de llamas en lo alto del cielo. La extensa llamarada tomó forma de ave con grandes alas ardientes que agitaba sin desplazarse. Permaneció justo encima de la Plaza Negra y ante todos los presentes.

Estaba declarada la guerra. El símbolo creado y exhibido representaba la postura de un territorio sobre otro, anunciaba el inicio de la batalla entre el Imperio del Oeste y el resto de los Imperios. El cielo era solo fuego, como muestra de la furia por iniciar la conquista de todo. Así funcionaba el mundo mágico. Solo quedaba esperar la reacción de los otros Imperios y, en caso de no recibir respuesta a la rebelión de fuego, la Legión del Oeste actuaría sin ninguna misericordia.

—¡¡Escúchame, Guardián!! —Amelia inició un contacto usando su guante mientras caminaba por el borde de la estructura de la fuente con sus ojos cerrados, dando vueltas en círculos sin perder el equilibrio.

En la Torre del Norte, la voz de la malvada bruja resonaba en las paredes. Amelia seguía controlando las puertas de la torre que aún me hacían prisionero en mi propio hogar. Su manera de comunicarse conmigo era usar su magia para dar voz a las frías paredes del lugar. Yo permanecía con los sentimientos a flor de piel y muy conmovido. Decidí salir de la habitación de mi padre para pararme en lo alto de las escaleras y escuchar exactamente lo que la perversa bruja quería trasmitir.

—La rebelión de nuestro Imperio es un hecho, desde hoy no necesitaremos de tu representación en ambos mundos, porque los controlaremos. Ya de nada te servirá ocultar tu nombre, viejo mago. Ahora te exijo que le devuelvas a nuestro Imperio el Carpalocius von Morin que nos pertenece y tú lo sabes. Tú padre lo robó a nuestro Lord. ¿Alguna vez te has preguntado quién incendió el Portal Verde? Las puertas de la Torre del Norte están libres para que te presentes y me entregues la Carpa… tienes menos de veinticuatro horas para verme en el Imperio del Sur, donde todo inició —finalizó.

Fin del mensaje, las paredes dejaron de emitir la voz aguda de Amelia. De repente, un fuerte dolor se esparció por todo mi cráneo, tal vez otra treta de la bruja. Bajé de prisa las escaleras mientras guardaba la vieja nota de Rowena, presionando el delicado papel hasta el fondo de mi bolsillo con un tanto de nostalgia y mucha curiosidad. La torre había quedado liberada de cualquier hechizo de la malvada Amelia. Al bajar el último escalón, vino a mi mente el recuerdo de Rowena aquella noche, cuando me la encontré en este mismo lugar.

Podía escuchar su voz y ver sus ojos húmedos conteniendo las lágrimas, su mirada de angustia por lo que estaba por venir. Sentía en mis huesos los escandalosos truenos de la tormenta de esa noche que nunca abandonó mi mente, la trágica noche del incendio.

La valentía que me había hecho llegar hasta allí se había desvanecido, ya no estaba dentro de mí. Abrir la puerta del castillo se había transformado en un repentino encuentro con mi pasado para el que no estaba preparado. Sin embargo, la determinación de finalizar la guerra que se inició cuando solo era un niño era la que movía mis pasos. Sin pensar más en lo ocurrido, pisé fuerte el suelo con el tacón de mi desgastado zapato, decidido a dar forma al plan que tenía en mente. Me dirigí hacia el gran salón, donde el piano reposaba, el mismo lugar a donde la Carpa nos había trasladado.

Enseguida me distrajeron los repetidos sonidos que producía mi estómago, no había ingerido alimento desde hacía más de medio día. O tal vez necesitaba algo de café. Lamentablemente no tenía el tiempo para sentarme a disfrutar una taza de la negruzca bebida, mi vida estaba en peligro frente a la amenaza de Amelia. A pesar de que nunca acepté entregarle la Carpa, tampoco me negué a hacerlo, así que mi encuentro con ella seguía en pie. Sin embargo, como mago tenía que ser más audaz, debía estudiar cómo ganarle, y esta vez no era suficiente con la magia.

Debía hablarle a Sea de los últimos acontecimientos. La conversación nos incumbía solo a nosotros dos, en privado, así que me aseguré de que la presencia de Amelia realmente no se encontrara en la torre y tomé la precaución de blindar la entrada con un sello mágico que simbolizaba a mi familia. En ese momento, contacté a Sea e hice venir al Carpalocius von Morin.

El fuerte aire desplegado por la llegada de la Carpa al lugar hizo volar algunas sábanas que cubrían un par de objetos en el recinto del piano. Mis pupilas apuntaban en dirección al material del manto, de un imponente color púrpura. Una vez más, la palma de mi mano se deleitaba con su suave superficie, era como la piel de un durazno.

Algo alterada, Sea salió para encontrase conmigo. Su aspecto era desaliñado, sus cabellos se veían desordenados, como si recién se hubiera despertado de una larga siesta. Ella no entendía la prisa de mi llamado, pero la Carpa me comprendía, el taconear de mi calzado significaba que se trataba de una situación de emergencia, algo de fuerza mayor.

—¡¡Aquí estoy!! ¿Cuál es la emergencia? Tu voz rebota en mi cabeza sin cesar y, cada vez que la Carpa se traslada, me dan nauseas —comentó Sea, algo atolondrada aún entre las cortinas del manto.

—Sea, necesitamos conversar —apunté.

—¿Dónde están los demás? —preguntó ella.

—Amelia encantó la torre, dejándome atrapado. Por suerte, los elegidos pudieron salir sin inconveniente y siguen en su misión de rescatar a los niños. Debo reunirme con Amelia —dije preocupado.

—¿Qué? ¿Por qué debes reunirte con ella? —exclamó Sea desconcertada.

Me di la vuelta y me senté en el banco de madera del piano, con los codos sobre mis rodillas, observando mis manos viejas y cansadas. Reflexioné por un instante sobre mi edad, el tiempo y lo que faltaba por hacer.

—Sea, hace un par de años me preguntaste cuándo sería nuestro último viaje —dije.

—Guardián, por supuesto que lo recuerdo, ese fue el mismo día que hicimos una parada en este lugar de los ríos de arena, ¿cómo se llamaba? —respondió Sea.

—Egipto… —respondí de inmediato.

Me levanté del banco y estiré mi largo abrigo. Como no quería perder detalle del salón, hice un escaneo para grabar en mi memoria el lugar. Entré por la abertura principal de las cortinas del manto y arrastré con mi poder el cofre donde se encontraba la Carpa la noche que lo vi por primera vez, justo después de que mi padre me destinara a ser Guardián.

—¿Qué haces? —preguntó Sea.

—Sea, hoy fue nuestro último viaje en el Carpalocius von Morin… —respondí.

—Un momento… Nada de esto tiene sentido, Guardián ¿A qué te refieres? —apuntó Sea algo contrariada.

—No entiendes. Amelia quiere la Carpa, quiere que nos encontremos en el Imperio del Sur. Ella sabe toda la verdad sobre lo ocurrido en la noche del incendio. Tú sabes que necesito esas respuestas —contesté.

—¿Qué tal si no nos precipitamos y buscamos otra solución? Tal vez Frida nos haya dado una información incompleta y estemos en desventaja. Yo no confío en ella—finalizó Sea con visible molestia—. Sabemos que los habitantes del Oeste iniciaron la guerra con su líder, el señor oscuro la noche del incendio. La bruja quiere la Carpa para controlar ambos mundos, pero los humanos no están preparados para esto y lo sabes. La Legión del Oeste romperá el pacto y destruirá a los humanos —continuó Sea.

—Lo siento, necesito saber cómo terminó todo esa noche tan devastadora —respondí.

—Siento mucho lo que voy a decir, Guardián, pero tus padres, como los míos, ya no están —manifestó la mujer claramente triste.

—Lo sé, Sea, pero… —dije con la mirada baja cuando fui interrumpido por ella.

—¡Tengo una gran idea! La única forma de evitarlo es que le entreguemos a Amelia una Carpa, pero falsa —comentó Sea con una sonrisa maliciosa.

—¿Falsa? ¿A qué te refieres? —pregunté.

—Nosotros nos quedaremos con el verdadero Carpalocius von Morin —finalizó la no maga.

La sonrisa de Sea se estiró de extremo a extremo en su rostro, transformando su mirada en decisión y valentía, como un guerrero jamás conocido. Mi estómago aún producía sonidos de hambre y, al escucharlos, Sea sacó de su bolsillo un fruto rojo, una manzana, y la lanzó por el aire como en los viejos tiempos. Mi guante la atrapó en el acto, y ya con ella reposando en mi palma, vi que tenía un mordisco seco. Devoré la mitad del fruto, respondiendo a Sea con un sí rotundo.

Los elegidos continuaban su camino por las montañas, el suelo era bastante resbaloso. La que tenía mayor dificultad en avanzar era Emmy, que se deslizaba inesperadamente en algunos trechos de hielo que lentamente se hacían agua. Algo estable que los acompañaba era la luna. La percepción era que el mundo mágico estaba atrapado por la oscuridad, parecía imposible que el sol saliera. Desde la desaparición del Rey del Norte, la noche se había hecho eterna.

Al instante, el cielo se iluminó producto de un gran fuego lejano al lugar en el que se encontraban. No comprendían qué sucedía, solo veían la incandescencia sin poder identificar qué la producía. Martin detuvo su paso al darse cuenta de que la extraña luz flotaba liviana en forma de ave y avisó al grupo. Todos se detuvieron y miraron hacia el cielo. Pequeñas cenizas luminosas empezaron a caer y los elegidos abrieron sus manos para atraparlas y examinarlas. Se consumían rápidamente.

—¿Llueve fuego? —preguntó Emmy.

—No lo sé, pero pareciera que este fenómeno estuviera ocurriendo muy cerca de nosotros. No es normal la cantidad de chispas, debe ser algo muy grande —comentó Ostin.

Susan, algo distraída, no puso mayor atención a lo que sucedía, seguía su paso. Sin embargo, Martin, que estaba mucho más atento, logró ver en detalle que una de las extrañas cenizas cayó y siguió su camino más allá del oscuro suelo. Se trataba de un inmenso hoyo y la despistada Susan iba justo en esta dirección. Martin corrió para detenerla, pero ella cayó en un vacío sin fin aparente.

Afortunadamente, Emmy reaccionó en segundos y, por impulso, abrió su guante y el cuerpo de Susan se detuvo en el aire, quedando suspendida en la mitad del oscuro y profundo hoyo.

—¡¡¡¡Susan!!!! —Alcanzó a gritar Martin.

—¡¡Auxilio!! —clamó Susan.

Al instante, el grupo avanzó y Ostin sacó de su bolso la linterna que le quedaba. Iluminó a los demás para que visualizaran la orilla del hoyo. Así evitarían caer también. Susan permanecía flotando en el aire, congelada por el poder de Emmy.

—Ostin, mueve a Susan hasta nosotros —dijo Emmy.

Ostin elevó su guante y el cuerpo de Susan se deslizó hasta donde se encontraba Martin, quien la abrazó. Ya estaba a salvo.

—¿Estás bien? —preguntó insistentemente Martin.

—Sí, sí, pero perdí el Atlas, cayó al hoyo, lo siento —explicó Susan.

—¿Cómo lo recuperaremos? —preguntó Emmy.

—No creo que sea muy seguro intentarlo, es muy profundo —contestó Ostin.

Mientras analizaban qué hacer, una neblina lejana se empezó a desplazar hacia el hoyo, avanzando sin cesar hasta cubrirlo. Provenía de todos lados y era cada vez más densa.

—¡¡Ey!! Tenemos un problema mayor —apuntó Emmy, que se dio cuenta de lo que estaba sucediendo.

La niebla iba rápidamente por todo el suelo, algo similar a una avalancha de nieve, pero silenciosa. Era de color verde pasto. Los elegidos estaban confundidos y sin saber cómo actuar, pero, al ver la dimensión de lo que ocurría, los invadió el pánico. Al parecer, el único lugar para resguardarse de ese extraño fenómeno era saltar en el enorme hueco, pero no había certeza de qué había dentro ni de su profundidad. Era una opción muy peligrosa.

Al otro extremo, flotando por el aire, se acercaba una luz en forma de chispa saltarina. Era la misma luz que había salido de la lámpara de Max en su habitación y que había hecho que los niños llegaran hasta el mundo mágico. Los elegidos desconocían la capacidad de la chispa, ella volaba como un simple insecto esquivando la niebla. Con su potente luminosidad logró interrumpir la oscuridad que les impedía ver bien la gran boca del hoyo y se sumergió en él para iluminar el espacio hasta el fondo. Así podrían ver con claridad si saltar era seguro o no.

Rápidamente, Martin se asomó a la orilla del circular orificio, dejando caer algunas rocas que no resonaron al llegar al fondo. Se dio cuenta de que este estaba cubierto por una gruesa capa de nieve, lo que les permitiría caer sin mayor riesgo. Ya el espeso humo había llegado a los talones de Susan, que se encontraba en uno de los extremos, al igual que a Ostin y a Emmy, que ya estaban cubiertos hasta las rodillas.

—¡Debemos saltar al vacío, es seguro! Síganme —Martin reaccionó y les indicó a todos.

Sin dudarlo, él fue el primero en lanzarse. Emmy le siguió y Ostin volteó hacia Susan, que parecía insegura. Se acercó, la tomó de la mano y saltaron juntos.

—¡¡Ay, mi hombro!! —se quejó Susan al caer sobre la nieve.

—¿Están bien? —preguntó Martin.

—Todo bien, solo un pequeño golpe —contestó Susan.

Al parecer, la chispa ya no estaba, el lugar estaba oscuro y era difícil ver. Emmy se levantó rápidamente para ayudar a Susan y a Ostin. Martin solo buscaba la parpadeante luz que le había hecho tomar la decisión de saltar al incierto hoyo. No la encontró.

Decididos a explorar el lugar, Ostin encendió de nuevo su linterna e iluminó escasamente la zona. La única entrada de luz natural provenía de lo alto del cielo, solo la luna proporcionaba destellos en los rostros de los elegidos. Con la mirada hacia a lo alto, las mejillas de Susan mostraban un singular resplandor. Se preguntaba cómo iban a salir del lugar, cómo iban a retomar su camino.

Las paredes del gran hoyo estaban cubiertas por gruesas raíces que lo revestían. La curiosidad de Martin aumentaba, debía entender dónde estaban y cómo salir de allí. Decidido a evaluar el extraño territorio, rosó su guante por las paredes de raíces con el fin de obtener alguna pista. De pronto, descubrió algo impresionante: ante sus ojos tenía una gran lápida. Sorprendido por el hallazgo, siguió frotando los muros, percatándose de que estaban en un especial cementerio en forma de laberinto, con múltiples y estrechos caminos.

—¡Estamos en un cementerio! —afirmó Martin al resto del grupo.

Ostin iluminó a su alrededor, efectivamente estaban en un peculiar camposanto subterráneo, cuya entrada había sido el sorpresivo agujero.

Susan encontró el Atlas que había extraviado un rato antes. Lo abrió y, en el pergamino empezaron a aparecer mágicas letras en cursiva que le informaron de su ubicación.

—Cementerio del Rey de Plata —pronunció Susan.

—¿Qué dices? —preguntó Emmy.

—En el pergamino apareció que estamos en el Cementerio del Rey de Plata —aseguró Susan, mientras el escrito desaparecía del mágico Atlas, dejando su página en blanco.

—¿Qué quiere decir el Rey de Plata? ¿Quién es? No me gustan los cementerios —dijo Ostin.

—¿Eso significa que estamos en el lugar donde enterraban a los magos caídos? Este sarcófago dice que aquí descansan los cuatro magos fundadores de los Imperios —comentó Martin.

—¿Desde cuándo lees latín? —consultó Susan.

—No leo latín, es el poder del guante que me hace comprenderlo. Lo entiendo todo —respondió.

Mientras Ostin curioseaba el lugar que se dividía en pequeños trechos, tomó camino en dirección a uno de los pasillos al que aún llegaban destellos de luz provenientes de la luna. El curioso joven agitaba la lámpara que sostenía en su mano derecha, ya que titilaba como anunciando que en algún momento su batería se acabaría. De pronto, observó una tumba que llamó su atención. Se encontraba alejada en el suelo, y no en la pared como todas las demás. Cubierta por una rocosa lápida de piedra grisácea, tenía tallada en su superficie una letra "R" que cubría todo el centro de la tumba, era lo único que se divisaba. Cuando se preparaba para acercarse y averiguar algo más, Emmy llegó por detrás, sorprendiéndolo.

—Debemos marcharnos, no hay nada importante aquí —advirtió Emmy.

—Okey, está bien, solo curioseaba un poco —comentó Ostin mientras rozaba su guante sobre la resaltada "R".

Ambos elegidos se retiraron. Ostin caminaba muy despacio y con dudas, estaba seguro de que había algo más con respecto a la misteriosa tumba. Decidió voltear por última vez, como buscando una razón para regresar. La misteriosa chispa apareció repentinamente y se detuvo cerca de su espalda, como queriendo llamar su atención. Al ver que no funcionaba, la mágica luz se desplazó velozmente hacia la tumba, logrando traspasar la lápida. Inmediatamente, salió de la tumba como un fuego artificial, trayendo consigo algo que había extraído desde el interior del sepulcro.

Era una piedra que cayó al suelo rebotando en el calzado de Ostin. Él detuvo su paso para examinar la rara cosa brillante, muy similar a un rubí en bruto. Era angular, como del tamaño de una nuez cubierta por una especie de cáscara, pero que dejaba ver el color rojo intenso del objeto. El brillo que destellaba la roca rebotaba en los ojos del joven, era precioso y deslumbrante. La duda lo invadía, ¿cómo era posible que en un sitio tan sombrío pudiese aparecer de repente una hermosa gema? Lo distrajo la voz de Emmy, que le hacía un llamado muy insistente a seguir el paso para reunirse con el resto del grupo. Ostin colocó la roca en su bolsillo, dejando a un lado sus interrogantes.

En la exploración, Martin encontró una posible manera de escabullirse, ayudados por las gruesas raíces que envolvían las paredes de la caverna. Susan, decidida a salir de allí, inició su escalada por los muros y los demás la siguieron hasta la superficie, logrando dejar atrás el misterioso lugar, sin haberlo explorado por completo.

14

RESCATE INESPERADO

De vuelta al gran rascacielos donde se encontraban, los niños y el viejo Adam ya habían llegado al piso 18. Max y Vivian estaban impresionados por la sorpresa ante sus ojos al abrirse las puertas del lugar.

Se encontraban en un vestíbulo espacioso, de paredes de cerámica blanca con bordes de madera y unas vistosas creaciones de figuras y dibujos en las ventanas de cristal. Estaba repleto de hombres y mujeres, tal vez cincuenta, celebrando un festín, felices y amigables. Curiosamente, todos vestían pantalones y largos abrigos de algodón en una variedad de colores cálidos en tonos tierra.

Uno de ellos tocaba una flauta, produciendo una contagiosa melodía, y un grupo lo seguía con palmas y baile, mientras otros se deleitaban en un mesón largo con variedad de frutas y vinos.

El guía, Adam, se adelantó y le dio la bienvenida a Max y a Vivian.

—¡Bienvenidos al Nuevo Imperio! —expresó Adam con gran efusividad.

Todos escucharon la voz de Adam que resonó en las paredes y en los oídos de los que se encontraban en el lugar tan particular. El hombre que tocaba la flauta calló, dejando el objeto en el suelo para levantarse del cómodo taburete. Lo mismo hicieron los demás, dejando sus copas a un lado para prestar atención de pie. Se acercaron para ver al par de nuevos visitantes.

Una de las mujeres no esperó, y corrió hacia ellos, apretándolos con un fuerte abrazo. Su aspecto era agradable, tenía el cabello corto y los ojos marrones y profundos.

—¡No lo puedo creer, los elegidos finalmente están aquí! — exclamó ella.

—¡¡Mujer, calma!! Prepara la mesa que los niños mueren de hambre — apuntó Adam.

—Hemos esperado por este momento por tanto tiempo, Adam —replicó la mujer.

—Lisa, temo decirte que estos niños no son los elegidos, ninguno posee un guante —anunció Adam para bajar la intensidad y la tensión en los espectadores.

Ipso facto, el silencio invadió el vestíbulo. A Lisa no le quedó otra opción sino callar y guiar a los hermanos a la mesa para que se alimentaran y se sintieran como en casa. Así, ellos mismos explicarían cómo habían llegaron hasta allí. Era imposible llegar hasta ese lugar desde el mundo humano y todos lo sabían. Habiendo escuchado las palabras de Adam, su presencia era inexplicable.

El pesado golpe del metálico ascensor que se encontraba a unos metros del lugar se sintió en todo el recibidor, anunciaba la llegada de alguien más. Se trataba de dos hombres adultos que se cubrían por completo, lucían como si hubieran venido desde las afueras de la cueva. Los copos de nieve que caían de sus trajes los delataban. Parecían tener prisa y hasta estar algo temerosos.

—Siento interrumpir, pero tengo que anunciar que hace unas horas, un ave con alas y lengua de fuego fue vista en el cielo a varios kilómetros de aquí. Decidimos ir al Imperio del Oeste a investigar —anunció uno de los hombres con aspecto de nómada, de largo cabello trenzado y con un pañuelo en la cabeza.

—¡No es posible! El Imperio del Oeste ha vuelto —manifestó Adam confundido y con expresión de preocupación.

—Así es. El Imperio del Oeste ha salido de las sombras nuevamente. Vimos que había un gran ejército en la Plaza Negra. Señor, debemos resguardarnos de ellos, por poco nos descubren —dijo el hombre.

—Sé de quién hablan, de la bruja —apuntó Max.

Todos dirigieron las miradas al niño.

—¿A qué te refieres, niño? —preguntó Adam mientras inclinaba su rodilla derecha en el suelo y sujetaba los hombros de Max.

Al instante, él inició su historia, explicando de dónde habían venido y por qué estaban allí.

Por otro lado, los elegidos, ya liberados del cementerio subterráneo, seguían emprendiendo su camino. El tiempo era corto y necesitaban encontrar a los niños. El trayecto era cada vez más difícil por el barro que cubría todo el suelo.

Susan consultó el Atlas nuevamente, logrando observar la figura de una cueva con una guía más específica hacia su destino. Enseguida advirtió a todos.

—El pergamino mágico quiere que vayamos a este lugar, es una cueva peculiar en su forma. Tiene salida y entrada, como un túnel —exclamó Susan.

—Parece cerca de aquí por la descripción del dibujo. Si ves los pinos de allá, son exactamente los mismos en el Atlas. Es decir que, si vamos en esa dirección, al pasar ese bosque de pinos y la montaña siguiente, llegaremos a la cueva —comentó Martin, señalando el camino con su guante.

Ostin se encontraba junto a Emmy para darle algo de calor corporal, el frío había penetrado el cuerpo de la joven y no paraba de temblar. Ella reposaba la cabeza en su hombro, mientras él observaba la luna distraído. De pronto, Ostin percibió un movimiento extraño que venía del bosque de pinos que Martin había señalado un instante atrás. El lugar parecía estar en calma, pero el joven presentía que algo no estaba bien. Decidió adelantarse al grupo para estar más cerca del sitio e indagar.

—¿Escucharon? —susurró Ostin.

—No, pero probablemente sean los animales de la noche merodeando por el territorio —agregó Emmy.

Los extraños sonidos y movimientos perturbaron al joven, la curiosidad lo invadía. Decidido a probar su poder a la distancia, sacudió los abundantes pinos con un solo movimiento de su guante, logrando así despejar la zona para ver la vasta área de vegetación.

Susan se mostraba incómoda por las acciones de Ostin. Él quería revisar la zona para garantizar que no corrieran peligro, pero ella solo tenía un pensamiento en mente: seguir su camino para rescatar a los niños. Ya el Atlas les había proporcionado una ruta a seguir, no deseaba perder más tiempo.

De repente, el sonido se hizo más cercano, lo que finalmente alertó a Susan. Ya era evidente que en el bosque existía algo que emitía ese eco confuso. Una vez más, Ostin levantó su guante y apuntó hacia los pinos para agitar las ramas, moviéndolas de lado a lado. En ese mismo momento, aparecieron de la nada muchas aves de plumaje oscuro que, emitiendo sonidos rechinantes, se elevaron hacia el cielo como flechas veloces y cayeron directamente hacia los elegidos. Sin duda se trataba de otro ataque de parte de la Legión oscura del Oeste.

—¡Corran! ¡Todos corran! —gritó Ostin.

Las aves de apariencia diabólica volaban a gran velocidad sobre sus cabezas, sus plumosos cuerpos se distinguían gracias a la luz que producía la luna. Su aspecto siniestro no se parecía a ninguna otra especie que de habitara en los Imperios. Tenían ojos rojizos y lenguas de fuego que se asomaban cuando abrían sus afilados picos.

Eran demasiadas, los elegidos no podían enfrentarlas. Un par de ellas alcanzaron a Martin, que aún corría y trataba de defenderse con su guante. Lograba golpearlas, pero eso no las detenía. Emmy tropezó y, al caer al suelo, las aves se abalanzaron sobre ella, pero su reacción fue inmediata y las congeló, quedando suspendidas con sus alas abiertas. Ella logró escapar. Ostin usaba su poder para neutralizar a algunas, pero en segundos aparecían más y más, se multiplicaban. Entre ellas se comunicaban, emitiendo un sonido particular. Los elegidos ya estaban acorralados por las bestias emplumadas.

Seguidamente se escuchó un sonido impresionante, como el de un gran motor que retumbaba en los tímpanos de los diabólicos animales. De la nada, apareció una luz cegadora. Las aves se descontrolaron, chocaban entre ellas en el aire, se percibían desorientadas en su vuelo. Se dispersaron de su objetivo, los elegidos, desistiendo así del ataque. De algún modo, las extrañas criaturas lograron escapar, volando hacia la luna.

Todos, impresionados e incrédulos, se preguntaban qué los había salvado y de dónde había provenido ese extraño ruido y la luz enceguecedora. Y rápidamente lo descubrieron. Se trataba de un inesperado automóvil que se movía con rapidez por el camino de piedras, barro y restos de nieve que aún quedaban en la superficie. Increíblemente era un taxi de los años sesenta, un Volkswagen, conocido en la época como un "canario", por su color amarillo y su techo blanco.

El vehículo se detuvo a solo dos metros de los elegidos, apuntando sus luces directamente hacia sus rostros. El motor se apagó y el ruido cesó. Acto seguido, la puerta del auto se abrió emitiendo un chirrido, los años se notaban. Me bajé. Sabía que había llegado en el momento justo en compañía de la incondicional Sea. Habíamos transportado un automóvil a través de la Carpa, robado de un lugar donde aún circulaban esos modelos en el mundo humano.

El rostro de los elegidos era una mezcla de asombro y gratitud, no podían creer que estaba allí justo para rescatarlos. Emmy corrió a mis brazos. La luna aún hacía presencia y era el momento de que todos nos reuniéramos para enfocarnos y retomar el camino.

Por el momento, yo debía ocultar la verdad. Mi garganta seca y mi voz ronca eran muestras de que no podía ser honesto con el grupo, debía seguir con el plan.

15

EL REENCUENTRO

Mi reencuentro con los elegidos me reconfortaba y recordaba el compromiso que tenía con ellos y conmigo mismo. Sentir mi cuerpo apretado por un fuerte abrazo de Emmy, como el de una hija hacia su padre, me dejó claro que ellos estaban aquí por mí y por mi causa, que ya era la causa de todos.

Sin embargo, no podía dejar de pensar en que, solo unas horas atrás, había sido prisionero de Amelia en mi propia torre. Temía revelarles la verdad del pacto que había confirmado con la malvada porque no quería decepcionarlos. Esto cambiaba todos los planes para los que los había preparado. Permitir que la Legión de los oscuros magos controlara ambos mundos, lo que durante décadas habíamos querido evitar, ahora me ponía en una encrucijada.

Los elegidos no aceptarían el trato. El mundo de los humanos, su mundo, acabaría muy mal, porque, al verse controlado por los magos oscuros, se desataría una guerra donde serían fácilmente eliminados por la magia negra.

—Guardián, ¿estás bien? —preguntó Susan al observar mi actitud distraída y pensativa.

—Sí, sí, logré salir de la torre. Debemos irnos de inmediato, estos pájaros podrían atacar de nuevo —respondí evasivo.

—No sabía que los magos usaran autos... Un segundo, ¡guao! es un taxi muy antiguo, ¿de dónde lo sacaste? —comentó Ostin entre risas.

—Créeme, aún no sé conducir, el poder del guante me ayudó —añadí.

—Sé dónde podrían estar los niños —interrumpió Susan, mientras abría el Atlas y me lo enseñaba.

Susan abrió el Atlas sobre la cubierta delantera del auto, estirando el pergamino para que fuera visible para todos. Se divisó de nuevo la cueva en forma de pico, pero, para el asombro del grupo, fui yo el primero en reaccionar ante el dibujo. Mis ojos se exaltaron como saltamontes, frotaba mis manos sin cesar como reflejo de mi gran sorpresa.

—Un segundo, conozco este lugar, estuve de niño allí, pero... ¿Cómo llegarían los niños a esa cueva? No importa, vamos, debemos encontrarlos —afirmé.

Al momento, todos subieron al taxi en dirección a la cueva. Tomé el control del volante con el poder de mi guante, mientras pisaba el acelerador. La luna en lo alto parecía estar de nuestro lado para hacer más fácil el trayecto. En mi cabeza todo era disperso, la memoria trajo mi pasado de vuelta y los recuerdos se cruzaron entre sí. Mi mente estaba desbocada y sin control.

Susan, a pesar de ir en la parte trasera del auto, me miraba fijamente por el retrovisor, donde se reflejaba mi rostro de apariencia desencajada. Ella aprovechó su poder y decidió leer mis pensamientos. Al instante, la elegida se percató del río imparable de recuerdos, preguntas e ideas, que se encontraban revoloteando en mi cabeza. De repente apareció una densa nube que se disolvía como tinta en el agua frente a mis ojos, un recuerdo que invadió mi memoria. Susan podía ver todo con claridad.

1958

A mediados de aquel año me encontraba en el amplio salón del piano con mi padre, el Rey del Imperio del Norte. En una de las pequeñas mesas circulares de madera caoba se encontraba un alto candelabro de bronce con un par de velones a medio derretir, en su base estaba atada una venda negra de una tela gruesa y algo áspera.

—Aquí estoy, padre, ¿pediste que me llamaran? —pregunté.

—Sí. Por favor toma la venda que está sobre la mesa y cubre tus ojos —indicó el Rey.

—¿A dónde vamos? —Quise saber.

—A un destino que nadie debe saber, ni siquiera tú. Por eso debes cubrir tus ojos y seguir mi paso —puntualizó.

Ambos iniciamos nuestra caminata por el caluroso bosque. En esa época, el mundo mágico transitaba las estaciones normalmente. Era verano y los pinos estaban secos por el fuerte calor de la temporada. Había un sol radiante y la luz del día permitía que pasara claridad por la oscura venda. Mientras caminábamos, yo pensaba que era muy fácil engañar a mi padre. Me había prohibido quitármela, pero, sin intención, lograba ver un poco y decidí callármelo.

Pasaron alrededor de tres horas de larga y extenuante marcha. Finalmente llegamos a un sitio más plano donde, a pocos metros, había una rocosa montaña en forma de pico con una entrada bastante particular. Era una cueva. Mi padre tomó mi hombro izquierdo para guiarme hasta la entrada que se ocultaba por la sombra en su interior. Al pasar, pude notar el silencio del lugar y, lo más insólito, un frío que penetró mis huesos, sobre todo mis brazos y piernas que estaban descubiertas. Mi corta vestimenta apenas me cubría los flacos muslos y mi reacción fue encoger mi cuerpo entumecido. Acto seguido, mi padre decidió hablar por primera vez después del inicio de la caminata.

—Retira la venda —apuntó el Rey del Norte.

Me quité la venda y de repente, frente a mí, la gran sorpresa. A un par de metros, un lobo reposaba con tranquilidad. Su pelo era blanco nieve y tenía gran tamaño. Se veía fuerte y tenía patas anchas y unos ojos azules expresivos. Era un hermoso animal y yo quería correr hacia él para verlo de cerca y acariciarlo.

—Ya que estás a punto de ser bautizado por el poder del guante, es hora de que heredes al protector de la familia, Aurion —enfatizó el Rey.

Mi padre, el Rey del Norte, me obsequiaba al protector, Aurion, justo antes de recibir mi guante. Formaba parte de una tradición de los magos de gran familia. Los protectores eran más que animales comunes, eran mágicos y poseían habilidades especiales, como por ejemplo transformar sus cuerpos en espíritus capaces de volar libres.

Un par de semanas más tarde, había llegado el momento de mi bautizo, de recibir finalmente mi guante. Mi padre organizó un cenáculo, donde estaban reunidos todos los Reyes de los diferentes Imperios, excepto el del Oeste. Sin embargo, allí estaban tres de sus discípulos oscuros para representarlo. Eran hombres de largas barbas y completamente ocultos bajo sus atuendos, sus capuchas tapaban sus cabezas. Solo se veían sus ojos. Mi padre, como buen anfitrión, los recibió como al resto de los invitados. El selecto grupo se encontraba en un salón secreto del castillo, justo debajo de las escaleras de la torre.

El Rey del Norte se encontraba sentado en uno de los extremos del mesón, a los lados estaban otros magos representando otros Imperios. En esos tiempos siempre se mantenía una respetuosa relación entre todos, aunque para los provenientes del Oeste no fuera natural. Para ellos no significaba un crimen atacar a otro mago.

Algunos minutos después llegué al lugar con el guante color marrón ya en mi mano derecha, junto a mí el lobo, mis piernas temblaban por los nervios. Ya todos me esperaban. Mi padre finalmente inició la reunión.

—Los convoqué a todos hoy para presentarles oficialmente al heredero del Imperio del Norte, mi sangre, mi hijo —declaró el Rey con orgullo.

Todas las miradas cayeron sobre mí como torpedos, estaba intimidado por los presentes. A pesar de las muchas conversaciones con mi padre sobre la responsabilidad que reposaba en mí de ser el heredero de un Imperio, no bastaba para sentirme cómodo, tanta atención me abrumaba, era solo un niño con un compromiso de adulto. Lo peor era que los tres magos del Oeste no dejaban de observar mi guante fijamente, sentía que querían poseerlo.

Yo debía demostrar que podía superar un reto. En el centro del largo mesón se encontraba una diminuta semilla que yo debía manipular con la magia de mi guante para que brotaran raíces, un gran tallo, hojas verdes y que surgiera de ella una hermosa flor. Las dudas se apoderaron de mí, era algo que aún no sabía hacer, mis intentos eran muy básicos y no estaba seguro de poder lograr tal hazaña.

La audiencia esperaba por mí, la presión se hizo la nueva invitada. Ya mi padre me había ordenado con un gesto que mostrara mi poder a través del guante. Con esto me hacía merecedor de respeto por parte de todos en el mundo mágico.

Elevé mi guante y apunté desde lejos hacia la semilla, concentré mis ojos y mi mente en lograr que la magia funcionara. Era la única forma de hacerlo, ya que no existía un encantamiento especial para este caso. Solo los pensamientos eran el vehículo para lograrlo. Al pasar unos segundos, la semilla se quebró en dos, dejándome en evidencia ante todos como un aprendiz e indefenso mago, realidad que afectaría la reputación de mi padre. La verdad es que yo no estaba preparado aún.

El selecto grupo se despidió sin hacer ningún comentario sobre lo sucedido. En el salón solo quedamos mi padre y yo. Él estaba visiblemente molesto y decepcionado.

—Temo decirlo, pero no me das otra opción. No estás listo para asumir el título de mago del Imperio del Norte. Puedes conservar tu guante, no te lo quitaré, pero tu protección es retirada. Aurion ya no estará contigo — finalizó el Rey con frustración.

—Padre —dije con lágrimas en los ojos mientras miraba a mi lobo, que se transformaba en una luminosa bruma blanca. Con un halo de escarcha, su espíritu flotaba por el aire. Lo seguí hasta la puerta principal donde se elevó hasta desaparecer.

De vuelta de mis recuerdos de la infancia, la densa nube se disolvía como tinta en el agua frente a mis ojos, mi mente volvía de los remotos pensamientos que me habían transportado a la niñez. Para ese momento, Susan ya había descubierto la relación distante que yo había tenido con mi padre, una relación rodeada de responsabilidades y legados. Definitivamente no había sido afectiva en abundancia como se pensaba. Sin embargo, mi padre, antes de partir, me había dejado la Carpa en custodia y yo era su único protector.

Susan, quien seguía leyendo mis pensamientos, empezaba a dudar. Estaba segura de que algo no tenía sentido.

Al final del trayecto, detuve el taxi con un frenazo brusco. Enseguida todos se bajaron del vehículo al ver que tanto yo como Sea nos dirigíamos hacia lo que parecía una cueva en una montaña particularmente puntiaguda. Las luces del taxi iluminaban gran parte de la entrada. Ipso facto, Susan determinó que era la misma cueva del recuerdo que había visto minutos atrás, lo que afirmaba que yo ocultaba muchos secretos. ¿Por qué no les había mencionado la cueva y la importancia del lugar en mi vida? ¿Qué ocultaba el lugar? ¿Acaso ellos no eran merecedores de toda la verdad? Para ella había muchas preguntas sin respuesta. Empezaba a desconfiar de mí, la duda apoderándose de ella como la bruma de la noche.

—¡Es aquí! —afirmé.

—Sí, es exactamente como lucía en el Atlas —señaló Susan.

—No temas, Susan, sé lo que viste… Confía en mí —dije susurrando cerca de los hombros de la elegida.

Ostin adelantó su paso al igual que Martin, y el resto siguió la marcha para pasar por la entrada de la misteriosa cueva. Sea aceleró su caminata como gacela hasta toparse con la transparente membrana de medusas que daba paso a un nuevo espacio. Al traspasarla, sus manos sintieron la misma sensación que Max y Vivian cuando también la cruzaron. Ya en ese punto, todos tenían corazones valientes y decididos, no había retorno.

Del otro lado de la membrana nos posicionamos inmóviles mientras nuestros ojos recibían la imagen de un espacio abierto, completamente al aire libre. Al alzar la vista, divisamos un gran rascacielos frente a nosotros. Teníamos una absurda sensación de peso, como si el alto edificio se posara en nuestros cuerpos. En el cielo se visibilizaba la luna plateada que iluminaba todo el lugar. A la distancia se notaba una siembra de maíz, unos cultivos que debían ser controlados por alguien. Era incoherente todo lo que observábamos. Ya era bastante improbable que un edificio gigante se encontrara allí, pero además su estructura no era parecida a lo visto en el mundo mágico, tenía electricidad.

En ese instante, un rostro apareció en una de las ventanas del piso 18, era alguien que merodeaba y se asomaba. Se percató de nuestra presencia.

Los niños seguían en el piso 18. Adam caminaba cerca del ventanal y de pronto se detuvo.

—Tenemos visita. Hay varias personas observando hacia acá desde la fachada del edificio —dijo.

Al escuchar el comentario del hombre, Max y Vivian salieron corriendo velozmente hacia el ventanal para saber de quién se trataba. Desde lo alto, vieron que eran sus tíos. Impresionados y emocionados no podían controlarse, finalmente su familia los había encontrado.

—¡¡¡Tía Susan, tío Martin!!! ¡Aquí estoy, soy Max! —gritaba al mismo tiempo que brincaba y agitaba sus manos de lado a lado.

Susan y Martin no pudieron contenerse y corrieron hacia la puerta principal del edificio. Ya los hermanos habían tomado el ascensor para bajar y reencontrarse con ellos. Segundos después, como un insecto volador apareció la luz que rebota. Sea tomó impulso sobre una de las rocas y estiró su brazo para atrapar la mágica chispa, que lucía lenta y opaca. Logró alcanzarla y la guardó dentro de un pequeño recipiente que tenía dentro de uno de sus bolsillos.

—Hola, pequeña Sparqui —dijo la no maga con cariño.

16

UNA HISTORIA REAL

En Welmort ya era de tarde. En las afueras de la casa de Dorin, la abuela de Victor, se percibía un clima ventoso que hacía que los árboles de la calle se movieran sin cesar.

En la acera del frente, muy cerca de la entrada, se encontraba parada Olivia, la compañera de trabajo de Victor. La joven mujer echaba un vistazo al espantoso jardín delantero, los fuertes vientos lo habían dejado con restos de vegetación de los alrededores. Decidida, había ido hasta allí para averiguar la razón por la que Victor había estado faltando a sus turnos en la biblioteca.

Olivia abrió la pequeña puerta de la verja que separaba al jardín de la calle. Al pasar, alzó la mirada y percibió en lo alto de la casa un gran ventanal abierto que llamó su atención. Por unos segundos quedó hipnotizada por el vaivén de las cortinas, producto de la fuerte brisa. Agitó su cabeza y siguió su paso hasta llegar a la puerta principal.

—Toc, toc —Se escuchó el seco golpe del puño de Olivia en la puerta.

Dorin se encontraba en la cocina cortando algunas verduras cuando el llamado a su puerta la interrumpió en su labor. Dejó el afilado cuchillo, medio lavó sus manos, las secó con la vieja bata que usaba para dormir y fue a abrir, muy inquieta. No esperaba a nadie y ya habían pasado varios días desde que Victor no regresaba y aún no tenía noticias de él. Desde entonces estaba deprimida y nerviosa.

—¡Un segundo! —gritó Dorin mientras caminaba hacia la entrada. Entreabrió la puerta, lo suficiente para ver a la persona que había interrumpido su tarde.

—¡Hola, señora! —saludó Olivia al ver el rostro de Dorin—. Disculpe, no quise incomodarla, soy Olivia, la compañera de trabajo de su nieto. No sé si me recuerda —finalizó la joven, algo contrariada.

—Sí, claro, recuerdo su rostro, gracias por recibir la carta que le dejé a Victor en su cumpleaños —finalizó Dorin.

—No fue nada, siempre a la orden —comentó Olivia, tomando un respiro de valentía para preguntarle sobre Victor. La conversación seguía a través del pequeño espacio entre la puerta y el marco.

—Vine porque quería saber cómo está Victor y si se encuentra en casa. Ya han pasado varios días y no se ha presentado en el trabajo —comentó la joven.

—Victor está bien, solo que está de viaje… —respondió Dorin, apurada.

—¿Viaje? —expresó con duda Olivia.

En ese instante, una fuerte brisa invadió el porche de la casa, las hojas del jardín se alzaron como mariposas hasta llegar al rostro de Olivia.

Pequeños pedacitos entraron en uno de sus ojos, lo que le hizo perder la visibilidad por un momento. Agitada, trató de limpiárselo tanto como pudo con sus manos.

—¿Está bien? —preguntó la anciana.

—Es solo mi ojo, creo que le entró algo —afirmó Olivia.

—Creo que debería pasar, no es seguro allí afuera —afirmó Dorin al abrir totalmente la puerta.

La tomó del brazo como señal de invitación. La vieja de aspecto descuidado y nervioso la guio hasta el sofá que estaba justo al lado de la chimenea. Esta, en su repisa superior, mostraba docenas de fotografías familiares de Victor y Dorin.

La anciana le ofreció un espejo de mano circular que tenía sobre un mesón, donde descansaba una máquina de costura. Se lo entregó en sus manos a Olivia para que revisara su ojo. Ya con un poco más de cercanía entre ambas, Dorin se acercó a su rostro y sopló para tratar de retirar el incómodo elemento invasor. Al pasar unos minutos, la joven recuperó por completo su visión. Ya calmada, decidió preguntar de nuevo por Victor.

—Señora Dorin, siento insistir, pero ¿cuándo regresa Victor de su viaje? Es muy extraño que no notificara o dejara un aviso a la oficina principal —puntualizó Olivia.

—No tengo esa información, joven, tal vez no sea pronto —respondió Dorin, evadiendo la mirada de Olivia. No podía ocultar su intranquilidad por las interrogantes.

—Entiendo, disculpe la molestia. Debo retirarme —dijo Olivia, poco convencida por la respuesta.

Al levantarse del sillón, sacó de su chaqueta una invitación que estaba dirigida a Victor.

—Señora, le pido que me devuelva el favor y le haga llegar esto a Victor —finalizó.

El sobre tenia escrito *"Competencia de Escritores de Welmort"*. Era una invitación a participar en el campeonato de historias de la ciudad, evento que se realizaba cada año para seleccionar los mejores relatos y publicarlos. Realmente representaba una gran oportunidad para dar a conocer los trabajos literarios de escritores amateur.

—¿Una competencia de escritores? —preguntó Dorin, algo desconcertada.

—Sí, Victor y yo hemos hablado de este evento por largo tiempo. El plan era unir nuestras ideas y participar. Habíamos acordado escribir juntos, pero creo que ya no será posible. Aún no tenemos o mejor dicho, no tengo una historia —le comentó Olivia con desánimo.

—¿Eso quiere decir que necesita una historia? —preguntó Dorin.

—Sí, es así, pero queda poco tiempo y aún no he pensado en ninguna —respondió Olivia.

El reloj de la casa que colgaba en la pared marcaba las 6:00 pm, anunciando la noche. Ya el sol iniciaba su puesta. Los pájaros ya no se escuchaban y el viento se había detenido. Dorin, un tanto contrariada, enfrentó su miedo y decidió hacerle una oferta a la joven.

—¿Le gustaría cenar conmigo? Estaba preparando algunos vegetales para una ensalada y creo que tengo una historia que le funcionará —puntualizó Dorin.

Olivia asintió, aceptando la invitación. La anciana la había tomado por sorpresa, pero la curiosidad por conocer la historia era en ese instante su mayor motivación.

—¿Cree en la magia? —Sin pensarlo mucho, Dorin le soltó semejante interrogación.

Ya estaban en la cocina y la joven se encontraba sentada en un extremo del mesón. Dorin comenzó su relato.

—Es la vieja leyenda de cuatro Imperios en un mundo mágico habitado por magos y no magos. Años atrás, parte de ese mundo fue consumido por un gran incendio, producto de una guerra entre los reyes de los cuatro reinos. Esta historia no se trata de varitas con encantos y trucos comunes, sino de magos diferentes y únicos. Sus poderes eran concedidos por un guante que heredaban en su pre adolescencia, con habilidades y poderes especiales y distintivos para cada uno —Dorin se detuvo para tomar un poco de agua. Las palabras salían una tras otra de su boca sin pausa. Nunca había contado esa historia a un humano.

—Por favor, continúe. Tiene mucha creatividad —la incentivó Olivia.

—La noche en que sucedió el incendio, se cerró el único portal que conectaba ese mundo con el nuestro. Uno de los reyes, conocido como el Señor Oscuro, antes de morir, decidió hacer algo en contra de las leyes del mundo mágico. Le dio la tarea a una maga de cruzar el portal con tres pequeños: dos niñas y un niño que estaban destinados a ser magos. Así llevaría su legado y comenzaría el dominio de este mundo humano. Dice la leyenda que estos cuatro magos están esperando el momento exacto para tomar el control de los mundos con sus poderes. Así regresaría el Rey oscuro a la vida. La única solución para evitar todo esto era que se cumpliera la Profecía de los cuatro elegidos, una generación de humanos no magos que traerían la paz —Así concluyó Dorin su relato, que contó con efusividad.

—¡Guao! Qué historia tan interesante. Le propongo que la escribamos juntas —comentó Olivia, exaltada por lo que acababa de escuchar.

—¡Oh no, no! Jovencita, es solo una idea que tengo en mi cabeza. Creo que es suficiente para que su mente navegue y la ponga en papel —añadió la vieja.

—Estoy segura de que Victor estaría feliz de tenerla. Bueno, creo que llegó la hora de retirarme. Gracias por recibirme, vendré pronto para decirle si me animo a participar en la competencia. Por favor solo dígale a Victor que le mando saludos y que lo espero pronto en la biblioteca —dijo Olivia.

Olivia se retiró de la casa de Dorin algo extrañada por la poca información que había recibido sobre Victor. Ya no había luz en el cielo, solo los faroles iluminaban su camino. La joven se iba alejando del lugar, pensativa y con pasos lentos.

Dorin se ajustó la cinta de su larga bata y comenzó su paso hacia las escaleras para ir directo a su habitación. Al entrar se percató de que el ventanal aún permanecía abierto y sus cortinas flotaban por la brisa que entraba desde el exterior. Se acercó y lo cerró, y luego se dirigió hasta un mueble de madera, una especie de tocador con espejo, que tenía algunos perfumes y objetos personales en su superficie. Se colocó de rodillas frente al mueble y pegó todo su cuerpo a ras del suelo para estirar sus brazos debajo del mueble. Deslizó sus arrugadas manos dentro de un espacio pequeño entre el suelo y el mueble, extrayendo un cofre rectangular de plata labrada que lucía en buenas condiciones, era evidente que lo limpiaba con frecuencia y lo cuidaba como un tesoro.

Aún arrodillada, miraba fijamente la plateada caja, que unos segundos después procedió a abrir, desactivando con su pulgar la llave de seguridad. Dorin observó fijamente dentro del cofre, introdujo su mano y sacó un guante color vino tinto. Enseguida se lo puso en la mano derecha y con la otra acariciaba su textura con nostalgia. De repente, un sonido desagradable llamó su atención, había olvidado en la cocina una tetera calentando agua para una infusión. Alcanzado su máximo punto de ebullición, la tetera producía un espantoso ruido en toda la casa. Apretó su guante y, girando la mano, hizo cerrar la llave de la hornilla a distancia, apagando por completo la llama.

Paralelamente, en el Imperio del Oeste, Amelia caminaba por un largo pasillo subterráneo ubicado en el fondo de la torre principal, a unos tres metros de profundidad. Estaba iluminado con antorchas de fuego en las paredes. La malvada maga llevaba en su espalda una larga y pesada capa que limpiaba el suelo por donde pasaba. Se dirigía a lo que parecía una celda y, al llegar, abrió la metálica reja con el poder de su guante. En ese frío y oscuro lugar se encontraba Victor, que había sido su prisionero por varios días. Estaba sentado en el suelo, su pecho pegado a sus rodillas para darse algo de calor.

—He escuchado que no quieres recibir ni agua. ¿Es cierto? ¿Quién eres? —susurró Amelia sobre el rostro de Victor.

—¿Qué quieres de mí? —respondió Victor sin mirarla.

—Victor es tu nombre. Tranquilo, no tengas miedo, estoy de tu lado. Quiero que me escuches muy atentamente… Tu libertad tiene un precio —puntualizó Amelia.

—¿A qué te refieres?, ¿qué clase de ser maligno eres? —La retó Victor con su mirada fija.

A continuación, la serpiente de Amelia salió del interior de su manga, deslizándose hasta el calzado de Victor en modo de amenaza. Él, con el cuerpo rígido y acelerada respiración, trataba de no mirar al reptil.

—Creo que entendiste mi mensaje... Bebe el agua —finalizó Amelia mientras se disponía a retirarse de la celda.

El repugnante y amenazador reptil seguía cerca del calzado de Victor. A unos centímetros de él había un vaso de metal que contenía un líquido incoloro, era el agua a la se había referido Amelia. A pesar de estar muy sediento, Victor desconfiaba y prefería no beberla.

Amelia continuó su recorrido por los oscuros pasillos de la Torre del Oeste. Minutos después, llegó a un despacho de aspecto oscuro donde se encontraba el jorobado hombre Arthur, sentado cerca de una chimenea que proporcionaba calor al salón. También había una silla de patas largas y alto espaldar, ubicada en el centro, cubierta con la gigante piel de un oso blanco. En los extremos tenía sus patas y estaba adornada con los colmillos de la bestia. Las paredes eran de piedra y en una de ellas guindaba la cabeza de un dragón de Komodo, el animal mágico que representaba a Lord Balfour.

Amelia se encontraba justo en la habitación de Balfour. En el centro del alto techo había un orificio que conectaba con el cielo. Parada justo debajo del agujero, la maga dirigió la mirada hacia arriba, notando que el ave de fuego seguía flotando en señal de rebelión, de guerra.

Arthur seguía acariciando a la negra ave, que, al parecer, se había fracturado un ala durante el episodio reciente con los elegidos.

—Es cierto, estamos en tiempos de guerra. Los elegidos pisaron el suelo de nuestro mundo —comentó mientras sanaba el ala del ave con su guante.

—No te preocupes, estoy segura de que el Guardián me entregará el Carpalocius von Morin en unas horas, justo en el Sur —aseveró Amelia.

—¿Has enfrentado al Guardián? ¿Cómo puedes estar segura de que entregará la Carpa? —gritó Arthur, molesto. Se levantó con fuerza y fijó su mirada en los ojos a Amelia.

—Cuando él sepa que perderá a los suyos, no tendrá otra alternativa. Soy parte del legado de Lord Balfour, está en mis venas —puntualizó Amelia.

—Los cuatro elegidos tienen sus guantes púrpura, los mismos guantes de los magos fundadores de los Imperios —dijo Arthur.

—Se requiere de tiempo y práctica para controlar el poder de los guantes. Ellos no tienen suficiente experticia. No dudes de mi palabra, maldito mago —refutó la maga.

Amelia elevó su guante, trayendo al salón desde afuera una pequeña muestra del fuego que arrancó del ave que flotaba sobre el Imperio. Una vez la llama en la palma de su guante, la lanzó con fuerza directamente al ave negra de Arthur, que aún se recuperaba de su fracturada ala. El fuego consumió al animal, quemándolo hasta convertirlo en solo cenizas. Estas se tornaron de un azul brilloso, ya que se trataba de un animal protector. Sus restos se alzaron en forma de remolino, desapareciendo en lo alto de la habitación.

Arthur, con ojos congelados por la ira y la impotencia, quería usar su guante, pero sabía que Amelia no tendría misericordia con cualquiera que se le tratara de imponer o que interfiriera en sus planes. Ella era conocida en el Imperio del Oeste como una asesina y, matando al ave, le había dejado bien claro a Arthur quién tenía el control absoluto.

17

AMIGOS DE LA INFANCIA

Las huellas de Martin, Susan y Sea quedaron plasmadas en la barrosa entrada de la edificación. Una vez dentro, sintieron al ascensor llegar a la planta baja con un rechinante sonido. Los tímpanos de los tres visitantes vibraron y, con desagrado, estos taparon sus oídos para mitigar el ruido.

Rápidamente, los hermanos Max y Vivian abrieron las rejas del metálico elevador y con prisa corrieron a los brazos de sus tíos. Vivian no tenía la costumbre de expresar tanto afecto, pero esta vez su corazón estaba lleno de emociones a las que dio rienda suelta. Finalmente se sentía protegida de nuevo. Susan no aguantó el peso de Max y dejó caer sus rodillas al suelo. El niño la envolvía con un abrazo que la arropaba hasta su espalda. Los cuatro sostuvieron un largo abrazo grupal, hasta que se dio inicio a una agitada conversación.

Sea estaba entretenida jugando con una lámpara portátil que allí se encontraba. La mujer la golpeaba con sus dedos como si esperara alguna respuesta del objeto.

—¡Te extrañé! Tuve mucho miedo… —susurró Max al oído de Susan.

¿Están bien? —preguntó Susan con ansiedad, revisando de arriba a abajo a ambos sobrinos.

Les tocó las extremidades, las cabezas, el cuerpo completo de ambos para cerciorarse de que todo estuviera bien y no hubiesen tenido algún accidente. Los pequeños estaban aseados, se habían cambiado de ropa y se habían alimentado.

A continuación, hice mi entrada al salón, observando con detenimiento el espacioso lugar. Para ese momento el ascensor ya había subido y bajado de vuelta, esta vez con Adam, que apareció con su misterioso sombrero circular, mostrando solo un lado de su rostro.

La apariencia poco amigable del hombre causó en Emmy total desconfianza, haciéndola pensar que se trataba de un nuevo ataque. Al instante, rozándome el hombro, corrió y agitó en el aire su mano, congelando a Adam con el poder de su guante. Era evidente que había tomado la decisión sin pensarlo mucho, las últimas experiencias vividas la obligaban a estar alerta en todo momento y lugar. Su mano quedó estirada como flecha.

—¡No! ¡Para! Es un amigo —gritó Max, dándose vuelta.

Tomé el control de la situación y le indiqué a Emmy con solo una mirada que lo descongelara. El hombre no representaba ningún peligro. El niño había dejado claro que no era alguien que les hubiese hecho daño, sino todo lo contrario, que era alguien en quien podían confiar.

Me preguntaba quién era este personaje. No poseía un guante, lo que me llamó poderosamente la atención.

Luego del intento fallido de saludar amigablemente al grupo, el hombre fue descongelado por Emmy. El inesperado ataque lo había dejado algo desconcertado. Intentó realizar un gesto con su sombrero, el cual giró de manera circular fijándolo más a su cabeza.

Ostin, también invadido por la desconfianza, mantenía su guante listo en forma de puño, por si algo extraño sucedía. Susan se levantó del suelo y tomó a Max de los hombros. Decidió interrogar al hombre.

—¿Quién eres?, ¿cómo has encontrado a mis sobrinos? —formuló ella entre cejas suspendidas y mirada fija.

—¡Lo siento! No quise interrumpir un momento familiar. Mi nombre es Adam, soy el protector del Nuevo Imperio —aseveró el hombre.

¿El Nuevo Imperio? No entendía a lo que se refería él. Susan ya había usado su guante para asegurarse de que Adam decía la verdad.

—¿Dónde está tu guante? —consultó Ostin con suspicacia.

—Soy un sobreviviente del Sur. Los demás se encuentran arriba. Sé que tienen más preguntas, pero los invito a subir —finalizó Adam.

—Tíos, tienen que venir. Él dice la verdad —dijo Max.

El hombre alzó su brazo en señal de bienvenida a Sea, quien fue la primera en iniciar el paso para entrar en el ascensor. Max y Vivian agarraron las manos de Susan y Martin para indicarles el camino. Emmy y Ostin los siguieron también y entraron. Max presionó el número 18 y cerraron las rejas. El grupo se elevaba hacia las alturas.

Adam y yo fuimos los únicos en quedarnos en la planta baja. El ascensor regresó y nos montamos. Yo estaba desconcertado, me sentía extraño. Empezamos a ascender. El frío se apoderó de mi cuerpo, mis dientes comenzaron a castañear y se me hizo un nudo en la garganta. El hombre me miraba fijamente, pero su sombrero ocultaba su rostro por completo.

Ipso Facto, llegó un recuerdo a mi mente como una bomba. Ya tenía claro todo. De inmediato corrieron las lágrimas llegando hasta mis mejillas sin freno.

—Hola, Guardián, pensé que nunca más nos encontraríamos —manifestó Adam.

—Adam, ¡Estás vivo! —afirmé con voz quebrada, mi mandíbula temblando de la impresión. Aún no podía creer que se trataba de él.

Una vez más, la neblina espesa se cruzó por mis ojos, transportándome a un recuerdo específico que la magia reprodujo también en la mirada del no mago, Adam.

1956

Era una mañana luego de una larga tormenta invernal que había cubierto el Imperio del Norte. Los techos estaban blancos y la pesada nieve nos llegaba hasta más arriba de los tobillos. Hacía mucho frío, pero nada que no se pudiera remediar con un cómodo abrigo.

Días antes, Rowena había solicitado a mi padre un permiso para llevarme de paseo hasta el día siguiente, a lo que él aceptó sin problema. Él mismo estaba por emprender un viaje.

Una bufanda de algodón rodeaba mi cuello para protegerme de las bajas temperaturas. En ese entonces no poseía mi guante aún, por lo que era un no mago. Rowena ya estaba lista para la caminata y llevaba consigo un pequeño cofre de madera oscura, sellado con un lazo. Me preguntaba de qué se trataba. Era un niño muy curioso.

—¿A dónde vamos exactamente? —pregunté a Rowena.

Ella me miró con una sonrisa y siguió caminando. Sus cabellos blancos que reposaban sobre sus hombros se movían de un lado a otro. Casi nada se distinguía a simple vista, el Imperio había quedado coloreado de blanco.

—¡Quiero enseñarte algo muy importante para mí! —indicó Rowena, aclarándose la garganta.

Fueron múltiples horas de caminata a través de las montañas que nos alejaban cada vez más del Imperio del Norte. Cada paso que daba se sentía en mis pies, que me palpitaban del cansancio. Hicimos varias pausas para recobrar el aliento y para comer de las provisiones que había empacado Rowena.

Al final de la tarde, llegamos a un punto a pocos metros de una cabaña con una chimenea que esparcía humo por el cielo. Se encontraba casi a la orilla de un risco. Al acercarnos, mis ojos estaban inquietos. Al fondo del valle se encontraba una comunidad enorme. Impresionado, giré hacia Rowena. La vieja mujer sabía que debía darme una respuesta.

—Sí, niño, ya sé. Bienvenido al Imperio del Sur —dijo.

Quedé sin palabras. Rowena me tomó de la mano y entramos a la acogedora cabaña. En un santiamén estaba en lo que era un salón caliente y acogedor, y sacudí mi abrigo, dejándolo caer al suelo. Olía muy bien, el pino y la fresca madera de las paredes me hacían sentir como en casa. Todo se veía algo extraño y hasta festivo. En el centro se encontraba una mesa enorme con frutos y un pavo extremadamente grande que parecía recién horneado.

Claro que nos encontrábamos en el Imperio del Sur. Los no magos que lo habitaban eran agricultores que, a través del Portal Verde y bajo la supervisión de los magos, compraban materiales para sus granjas. Mi padre me había regalado una moneda del Imperio del Sur unos tres años atrás. Siempre la llevaba en mi bolsillo derecho, como una especie de amuleto. De vez en cuando observaba su diseño, tenía plata en el centro y la diferenciaba de otras por tener dibujada una hoja. Era pesadas para su tamaño tan pequeño.

—Este debe ser el hijo del Rey —comentó un hombre de barriga gigante y de una barba que le llegaba hasta al pecho.

—Niño, acércate. Te presento a mi familia —señaló Rowena.

El hombre barrigón me estrechó la mano, pero yo estaba distraído. Detrás de él se veía el rostro de un niño que, con timidez, apenas asomaba su larga nariz. Se escondía como si me temiera. Enseguida, Rowena se dio cuenta de lo que ocurría y decidió tomarlo de un brazo y revelarlo ante mí. Prácticamente lo obligó a conversar conmigo.

El olor del pino y de la comida servida en la mesa activaron mi apetito, delatado por el gruñido de mi estómago.

—Niño, te presento a mi querido hijo, Adam —puntualizó Rowena.

El niño, sin otra opción, me ofreció su flacucha mano, forzado por su madre. A pesar de su timidez, no despegaba la mirada de mí. Tenía mucha curiosidad y no la podía ocultar. Mi presencia en su hogar lo tenía un tanto nervioso. Decidí romper la tensión y tomé su mano con un fuerte apretón.

Al finalizar la deliciosa cena preparada por el Sr. Wilton, el esposo de Rowena, mi estómago estaba hinchado. Reposaba rendido en el sofá mientras Rowena regresaba del centro, donde estaba buscando algunas provisiones. Observé un árbol de pino que se encontraba en el suelo atado con una soga. Adam se acercó.

—¿Cuál es tu poder? —preguntó con curiosidad.

—Aún no obtengo mi guante, pero me gustaría hablar con los animales. No me refiero al pavo que comimos, me refiero a los animales mágicos, aunque solo los grandes magos obtienen ese poder —respondí.

—Me gusta, sé que los animales mágicos provienen del Este, cerca del océano ¿Conoces el océano? —comentó Adam con mucha emoción.

—Estaba muy pequeño, mi madre…. —comenté con voz cortada y cabeza baja.

—¡Oh, lo siento!, ¿ella ya no está? —formuló Adam.

Respondí con un movimiento de negación con mi cabeza. Me acerqué para tocar con mis dedos el curioso pino, cuyo olor era excepcionalmente fresco. A Adam le parecía extraño que no despegara mi atención del árbol.

—¿Quieres ayudarme? Te enseñaré algo que posiblemente no conozcas —dijo Adam.

Ambos levantamos el pino y lo colocamos en una base de madera para que se sostuviese erguido su pesado tronco. Adam me enseñó cómo estirar las ramas para lograr más volumen y luego fue hasta un armario y tomó una caja que parecía pesada. No lo dudé y corrí para ayudarlo. Estaba llena de polvo y de algunas arañas que salieron al moverla.

Adam abrió la caja y aparecieron esferas de colores, cintas que brillaban y algunos ornamentos algo confusos para mí. Tomó un largo cableado con cientos de bombillas.

En el mundo mágico no existen las plantas eléctricas como en el mundo humano, pero no había nada que la magia no pudiera arreglar. De pronto, volando como mariposa por el aire, se acercó una Sparqui. A pesar de que los no magos no podían controlar magia, si tenían acceso a cualquier ser mágico. La criatura tocó una de las bombillas e hizo que se encendieran todas simultáneamente, iluminando en diferentes colores. Luego de varios minutos, el pino quedó decorado por completo de forma festiva.

—En el otro lado, uno de los tuyos se encuentra repartiendo presentes a todos los niños. Este mago usa su guante para hacer felices a otros. Los humanos llaman a este día Navidad, pero nosotros lo adoptamos como la Fiesta de las Luces —comentó Adam.

Ambos salimos de la cabaña cuando ya caía la noche y vimos a lo alto todo el valle del Sur iluminado. Algunas Sparquis habían descendido para ayudar a encender las bombillas de colores de otros habitantes.

Rowena se acercaba a la cabaña y todos decidimos entrar. Tomó la caja de madera con el lazo que había traído desde el Norte y la abrió. Dentro se encontraba una hermosa estrella de cristal que Adam tomó y, ayudado por su padre, puso en la punta del árbol de pino decorado. Con el toque de una Sparqui, se iluminó y llenó todo el salón de una luz blanca y centellante.

Desde ese día hice muchas más visitas a la cabaña de la familia de Rowena, y Adam y yo teníamos una relación muy cercana, como de familia. Él nunca dejó de pensar en el océano.

La densa neblina se esfumó de nuestros ojos, y ya nos encontrábamos en el piso 18. Entramos al gran salón donde todos estaban reunidos. Los elegidos, junto a los niños, conversaban con otros extraños. Eran los habitantes del Sur.

18

ESTRATEGIA SAGAZ

Ya todos reunidos en el gran salón, las miradas de los habitantes no magos del Sur iban en una sola dirección: los elegidos. Los cuatro habían sido delatados por sus guantes púrpura.

Uno de los hombres no dudó y se acercó. Como muchos otros, tenía las manos deterioradas por el trabajo del campo y su ropa estaba llena de tierra. Tomó de la mano a Ostin, quien se adelantó al resto del grupo. El hombre trató de hablar, pero su mandíbula temblaba al evidenciar que era cierta la Profecía de los cuatros elegidos, allí estaban frente a él.

De repente, Adam y yo hicimos entrada al salón. Adam aceleró su paso hasta el centro del lugar y llamó la atención de todos.

—La Profecía se ha cumplido —exclamó Adam.

Acto seguido, el ascensor volvió a rechinar, esta vez trayendo más habitantes y sobrevivientes del Imperio del Sur al famoso piso 18. A todos los invadía la curiosidad de saber qué sucedía. Los elegidos, ya incómodos por la exagerada atención que provocaban en los demás, dirigieron sus miradas como puñales hacia mí. Para ese momento, los cuatro ya habían detectado que los pobladores del Sur eran no magos.

Uno de los lugareños, de aspecto desaliñado, cabellos largos, ropaje oscuro y botas desgastadas por el trabajo de agricultura, llegó agitado al salón con el último lote de habitantes. Entró abriéndose paso entre la multitud para acercarse a Adam. Levantó su voz para ser escuchado por todos.

—¡¡¡Atención!!! Hagan silencio, por favor. Entiendo que la llegada de los elegidos es muy importante, pero no podemos olvidar la señal de rebelión que flota en el cielo. Está sucediendo algo grave —anunció él.

—¿Rebelión?, ¿qué quiere decir exactamente este hombre? —preguntó Emmy con incredulidad.

—Es la señal de guerra. El Imperio del Oeste ha despertado —respondí.

—La misma señal que apareció la noche del incendio del Sur. El ave de fuego. Estamos en guerra nuevamente —finalizó Adam.

Adam ordenó a todos que desalojaran el salón. Debía sostener una reunión a solas conmigo y los elegidos. El resto salió de manera organizada sin decir una palabra, acatando la orden de su líder. Unos pocos tomaron el ascensor y otros decidieron bajar por las escaleras, casi todos sabían lo que se avecinaba, ya lo habían vivido años atrás.

Adam cerró las puertas para evitar que la conversación se filtrara. Debía evitar los rumores entre los pobladores. La gran mayoría retomó sus actividades habituales, el trabajo con los cultivos de maíz, los quehaceres para mantener las habitaciones, los salones de actividades, el comedor, entre otros. Confiaban plenamente en Adam y en sus habilidades para proteger el lugar, además de que esta vez contaban también con los cuatro elegidos.

Todos habíamos tomado asiento y los elegidos estaban impacientes por una explicación de lo que acababan de escuchar y sobre todo, de lo que estaba por suceder. Para bajar la tensión del grupo y a pesar de lo complicado del asunto, Adam colocó sobre la mesa varias rodajas de pan junto a un té caliente. Ostin no dudó en tomar el panecillo y el té que, al llevárselo con prisa a la boca, le quemó los labios. Max y Vivian no quisieron despegarse de sus tíos, al fin se sentían resguardados. Sin embargo, el pequeño estaba muy inquieto.

El único que permaneció de pie fui yo.

—Déjame aclarar algo… ¿Quiénes son ustedes exactamente y qué hacen aquí? —preguntó Emmy con curiosidad, dirigiéndose a Adam.

—Somos sobrevivientes del Imperio del Sur. Por más de cinco décadas hemos estado refugiados aquí en el Nuevo Imperio —dijo Adam mientras retiraba el sombrero de su cabeza, descubriendo su rostro por primera vez ante nosotros.

—¡¿El Nuevo Imperio?! Aún no logro entender. El legado oscuro quiere una sola cosa, el Carpalocius von Morin —agregué.

En ese instante, Adam golpeó el gran mesón, su respiración se aceleró, se le brotaron las venas del cuello y sus ojos se abrieron como platos. No comprendíamos por qué se había alterado así.

—Ese maldito manto fue la causa de que incendiaran nuestro Imperio. Nuestras familias murieron quemadas… ¡¡El Carpalocius von Morin está maldito!! —gritó Adam.

Me quedé sin palabras. Su odio era producto de una tormenta de sentimientos encontrados. Susan podía ver en su mente que sus pensamientos eran una marea de dolor, angustia y desprecio.

Justo en ese momento se percaté de que Adam sabía exactamente la verdad de lo sucedido la noche del incendio. Había vivido en carne propia los hechos de muerte que acabaron con la paz de los Imperios.

Todos giraron sus miradas hacia mí en espera de respuestas. Sin embargo, una vez más fueron sorprendidos por la intervención de quien menos esperaban, el atrevido Max. Al escuchar la respuesta ofuscada del hombre del Sur, no dudó y abrió la boca para tratar de calmar la situación.

—Si quieren respuestas, yo sé dónde hablar con los muertos —dijo Max con convicción y con voz templada.

Ninguno podía dar crédito a las palabras del pequeño ¿Cómo podía tener conocimiento de algo así?

—¿A qué te refieres, Max? —consultó Susan con tono de regaño.

—¡Los caídos, tía! Como mi madre, ella está aquí, su espíritu está aquí —explicó Max sin titubeo.

—Max, ¿tú estás seguro de haberla visto? —intervino Vivian por el comentario de su hermano.

—Vivian, ¿recuerdas cuando Amelia nos secuestró, que pasamos por un lago congelado? Allí vi sus ojos. Ella me susurró —añadió Max.

—¿Qué susurró, Max? ¿Qué te dijo Leonor? —preguntó Susan confundida.

—¡Estamos aquí! —respondió Max apuntando a su corazón.

—El niño dice la verdad, se trata del Lago de las Almas. Está a las afueras de la Torre del Norte. Allí las almas de los magos se depositan, pero solo otros magos pueden tener contacto con los espíritus —agregué.

Al escuchar mis palabras, Vivian corrió a uno de los rincones del salón. Estaba abrumada por tantas cosas extrañas, la aterradora experiencia vivida en los últimos días y ahora el mensaje del espíritu de su madre… Era una carga emocional muy grande para ella. Además, la invadió el pensamiento de que su madre no había hecho contacto con ella, solo con su hermano. Se preguntaba por qué.

Max corrió hacia ella y trató de consolarla. Sus tíos quedaron estáticos en sus puestos con un montón de preguntas sin respuesta.

Ostin tomó la palabra levantándose de la silla para alzar la voz. El elegido usó el poder de su guante para sacar el Atlas del abrigo de Susan y lo elevó por el aire hasta dejarlo flotar en el centro del mesón para que todos pudieran verlo.

—Tal vez el Atlas nos pueda ayudar —opinó Ostin muy convencido.

—No lo creo, el Atlas sirve solo de guía, más no revela secretos — afirmé.

Era cierto, el mágico objeto no respondió nada a la interrogación de Ostin.

Adam, algo impaciente, se giró y se alejó unos cuantos pasos de los demás. Aún estaba desencajado desde que yo había mencionado al Carpalocius von Morin. Su cuerpo se estremeció como descargando la impotencia que lo invadía.

—No entienden, el fuego consumió nuestras tierras, a nuestras familias. Lo perdimos todo, es por eso que la única forma de parar esta guerra es entregar la Carpa —exclamó Adam enfurecido.

—Estoy de acuerdo —señalé.

—¡Un momento! ¿Esta larga y arriesgada travesía que hemos vivido para llegar a este mundo, para que al final decidan entregar la Carpa? —expresó enojada Emmy.

—Tengo una cita con Amelia y le prometí que esta noche haría entrega del manto. Acepté su... —dije sin finalizar mis palabras por la interrupción de Emmy.

—Si el Oeste se apodera de la Carpa, estarás vendiendo la libertad del mundo humano —puntualizó la joven, decepcionada por mi revelación.

—De todos modos, nada de lo que se haga ahora servirá para reparar la pérdida de vidas y del que fue nuestro hogar —aseveró Adam.

Se colocó su sombrero y se retiró del lugar. Tomó camino hacia las escaleras para no esperar la llegada del ascensor. Sea, que había permanecido toda la conversación en silencio, decidió seguirlo con la intención de comentarle algo.

En el salón todos quedaron contrariados por la discusión. Nada estaba claro para los elegidos, aún desconocían a qué se referían con el asunto del manto.

Max y Vivian continuaban en un rincón del salón. Se habían aislado totalmente del tema, la posible conexión con su madre era prioridad para ellos. Max, como muestra de cercanía con su hermana, decidió relatarle su experiencia.

—No quise hacerte llorar, pero créeme, yo la vi, mamá estaba allí en ese extraño lago —insistió Max.

—Te creo, es solo que siempre quise que me pasara algo que tuviera que ver con ellos —respondió Vivian apretando su estómago con sus brazos cruzados.

Max, sin palabras, volteó su mirada hacia sus tíos. Su repentina sonrisa anunciaba que estaba tramando algo en su cabeza y que posiblemente no sería un plan aprobado por los demás, por eso decidió guardar silencio. Vivian aún seguía afligida, con postura encorvada.

Ostin, al ver la situación, dejó de elevar el Atlas, lo enrolló con sus manos y lo dejó sobre la mesa.

Yo caminé unos pasos atrás, me alejé del grupo dándoles la espalda. Rápidamente, Susan suspendió su guante en busca de mis pensamientos. Debía conocer toda la historia, así evitaría más confusión y cambiarían las circunstancias de la situación.

—¡Detente! —afirmó Susan a través de un pensamiento dirigido a mí.

Me detuve obedeciendo su advertencia. Giré y fijé mi mirada en la elegida para leer los pensamientos al igual que ella. Al parecer estaba decidida a terminar con todo esto. Todos continuaron en silencio a la expectativa de respuestas. Las miradas serias entre Susan y yo eran señal de que algo estaba ocurriendo entre nosotros, y de que tal vez era el inicio del siguiente plan.

—Si entregar la Carpa es el plan y estás seguro de ello, te apoyo, pero no lo harás solo. Ahora nos tienes a nosotros. Hace unos días, nos diste la oportunidad de unirnos como familia, y la familia está para apoyarse en todo —puntualizó Susan.

—Es un acto suicida, no me comprendes —aseveré.

—¿Entonces ese era tu plan desde el inicio, rescatar a los niños y cruzar de vuelta a nuestro mundo? Hemos arriesgado todo, hemos aceptado nuestro destino y tú eres parte de él —concretó la mujer.

Los elegidos se pusieron de pie e interrumpieron nuestra discusión. Había llegado el momento de ser sincero y decirles cuál sería el siguiente paso. Al otro extremo del salón seguían los hermanos, pensativos.

—¿Ahora cuál es plan?, ya estamos listos —señaló Ostin.

En las afueras del Oeste, Amelia cruzaba el puente que flotaba sobre la cascada del Imperio, su torrente era tan caudaloso que solo se escuchaba el agua cayendo. Llevaba un estilo distinto al habitual, su largo cabello estaba semirecogido y dejaba a la vista su cuello del que brotaban varias venas. Sus ojos estaban irritados y sus manos cerradas en forma de puño. Caminaba con paso firme y continuo, dirigiéndose al Sur donde había acordado reunirse conmigo.

Al final del puente se encontraba una bestia de cuatro patas, imponente e intimidante por su tamaño, de pelaje negro humo, con cola larga y abundante. Un animal que parecía estar poseído, obediente ante su amo. Era el transporte de Amelia a su destino.

La luna, rodeada de nubes densas y oscuras, aún seguía dominando el mundo mágico. No se veían estrellas y parecía que muy pronto una tormenta se apoderaría del lugar. Amelia se montó en el lomo de la bestia y empezó a cabalgar, entrando al bosque. Tenía un largo camino que recorrer.

En el Nuevo Imperio ya habían transcurrido algunos minutos de conversación entre nosotros. El plan para el encuentro en el bosque entre la malévola bruja y yo ya había sido develado y estaba a punto de entrar en marcha.

Sea, quien formaba parte de todo lo acordado, consiguió un gran trozo de tela idéntico a la de la Carpa, perfecto para sustituirla. Este era el ejemplar que sería entregado a Amelia. Sin embargo, las dudas sobre el funcionamiento del plan lograron ampliar el acuerdo. Debíamos hacer un intercambio, así que incorporamos un elemento adicional al convenio para que el engaño pasara inadvertido. Debíamos cuidar cada detalle. Amelia era inteligente y desconfiada.

En uno de los tantos relatos de Max, el pequeño había contado que Amelia tenía a un hombre secuestrado, el mismo que también había estado la noche en la feria, donde que conocí a los cuatro elegidos. Se trataba de Victor.

Yo ya había contactado a Amelia a través de los pensamientos, el acuerdo era entregar la Carpa a cambio de la libertad de Victor. Amelia había aceptado el trato. Su obsesión por poseer el manto estaba por encima de cualquier otro asunto.

Como buen viejo mago que era, luego de ese contacto bloqueé los pensamientos compartidos. Sabía que la bruja no entregaría tan fácilmente a su rehén, razón que nos obligaba a ser previsivos y a tener un plan adicional. La táctica era dividirnos en dos grupos. Martin y Ostin me acompañarían al Sur, y Emmy y Susan rescatarían a Victor en el Oeste. Ellas contaban con poderes adecuados para penetrar la Torre y sacarlo de allí.

Unos momentos después, ya todos nos encontrábamos fuera del edificio. Sea, que cargaba el cofre de mi familia, me lo entregó y lo abrí con mi guante. De inmediato salió de su interior el Carpalocius von Morin, que se esparció frente a los ojos de todos.

Adam, que se encontraba junto a nosotros, no podía disimular su asombro, era un perfecto despliegue de una inmensa Carpa que se formó mientras flotaba por el aire. Al conseguir su forma perfecta, se dejó caer hasta el suelo. Todo un espectáculo para los no magos, era algo que jamás habían presenciado. Algunos se acercaron al lugar y otros se asomaron por los ventanales del edificio.

—¿Ves, Adam? El manto es realmente maravilloso si se usa para el bien. Debes confiar en el Guardián, que siempre hará todo por salvar a ambos mundos —aseguró Sea con una sonrisa.

Adam permaneció en silencio, pero asintió con su cabeza. En ese instante, Max y Vivian se pusieron a su lado. Ellos no participarían en la misión, era muy arriesgado.

—¿Están listas? —pregunté a Emmy y a Susan que se irían con Sea al Imperio del Oeste para el rescate de Victor.

Susan corrió hacia donde estaban sus sobrinos y se despidió de ellos con un fuerte abrazo.

—Nos vemos muy pronto. Prométanme que estarán a salvo. Adam cuidará de ustedes, sean obedientes —finalizó en voz baja.

Emmy ya había entrado a la Carpa, pero no dejaba de mirar a Ostin. Susan se despidió con un abrazo de Martin, y luego entró. Sea sabía qué hacer, solo me miró e hizo un gesto que afirmaba que tenía todo claro y bajo control. La no maga era astuta. Cerró las cortinas y enseguida la Carpa comenzó a desaparecer hasta esfumarse por completo.

—¡Oye, Guardián! Prométeme algo antes de partir. Cuando todo esto termine, iremos al océano —culminó Adam con una pequeña sonrisa en su rostro.

Le contesté de igual forma, con una pequeña sonrisa y un amigable gesto afirmando que era una buena idea. Ostin y Martin ya habían emprendido camino en dirección a la cueva. El viejo taxi era nuestro trasporte hasta el Sur. Antes de retirarme me percaté de la actitud extraña de Max. Me fui inquieto, el pequeño ocultaba algo.

19

UN NUEVO PODER INFALIBLE

La luna se ocultaba detrás de una masa de nubes vaporosas. La oscuridad era protagonista. En las afueras del Nuevo Imperio había una calma sepulcral, no se escuchaba sonido alguno más que nuestras respiraciones. De repente, el silencio fue interrumpido por Martin al encender el peculiar taxi amarillo. Ostin decidió ubicarse en el asiento del copiloto y yo me acomodé en el asiento trasero. Tenía pegado a mi cuerpo el cofre con el manto que le entregaría a Amelia. Mi saliva era densa, me costaba tragar. Sentía mucha ansiedad por lo que estábamos a punto de enfrentar y Martin podía notarlo en mis ojos. Si el plan no funcionaba, lo perderíamos todo.

—¿Estás seguro de lo que vamos a hacer? —preguntó Martin observándome por el retrovisor.

—¡Lo estoy! —aseguré sin titubeos.

Paralelamente, la Carpa aterrizaba discretamente sobre las tierras oscuras del Oeste. Sea abrió las cortinas y pisó el suelo húmedo, alzando la mirada hacia la gran cascada que nacía de las altas montañas a lo lejos. De la caída de agua se formaba un río caudaloso que pasaba muy cerca de donde se encontraban. Allí estaba el puente que dividía los Imperios del Sur y del Oeste.

Las elegidas salieron al exterior sin alejarse mucho de la entrada del manto. Instintivamente, Susan elevó su guante para supervisar que no hubiera presencias indeseadas alrededor. No detectaba ningún pensamiento ajeno, parecían estar a salvo. Se acercó a Sea y, al igual que ella, quedó deslumbrada con la inmensidad de la caída de agua. Emmy alzó la vista también y pudo identificar a lo lejos tanto el movimiento de las luces en la Torre del Oeste, como el fuego en forma de ave que flotaba en el aire. A pesar de haber perdido intensidad, seguía siendo una señal de rebelión y de la terrible guerra que se avecinaba.

Sea, sin perder tiempo, ya había sacado del manto dos largas túnicas negras. Se las puso a ambas elegidas sobre los hombros y arregló cuidadosamente las respectivas capuchas para que cubrieran sus rostros. Con esos atuendos, se confundirían con los habitantes del Oeste y nadie sospecharía de sus identidades reales.

—Debo partir —anunció Sea.

—Cuídate, Sea —expresó Susan, mirando a la irreverente no maga a los ojos.

Sea ingresó de nuevo a la Carpa, cerró las cortinas y desapareció del lugar. Se trasladó nuevamente al Olympic National Forest en el mundo humano, donde el mágico objeto estaría lejos de las manos de Amelia.

Las dos elegidas tomaron camino hacia la montaña rocosa que las llevaría a la Torre del Oeste. Durante el camino estaban siempre alerta con sus guantes preparados en caso de necesitarlos. Si algo habían aprendido bien, era que debían reaccionar rápido en una situación de peligro.

En el Nuevo Imperio del Sur, Max y Vivian se encontraban en el piso 10, donde se ubicaban las habitaciones. Adam había seleccionado un espacioso cuarto para que los hermanos descansaran. Vivian se ubicó cerca del ventanal para poder observar hacia afuera y Max se sentó en la orilla de la cama, pensativo. Adam regresó nuevamente con algunas mantas extra para que estuvieran resguardados de las bajas temperaturas y las colocó cerca del pequeño. Al dirigirse a la puerta para retirarse y dejarlos a solas, Max le dirigió la palabra.

—Recuerdo la última vez que fui a la playa, hace unos meses. Mis tíos, Vivian y yo jugamos en la arena y nos bañamos en el mar. Fue muy divertido… ¿El mundo mágico tiene océano? —finalizó Max.

—¡Oh sí, niño! Está a las afueras de la tierra del Este —respondió Adam, interesado por la pregunta.

—¡Gracias por todo! —comentó Max, que repentinamente corrió y abrazó al viejo hombre.

Vivian se quedó sorprendida con el gesto, no dejaba de ver la escena.

—¡Tranquilo! Todo estará bien. Es mejor que descansen. Debo retirarme para hacer algo, pero sigo atento a ustedes —concluyó Adam después de responder con la misma intensidad el sorpresivo abrazo del niño.

Los hermanos afirmaron con sus cabezas a las palabras de Adam, quien salió de la habitación cerrando la puerta. Max se lanzó en la cama y se quedó mirando fijamente el techo de la habitación, que tenía pintadas varias figuras de ángeles en guerra. Todo se le hacía muy extraño, de pronto le dieron escalofríos. No dudó y le pidió a su hermana que se acercara a él. Vivian, complaciente, se arrojó a su lado y ambos miraron el techo. Estuvieron distraídos con las pinturas algo tenebrosas hasta que, al cabo de unos minutos, Max decidió hablar.

—Tengo una gran idea —apuntó con voz muy baja a Vivian.

—¿A qué te refieres? —preguntó la adolescente en susurro.

Max se levantó de la cama, saltó al piso como un grillo y metió medio cuerpo debajo de la cama para sacar algo que allí había metido. Colocó el objeto frente a los ojos de Vivian.

La jovencita quedó estupefacta al ver que su hermano menor había tomado el Atlas sin autorización luego de que Ostin lo abandonara en el mesón muy cerca de la bandeja de los panecillos un tiempo antes. El mágico pergamino no era necesario para la misión de los elegidos, tenían claros sus destinos. Y Max tenía un plan.

—Max, ¡estás totalmente loco! —exclamó Vivian angustiada y molesta.

—¡Shhh!, no puedes gritar, nos van a descubrir. Te dije que tengo una gran idea —comentó.

—¿De qué hablas? No entiendo por qué lo tomaste, es muy grave lo que has hecho —le preguntó con un regaño incluido.

—Si el Atlas funciona como mapa, podemos regresar nuevamente al lago y hablar con mamá —comentó el pequeño con efusividad.

—¿Qué? No lo sé Max, es muy peligroso afuera. Además, mamá ya no está —señaló la hermana.

La ansiedad se apoderó de Max, no sabía cómo convencer a su hermana de llevar a cabo su idea. Caminaba de un extremo a otro de la habitación, tratando de pensar en alguna otra excusa para ir juntos al lago.

Era sorprendente que un niño de tan solo once años fuera tan astuto. Max se acercó al ventanal y vio que afuera, frente al edificio, el viejo Adam se encontraba preparándose para algo. Por su vestimenta parecía estar a punto de salir de cacería. Llevaba una especie de bastón largo y delgado de madera y chaqueta gruesa para la noche fría. Max comprendió que el viejo hombre también tenía un plan y no era precisamente quedarse dentro del edificio. Era el momento perfecto para emprender camino. Tomó la mano de Vivian y la arrastró hasta la gran ventana para que observara lo mismo que él. Al instante, Vivian comprendió el plan de su hermano y sabía que él no desistiría de la idea. Lo mejor era acompañarlo.

—Sabes cómo lograremos salir de aquí, ¿cierto? —consultó Vivian.

—No aún, pero… —dijo Max sin concluir.

—¡Mmmm! Un segundo, tengo una idea —manifestó Vivian, al no tener otra opción sino apoyar al atrevido Max.

La jovencita también estaba deseosa de ver qué sucedía en el misterioso lago, luego de mi comentario sobre la presencia de espíritus. No podía perder la oportunidad de comunicarse con su madre.

Los hermanos lograron tomar el metálico ascensor y llegaron hasta la planta baja. Algo nerviosos pero precavidos, iniciaron su trayecto hasta la puerta principal. Una vez en el largo pasillo de entrada, notaron la presencia de un peculiar habitante que caminaba con algo de prisa. Era un hombrecillo de corta estatura, con unas botas de tacón que sonaban con cada paso. Los pequeños pensaron que lograrían escapar sin ser vistos, pero justo cuando decidieron pasarle por un lado en dirección contraria, él se detuvo y los reconoció inmediatamente.

—¡Ey! ¿A dónde se dirigen? —preguntó el particular hombre con voz aguda.

Max y Vivian se detuvieron por segundos, no sabían cómo actuar. El hombrecito no esperó y dio vuelta hacia los hermanos. Al no obtener respuesta, su sospecha incrementó y pensó que tal vez ocultaban algo. Vivian, al verse en aprietos, tomó el control de la situación y volteó hacia él sin mirarlo a los ojos.

—Solo queremos ayudar a cargar el maíz. No queremos quedarnos sin hacer nada en la habitación —respondió ella sin titubeos.

—¡Mmm! La verdad es que eso sería muy útil. Está bien, síganme —aseguró el pequeño hombre con entusiasmo por la buena disposición de los hermanos.

Una vez en el espacio de recolección de la cosecha, el hombrecito les puso una tarea algo ardua y pesada: recoger el maíz y colocarlo en los contenedores de madera. Max, algo enfadado por la labor, aún no comprendía por qué Vivian había decidido ofrecer la ayuda. El hombre recogió algunas herramientas del suelo, las colocó en una carreta pequeña e inició su trayecto para trasladar las cosas al interior del edificio. Vivian lo seguía con los ojos y, al perderlo de vista, dejó de organizar el maíz y miró a Max con ojos bien abiertos.

—Es hora, corramos con mucho cuidado de no hacer ruido, sígueme —advirtió a su pequeño hermano.

Vivian había tomado el mando de la arriesgada expedición, sabía que tan solo un error les costaría todo. Corrieron en dirección a la cueva sin que nadie los viera. Max se sentía sorprendido por el espíritu aventurero que al parecer su hermana también poseía. Se sintió apoyado y sobre todo, protegido.

Al penetrar la cueva sin ningún inconveniente, la casi ausencia de la luna los ayudó a no ser vistos. Vivian le quitó el Atlas a Max para consultar el trayecto que debían seguir. Lo abrió y enseguida el mágico mapa formó claras líneas señalando perfectamente la ruta para llegar al lago de las Almas, era como si el mapa estuviera de su lado. Comenzaron su camino. El trayecto era bastante largo, era evidente que pasarían mucho tiempo caminando.

Luego de un par de horas, Max se detuvo y, de pronto, empezó a brincar de emoción. Se dio cuenta de que a solo un par de metros, entre los árboles, estaba el lobo amigo, que sin duda los seguía y vigilaba. Max apretó el brazo de Vivian y le señaló lo que veía. Con una pícara sonrisa en el rostro, Max ya tenía en la cabeza una ingeniosa idea para llegar más rápido a su destino.

El gigante lobo dio un par de pasos hacia adelante y los hermanos decidieron acercarse. Max llegó directamente a acariciarlo, la bestia peluda lo recibió como a un viejo amigo.

—Necesitamos ir al lago —comentó Max, mirándolo directo a los ojos.

Sin dudarlo, el peludo animal giró su cabeza indicándoles que se subieran a su lomo. Vivian tomó impulso para luego ayudar a Max. De inmediato se ubicaron de nuevo en dirección al Norte. El lobo inició su paso con un estruendoso aullido que llegó hasta el cielo y arrancó su trote a gran velocidad. Ya para esa época la nieve era casi inexistente, lo cual permitió al animal desplazarse con mayor facilidad. Toda la noche el cielo permaneció cubierto por las densas nubes, era como si hubieran estado acumulando el agua suficiente para soltar la lluvia en cualquier momento.

Mientras tanto, Sea ya estaba refugiada en el Olympic National Forest. Su misión era resguardar la Carpa a toda costa. Luego de estar segura de no tener compañía, decidió hacer una fogata para resguardarse del frío. La no maga miraba el fuego con profundidad y, por un momento, la soledad la embargó. Estaba algo emotiva y hasta nostálgica. Cuando metió sus manos en los bolsillos de su abrigo para darse calor, se dio cuenta de que en uno de ellos había una pequeña manzana roja. Inmediatamente, el fruto la trasportó a la infancia, justo a aquella mañana bajo el manzano donde nos conocimos siendo todavía unos niños inocentes.

A Sea la invadió el miedo de que no nos volviéramos a ver. Ambos habíamos aceptado llevar el legado del manto y servir de centinelas del portal, pero éramos como familia. Con una lágrima en la mejilla, pero una pequeña sonrisa en sus labios, la no maga llevó la manzana a su boca y le dio una gran mordida.

Entretanto, Martin, Ostin y yo llevábamos unas cuantas horas de camino hacia el Imperio del Sur. A pesar de no estar en las mejores condiciones, el viejo taxi no nos había fallado. Los dos elegidos iban callados, fijándose en la carretera. En un momento, Ostin metió su mano en el bolsillo de su abrigo y se encontró una manzana roja, que nos mostró con una radiante sonrisa, como si se tratara del mayor tesoro posible.

Inmediatamente revisé también mis bolsillos y mi sorpresa fue la misma cuando encontré el fruto rojo brillante. Martin nos siguió y una manzana también le esperaba en su chaqueta. Les comenté que seguramente había sido Sea la de la idea. Sin vacilar, todos dimos una mordida casi al unísono, el hambre ya nos había tocado el estómago. El fruto no solo alimentó mi cuerpo, sino que ese pequeño gesto de Sea también me llenó el espíritu. La sentía muy cerca de nosotros.

Simultáneamente, Amelia galopaba veloz por las montañas, atravesando los bosques sin descanso para llegar al Sur.

Después de varias horas de camino, la bruja se detuvo en seco. Una luz parpadeante entre los frondosos arbustos la hizo ponerse en guardia. Algo no era normal, tal vez estaba siendo vigilada. Al acercarse, se dio cuenta de que se trataba de una Sparqui y, con su guante, arrancó de raíz el arbusto que le servía de escondite. Agitándolo fuertemente por los aires, logró desaparecer a la criatura del lugar. Sintiéndose más tranquila entonces, decidió seguir adelante hacia su destino. Ya le faltaba poco para llegar.

Las Sparquis también habían tomado partido en la guerra y no eran seres de la oscuridad. Estas criaturas no podían batallar, pero sí podían servir de centinelas de luz.

Max y Vivian continuaban su camino al Norte sobre el lobo que corría sin cesar, pero que ya jadeaba por el trote constante. Vivian se sostenía del abundante pelaje del animal y su hermano le rodeaba el torso con sus brazos. Las ansias de ambos por llegar al lago eran inmensas, pero no dejaban de pensar en sus tíos y en la decepción que traería no haberles obedecido.

Todos nos encontrábamos en caminos distintos, avanzando hacia destinos diferentes, y todos corríamos grandes riesgos. Sin embargo, el mayor sería el encuentro con Amelia y el tan esperado intercambio. Algo que no dejaba de aparecer en mi mente era todo el asunto de Victor. Yo estaba seguro de que Amelia no lo llevaría para hacer el canje, era demasiado tramposa. Por eso habíamos formulado el plan B y las elegidas tenían la peligrosa tarea de rescatarlo de la Torre del Oeste, para lo que debían ser muy cautelosas y astutas. Lo que yo seguía sin entender era por qué la bruja había secuestrado a un humano cualquiera. ¿Qué explicación le habría dado a Victor al verlo? Tal vez existía algo desconocido para mí y no había podido descubrirlo a pesar del poder de mi guante. En fin, lo mejor era guardar la calma y seguir con el plan.

Por otro lado, Emmy y Susan ya habían cruzado el pequeño puente de piedra que las llevaría directo a la Plaza Negra. Cubiertas con sus largas y oscuras túnicas parecían dos habitantes más del Imperio. Se tomaron un momento para cubrir sus guantes púrpura con otros de color rojo. Al llegar allí, se percataron de la gran cantidad de magos negros que allí se encontraban reunidos. Al parecer, celebraban con anticipación la victoria de Amelia y el regreso del manto. Era evidente que confiaban en el poder de su líder, habían transcurrido muchos años escondidos en las sombras. Muchos celebraban con vino y bailes alrededor de la fuente y otros alistaban algunos caballos y se preparaban por si surgía algún llamado de urgencia.

En ese grupo de malévolos magos había uno de aspecto muy distinto. Con dientes largos, mejillas puntiagudas, postura encorvada y el rostro parcialmente cubierto por su capucha, el mago fijaba su mirada en el par de elegidas. Cuando Emmy se percató de que el hombre las observaba, tomó a Susan por el brazo y cambiaron de rumbo, perdiéndose entre la muchedumbre. El mago pareció perder el interés y continuó alistando la silla de montar en su animal.

Susan, a través de su mente, le indicó a Emmy que bordearan la plaza para evitar sospechas. Emmy decidió avanzar detrás de ella a unos pasos de distancia para tener mayor amplitud de visión. A pesar de tener todo bajo control, la idea de estar entre tantos seres oscuros las aterraba. Estaban solas, pero debían seguir adelante.

Ágilmente, Susan evaluó las opciones menos riesgosas para ingresar a la Torre, donde se encontraba el prisionero. Decidieron rodearla y así buscar una alternativa más segura. Al llegar a la parte posterior, ubicaron una disimulada puerta de servicio que probablemente era utilizada por los magos para salir del lugar sin ser vistos por los lugareños. No tenía vigilancia alguna. Ambas se apresuraron y lograron entrar. Estaban preparadas para enfrentar lo que fuera necesario hasta cumplir su misión.

—Por aquí, Emmy, debemos desviarnos —alertó Susan.

Al cabo de unos minutos de recorrer el lugar, llegaron a un largo pasillo húmedo y oscuro. A la distancia se podían apreciar destellos de luz producidos por un par de antorchas en la pared, justo en la entrada de una habitación. Se acercaron un poco más, pero pararon en seco. También había dos guardias que custodiaban el lugar. Emmy intentó congelarlos, pero Susan la detuvo y decidió tratar de engañarlos de otro modo.

Ambos custodios eran muy altos y robustos, con cicatrices, uno de ellos incluso tenía una quemada que cubría la mitad de su rostro. Eran intimidantes y más aún para un par de mujeres. Al verlas, adoptaron postura de defensa con sus guantes apuntándolas al corazón.

—¡Alto!, venimos de parte de Amelia —gritó Susan con voz de mando. Los magos oscuros se miraron entre ellos y comenzaron a reír de forma burlona.

—Amelia tiene de vuelta la Carpa y nos ordenó que trasladáramos al hombre a otro lugar —puntualizó Susan sin titubeos.

Los magos detuvieron sus risas cuando miraron directamente a los ojos de Susan, que ya estaba usando su poder. Abrieron el paso, permitiendo avanzar a las elegidas hasta el interior de la celda. Allí estaba Victor, tirado en el suelo en posición fetal con cadenas en ambos tobillos. Emmy hizo un movimiento con su guante que produjo un sonido en los grilletes, logrando partirlos y liberando así al cautivo.

Ambas levantaron a Victor, que estaba muy pálido y débil. Se apoyó en los hombros de ambas para caminar y avanzaron hacia el pasillo. Ya llevaban un par de metros cuando escucharon el eco de las voces de un grupo de magos que se acercaban. Las elegidas decidieron regresar y buscar otra salida, en el estado de Victor hubiese sido muy peligroso enfrentarlos a todos. Emmy descubrió un pasadizo al otro extremo y de inmediato aceleraron el paso.

A partir de ese momento, Susan intentó enviarme mensajes para confirmar que ya habían encontrado a Victor, pero la comunicación no era posible.

Luego de recorrer el estrecho pasadizo y esquivar al resto de los magos que aparecieron en el camino, los tres llegaron hasta un salón grande con un comedor desolado, ya que los habitantes estaban en la plaza a la espera de noticias. Siguieron hasta llegar al área de la cocina, donde había una puerta por la que seguramente ingresaban los suministros y provisiones, entre ellos los animales que cazaban. Había sangre seca en la entrada. Al atravesarla, ya estaban a las afueras de la Torre.

A unos metros se escuchaban los festejos, a su paso se encontraron con varios magos tirados en el suelo, inmóviles por la cantidad de alcohol que habían bebido. Segundos después, los hombres que alistaban sus caballos negros emprendieron la marcha a toda velocidad, sin duda habían recibido una orden de Amelia.

Susan inició nuevamente un intento de comunicación, pensaba que debía advertirme del grupo numeroso de magos que había salido del Oeste, pero cualquier intento terminaba fallando. Las elegidas continuaban su marcha, debían salir del epicentro del Imperio malévolo, para llegar al gran puente y cruzar hacia el Sur. Necesitaban estar a salvo, pero estaban rodeadas, no había un camino alterno y se veían muy sospechosas cargando a Victor.

De repente, uno de los lugareños empezó a acercarse a ellas rápidamente. Emmy lo detectó y lo congeló, al igual que al pequeño grupo que se encontraba con él. Era el momento perfecto para salir lo más rápido posible de los alrededores de la Plaza Negra.

Siguieron caminando cuando, de pronto, se percataron de un par de caballos atados a un árbol sin dueño aparente. No lo pensaron dos veces y los liberaron, montándose rápidamente sobre sus lomos. Susan iba en uno con Victor y Emmy sola en el otro, para poder atacar de ser necesario. Galoparon, dejando atrás el pequeño puente y la Plaza Negra, en dirección hacia las montañas del Oeste.

Un tiempo después, se toparon con el caudaloso río y su cascada. Estaban directamente bajo el ave de fuego de la rebelión, que permanecía flotando en el cielo como un gran vigilante.

Cuando pensaron que cruzarían al Sur sin más obstáculos, el ave empezó a desplazarse hacia las elegidas, quienes trataban de huir a toda velocidad. Bolas de fuego caían desde lo alto y ambas lograron esquivarlas, pero sabían que al llegar al largo puente serían presa fácil. Debían atacar. Ambas se detuvieron y giraron sus caballos hasta quedar frente al ave. Emmy elevó su guante en dirección al fuego, pero su magia no era suficiente.

—¡No se congela! —gritó desesperada.

Sin más tiempo para atacar, ambas cubrieron sus cuerpos para evitar el fuego. Susan, en un último intento, le hizo un gesto a Emmy para que unieran sus guantes. Increíblemente, el fuego empezó a penetrar los guantes de cada una de ellas, como imanes atrayendo al ave de fuego en forma de rayo. El ave se consumió por completo y las elegidas habían desarrollado un nuevo poder infalible.

20

ARRIESGADO INTERCAMBIO

Las ruedas del viejo taxi golpeaban bruscamente el suelo barroso, llevábamos ya alrededor de una hora de trayecto por una carretera poco amigable y con muchos desniveles producto del denso bosque. En ese instante, entramos en un valle de vegetación abundante de color verde pardo, salvaje, pero con matices color tierra por lo seca. Era una vista triste, lo podía percibir a través de la ventanilla del vehículo. Eso era lo único que había hecho durante lo que parecía una eternidad, observar en silencio con gran bamboleo por lo inestable del terreno, pero aferrado con fuerza a mi decisión y al cofre.

Ostin fue el primero en prestar atención a las ruinas: restos de cabañas, escombros de los que fueron en una época los techos de hogares, vestigios de un poblado que años atrás había sido consumido por las llamas. Justo en ese instante estaba claro que habíamos llegado al Imperio del Sur.

Martin detuvo el auto, dejando encendidas las luces delanteras. La vista era desoladora. Abrí la puerta sin soltar el cofre. Al colocar la suela de mi zapato en la fangosa superficie, noté que mi pisada era inestable, estaba aplastando algo con mi calzado, la sensación era desagradable. Retiré el pie para ver qué estaba oprimiendo y a duras penas pude identificar algo de color en el objeto, era una masa deforme y sucia. Me agaché para tomarlo. Se trataba de la mitad del cuerpo de un oso de peluche incrustado en la tierra.

Tal vez en otro lugar esta imagen no me hubiese impactado, solo se trataba de un simple juguete destruido, pero encontrarlo allí, justo en ese lugar, era demoledor para mí. Involuntariamente dejé caer el cofre, mis rodillas se doblaron. Las lágrimas corrían por mi rostro y caían sobre el oso de felpa. Me quebré, mis sentimientos afloraron cuando no estaba preparado, el vacío que me producía preguntarme a quién habría pertenecido, qué sería de ese niño, de esa familia… Probablemente todos estaban muertos, el incendio no respetó nada, ni a nadie, lo devoró todo.

Al ver la escena, Ostin se acercó y, sin hacer preguntas, tomó el cofre. Me ayudó a ponerme de pie y retiró el oso de mis manos. Fue su manera de decirme sin palabras que debíamos seguir. Mientras tanto, Martin usaba su guante para retirar algunos escombros de la vía que impedían el paso. Así podría iniciar la caminata para el encuentro con Amelia. Ostin me entregó el cofre y con una palmada en el hombro me indicó que siguiera adelante.

Unos segundos después, nos sorprendió a todos el hallazgo de restos humanos. Martin, en su afán de liberar el terreno de escombros, había levantado una columna de piedra que tenía debajo varios huesos largos y las costillas de alguien que había quedado atrapado en el devastador incendio. Era catastrófico lo que había ocurrido en ese lugar. Yo hacía un esfuerzo por mantener la cordura y cumplir con el plan.

—Debes continuar, Guardián —susurró Ostin amablemente.

—Estaremos cerca y listos para tu señal —concluyó Martin.

Asentí con firmeza y empecé el trayecto. Caminé sin parar, pero con seguridad, en cada paso me convencía aún más de que estaba en lo correcto, de que nuestra misión sería exitosa. Mis huellas quedaban marcadas en el camino, estaba claro que, desde hace muchos años, ese lugar no era frecuentado por ningún ser viviente. Había rastros de nieve, en su mayoría ya convertida en fango al mezclarse con la tierra.

Al cabo de un rato, llegué al punto de encuentro. Los dos elegidos avanzaban por otro camino paralelo que les permitía estar cerca sin ser vistos, su cometido era estar alerta de cualquier imprevisto y ser mi apoyo en caso de necesitarlo.

Se trataba de una verdadera misión suicida. Si las circunstancias se salían de control, dos guantes púrpura no serían suficiente para controlar la situación. En gran parte dependía de Emmy y de Susan, que debían rescatar a Victor lo más rápido posible.

A lo lejos, en lo alto de un risco, ya estaba Amelia esperando por mí. Me dispuse a subir.

Estaba sola, no me había equivocado entonces. Nunca tuvo la intención de entregar a Victor, hasta su caballo se había retirado del lugar. Allí estaba la sedienta de poder, su mirada fija y fría. Las venas pronunciadas de su cuello se dejaban ver, sus ojos me penetraban sin piedad. Su guante lucía listo como daga afilada a punto de asesinar a su presa. De traje negro de cuero, sus piernas estaban cubiertas por botas altas que llegaban hasta sus rodillas. Nunca imaginé ver a una Amelia con aspecto de guerrera, en ese momento entendí que la bruja estaba lista para luchar, no se retiraría de este encuentro sin la Carpa.

Ambos ya en el risco, seguíamos separados por una larga distancia. Ella estaba parada sobre un pequeño peñón que sobresalía de la montaña. Yo, a metros debajo, miraba toda la escena que se desarrollaba en pleno amanecer.

Ostin y Martin permanecían ocultos no muy lejos del lugar, podían ver todo desde su ubicación.

—Hiciste bien, viejo, en venir a entregar lo que pertenece al Oeste — puntualizó Amelia.

—¿Dónde está el humano? —pregunté para cerciorarme de que no la acompañaba.

—¡Ohh! ¿Te refieres al pobre hombre prisionero? —respondió la mujer.

De la nada, detrás de la espalda de Amelia, apareció Victor. Lucía algo desorientado, con ojos exageradamente irritados y unas ojeras que se alargaban hasta sus mejillas. El hombre no pronunció palabra alguna, solo rasgaba con sus uñas el pantalón que llevaba puesto. Portaba solo una camisa delgada, sin abrigo.

Yo estaba sorprendido, estaba seguro de que ella no lo entregaría, esto era un imprevisto para nosotros. El aspecto del hombre me impresionó, pero aún más lo hizo su expresión. Sin embargo, lo importante era que allí estaba. Debía contactar a Susan para que abortaran su misión una vez Victor estuviera de nuestro lado, a salvo.

Amelia insistía en penetrar mis pensamientos, pero yo no se lo permitía, había bloqueado esa posibilidad. Era una habilidad difícil de dominar que yo había desarrollado con años de práctica como mago. Antes de que

Victor caminara hacia mí, hice caso a mis instintos. Sabía que Amelia ocultaba algo, me atormentaba en mi cabeza una verdad oculta sobre la bruja.

—Puedo entender por tu mirada que quieres saber exactamente qué sucedió esa noche —exclamó Amelia con ironía.

—Tú y tu Imperio destruyeron las vidas del Sur —dije lo que tanto tiempo había estado guardando.

—¡Esa no es la verdad! —añadió la malvada con una sonrisa.

Al instante, Amelia sacó de su pantalón un frasco pequeño de vidrio con un corcho que lo sellaba. Lo posó en la palma de su mano. El frágil objeto contenía un líquido rojo que parecía ser sangre. Ella lo destapó y lanzó una gota al aire, que flotó por sí sola. Al descender lentamente, el líquido estalló en el suelo, produciendo una espesa neblina que nos impidió la visibilidad. Luego se desató lo que sería una nueva memoria, Amelia me había trasladado al pasado, a la misma noche del incendio y nosotros éramos los espectadores.

Nuestra primera visión nos transportó al interior del bosque del Imperio del Norte, allí se encontraba el Rey, mi padre. Unos segundos más tarde, fue interrumpido por Rowena, que parecía agitada. Con el rostro lleno de angustia, guardaba sus manos arrugadas en los bolsillos de su largo abrigo. El Rey también lucía inquieto y no paraba de toser. Solo había silencio alrededor, hasta los animales del bosque habían dejado de producir cualquier sonido esa noche.

—¡Señor! Aquí estoy como me lo ordenó —comentó Rowena.

A un par de metros se encontraba Amelia, que merodeaba por el bosque y, como buena bruja astuta, usaba de camuflaje las ramas frondosas para escuchar la conversación. Observaba con detenimiento lo que sucedía, el rostro del Rey lo delataba, algo estaba a punto de hacer.

—Mañana por la noche pondré fin a todo esto. Dependerá de usted el resto —enfatizó él.

—¿Y qué pasará con el niño, señor? —preguntó Rowena.

—Tú sabes qué hacer. Él será el Guardián del Carpalocius von Morin —finalizó mi padre.

Luego, vimos la imagen de Rowena en el ático de la Torre del Norte, empujando con fuerza un pesado cofre hacia un rincón, el mismo cofre que tenía dentro la Carpa. Acto seguido, el Rey entró al ático, notablemente desesperado.

—¡Señor! —alertó la mujer afligida.

—Rowena, nadie puede saber que robé la Carpa, si el Oeste descubre que está en mis manos, desatará las llamas sobre nuestro Imperio —advirtió.

La niebla siguió trasladándonos a más escenas de esa época.

Apareció Amelia caminando por los pasillos de la Torre del Oeste. Cerraba los puños con tanta fuerza, que sus uñas se clavaban en sus palmas y las hacían sangrar. Entró a la habitación de Lord Balfour, donde el malévolo mago se encontraba sentado de espaldas sin mostrar su rostro en una gran silla cubierta de piel de oso.

—Espero sea importante tu visita —exclamó sin darse vuelta, su voz resonante en la habitación.

—Has sido traicionado. El Rey del Norte ha robado la Carpa —afirmó la bruja.

El mago apretó con fuerza el brazo de la silla, se sintió una densa respiración. Se levantó bruscamente sin decir palabra.

La neblina nos trasladó a la noche siguiente.

El Rey del Norte se encontraba frente al Portal Verde, en el Imperio del Sur, con su vestidura larga que rosaba el piso y su guante gris en alto. En ese instante, produjo una gran llamarada de fuego en forma de ave gigante que alzó vuelo y, con sus alas y pico, lanzaba chispas. Empezó a consumir el último paso de conexión entre ambos mundos. La expresión en su rostro era dura, decidida. Sin embargo, el fuego comenzó a esparcirse descontroladamente más allá de esa zona y hasta el resto del Imperio.

Yo no podía creer que mi padre no hubiera sentido remordimiento por lo que estaba haciendo a los pobres habitantes del Sur. Sencillamente acabó con todo y con todos sin piedad. Jamás podré borrar de mi memoria la escena donde los habitantes del Sur corrían por las estrechas calles.

El sol ya se había ocultado, la luna apenas se posaba en el cielo negro e impregnado de cenizas. Gritos alarmantes invadían el valle donde se encontraba el pueblo. Apareció un hombre que cubría parte de su rostro con una bufanda de tela color vino, trataba de respirar mientras se internaba en lo que era una pequeña casa ubicada cerca de la Torre del Sur. Buscaba desesperadamente a su familia, las llamas habían consumido el techo y parte de la estructura.

—¡Dayanaaaa! ¡Hija! —gritó sin cesar con un llanto desbordado.

El hombre se encontró con la más trágica escena que un padre podría presenciar. Su pequeña había quedado atrapada en una de las habitaciones. Entró y no salió de nuevo de su hogar. Lo que quedaba del techo se desplomó dejando a toda la familia envuelta en llamas. Los gritos no paraban.

Decenas de personas seguían corriendo por todos lados, algunos caían como soldados en guerra por la prisa y la desesperación, otros ya habían sido atrapados por el incendio. Otros habían corrido con suerte huyendo por las montañas, dejando atrás familia, amigos, casa, todo. El Sur parecía el infierno mismo.

Lejos del pueblo, caminaban lento, pero sin parar, dos figuras adultas y tres niños. Uno de ellos era una niña que no pasaba de los once años, de cabellos largos y trenzados. Dorin. Andaba con otro pequeño a quien le sostenía la mano. Este niño era de piel muy oscura, cabello al ras de la cabeza y ojos negros azabache, Cedric. Acompañados por una más, la menor, que apenas tendría unos cuatro años, Frida. Su cabello era negro a los hombros y tenía una mirada tierna propia de su edad. Era Amelia quien llevaba de la mano a la pequeña. Los acompañaba un hombre alto que portaba una capucha que cubría todo su rostro. Me fue imposible determinar su identidad.

El grupo de caminantes se detuvo al llegar al Arco Verde que ya estaba casi completamente consumido por las llamas. Enseguida, el hombre de capucha levantó su mano revelando su guante de color blanco y con su poder impidió que las llamas extinguieran por completo el Portal. Al instante, ordenó a Amelia cruzar primero llevando con ella la fila de niños, que se sostenían de las manos unos con otros. Todos lograron pasar. El hombre se quedó en el Sur.

La espesa neblina comenzó a detenerse, las imágenes ante mis ojos eran difusas. Estaba en shock ante las revelaciones que acababa de presenciar. Saber la realidad de lo ocurrido en el Sur y de quién había sido el real causante de todo era devastador para mí. La imagen de mi padre se había quebrado para siempre. Temblaba de dolor e impotencia.

¿Por qué? Me lo preguntaba una y otra vez.

Estaba en el risco con Amelia, pero mi actitud de Guardián, de enfrentarme con fuerza a la malvada mujer, ya no era la misma. Tras la revelación me sentía profundamente compungido y ella lo sabía, estaba en clara ventaja sobre mí. Había sido astuta al dejarme ver la verdad en nuestro encuentro, justo antes del intercambio.

Con lágrimas en mi rostro, miré a la bruja directamente, debía estar seguro de que todo era cierto y no se trataba de otra manipulación para ponerme en desventaja.

—Llevas la sangre de un traidor. Por eso debes entregarme el Carpalocius von Morin —puntualizó Amelia.

—Primero entrégame al hombre —exclamé con voz seca y gruesa a pesar de mis sentimientos.

Amelia accedió a que Victor avanzara y él bajó lentamente del elevado risco hasta llegar a mi lado. Tenía sus manos en sus bolsillos para darse calor, pero su mandíbula no tiritaba, al contrario, estaba apretada. Acto seguido, lancé al aire el cofre, controlando su trayecto con mi guante hasta que llegara a las manos de Amelia. Su gesto era de triunfo, se reía con sarcasmo. Pensaba que había logrado su misión: devolverle el control del portal al Oeste.

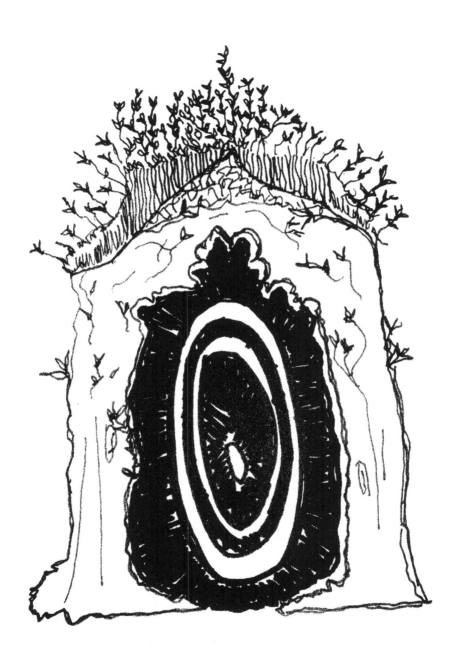

21

EL ENGAÑO

Una vez que pude ver a Victor de cerca, supe de inmediato que algo no estaba bien. Su postura encorvada, su silencio exacerbado y su extraño caminar me producían desconfianza. Sin embargo, cabía la posibilidad de que Amelia lo hubiese castigado tan severamente, que hubiese perdido hasta la razón. A pesar de mis dudas, decidí seguir adelante con el plan. Era hora de contactar a Susan para que ellas salieran cuanto antes del Imperio del Oeste, ya Victor estaba en nuestro poder.

—Susan, aléjense del Oeste, Victor está conmigo —transmití varias veces sin respuesta.

Por más que insistía, no lograba hacer contacto con las elegidas, no podía explicarme qué estaba sucediendo.

Amelia ya tenía el cofre en su poder y lo sostenía con ambición y gloria. Sus ojos saltaban de su rostro, de su boca salían risas descontroladas y escandalosas. Era su sensación de haber ganado la guerra, pero por el contrario, yo era el gran triunfador del encuentro.

Cumplida mi misión con éxito, no espere más y me dispuse a marcharme de allí junto a Victor. Lo tomé por uno de sus hombros con mi guante para guiarle el camino. Mientras caminábamos, yo hacía contacto con Sea a través de susurros. La Carpa estaba entrenada para trasladarse a cualquier lugar que mi voz le indicara.

Martin y Ostin permanecieron cerca, solo esperaban mi señal para salir de los árboles y escapar juntos.

A lo lejos, escuché el sonido de las llaves que abrían el cofre, mi corazón se aceleraba solo de pensar que Amelia se podía dar cuenta de la falsa réplica. Aceleré mi paso e impulsé a Victor a seguir mi andar.

—¿No te quedarás para ver el show? ¡Viejo mago! —gritó la bruja, haciendo eco.

Insistía sin cesar en mi llamando a Sea, era lo que habíamos planeado. Ella vendría con el manto hasta una zona del bosque tupida de pinos, así podríamos huir de inmediato hasta un lugar lejos del Sur.

Aún no obtenía respuestas ni de Susan ni de Sea. Ya no había duda de que la comunicación había sido corrompida. Amelia era astuta. Así como yo había impedido que ella leyera mis pensamientos, mismo ella había bloqueado mi comunicación con los demás. Y eso incluía a la Carpa.

—Veo que intentas comunicarte con tu grupito de humanos, pero yo no soy estúpida. Al final, tú y yo somos iguales. Si yo no puedo comunicarme, tú tampoco —exclamó Amelia entre risas burlonas.

Ya Amelia abrió el cofre y extraído el manto falso. Lo lanzó al aire y le ordenó que se levantara hasta caer en forma de Carpa. No obtuvo respuesta. Al instante, la mujer notó que algo andaba mal, no dudó en detenerme con su carrasposa voz.

—Lo sabía... ¡Alto, viejo mago! —anunció con un tono seco y enfurecido.

—Nuestro encuentro culminó, mujer —afirmé con un grito y sin bajar la marcha.

—¿Pensabas que no me iba a dar cuenta del engaño? ¿De verdad crees que puedes escapar? —dijo.

En ese mismo instante, era de noche en el Olympic National Forest, donde Sea se encontraba esperando mi llamado. La no maga decidió salir del manto para hacer una ronda, había escuchado algunos ruidos extraños. Era de esperar que algún animal se encontrara merodeando en la cercanía, la noche era un buen momento para cazar. Miraba con detenimiento a su alrededor, de un lado al otro, cada arbusto. No dudó en ampliar su perímetro para estar segura y se alejó un poco más del manto.

A unos pocos pasos de la entrada de la Carpa, Sea se detuvo al ver una cobra que provenía de los árboles. De inmediato, sintió que estaba siendo vigilada por alguien y se dispuso a regresar rápidamente, lo que se le hizo imposible. Su calzado estaba adherido al suelo y había quedado totalmente paralizada. Acto seguido, aparecieron unos hombres altos, cada uno con su guante. Eran los mismos magos que la habían atacado en el Barrio Chino. La no maga temía por su vida.

Mi ansiedad incrementaba. Me detuve, mi garganta estaba seca, sentía que no podía respirar. Debíamos recorrer varios metros hasta el encuentro con los elegidos que ya estaban atentos a las nuevas circunstancias y listos para contraatacar.

De pronto, empezaron a emerger oscuras figuras desde todas las direcciones. Eran magos del Oeste, vestidos con largas capas y botas de batalla. Las cosas no lucían bien para nosotros. En segundos estábamos rodeados. Victor lucía muy nervioso, pero no emitía palabra alguna.

Al comprobar el engaño, Amelia había hecho que se desplegaran inmediatamente muchos de sus súbditos, listos para atacarnos. Quería obtener lo que había venido a buscar.

—¡Ataquen! —gritó con odio desmedido.

Al instante, los magos oscuros elevaron sus guantes rojos, eran como animales en cacería. Algunos de ellos tenían cicatrices en sus rostros, inclusive algunos con parches sobre un ojo. Un par de ellos poseían dientes filosos, como tallados intencionalmente de esa forma. Todos con aspecto lúgubre, listos para matar. El panorama revelaba que podían ser mis últimos minutos de vida.

Enseguida, como un cañón en pleno vuelo por el aire, vimos a Martin que con un solo impulso logró elevarse del suelo unos metros hacia el cielo. Al dejarse caer en medio del valle, golpeó la tierra con el puño que portaba el guante, ocasionando un movimiento en todo el territorio del Sur, una especie de terremoto. El suelo se abrió formando unas gigantescas grietas, donde caían los magos oscuros sin la posibilidad de reaccionar.

Amelia había caído en una de las aberturas, pero se sostenía del borde rocoso y logró emerger de su interior con el poder de su guante. La oscura mujer flotaba sobre la superficie en mi dirección y usó su poder para doblar mi espalda hasta hacerme caer al suelo. Ostin, que estaba muy cerca, elevó una pesada roca y la proyectó por el aire en dirección a Amelia, quien logró controlar el objeto y estallarlo en pedazos.

Algunos de los magos consiguieron salir a la superficie, se desplazaban con grandes rebotes para evitar caer de nuevo. Iban hacia Martin, para vengarse y neutralizarlo. Decididos, se pusieron en modo de combate, parecían entrenados en artes marciales, pero Martin era un ex beisbolista que aún permanecía en excelentes condiciones físicas. El elegido aplicó sus destrezas de pelea, que se maximizaron producto de su guante. Su fuerza parecía duplicarse, se defendió de los golpes, patadas y embestidas de los magos. Velozmente, los fue anulando uno a uno y sus contrincantes quedaron tirados en el suelo. Unos inconscientes, otros malheridos y hasta muertos.

Por otro lado, Ostin también sufría la arremetida de otro grupo de magos, que le lanzaban rocas y troncos. Él intentaba defenderse, pero eran demasiados. Cayó y de su abrigo salió la roca roja que había tomado en el cementerio, que rodó por el suelo sin que él se percatara.

Yo seguía tumbado en la tierra, mi mejilla pegada al suelo. Desde allí logré ver la lucha de Ostin hasta su caída. Yo no comprendía qué clase de hechizo me había lanzado la oscura mujer. Ella no era tan prodigiosa en la magia, sus poderes eran conocidos y básicos para mí, pero el dolor que sentía en mis huesos me impedía ponerme de pie.

Victor continuaba disperso y con un movimiento peculiar en su cuello, hacía círculos con su cabeza. Era inútil conseguir algún apoyo de su parte.

Ya cerca de las colinas del Sur, Susan, Emmy y Victor cabalgaban con apremio. De pronto, los caballos detuvieron su paso en seco, lo que hizo caer a los tres jinetes. Los animales estaban muy alterados, se rehusaban a cruzar hacia el valle. Corrieron de regreso al Oeste, abandonándolos.

Emmy no dejaba de observar su guante, aún impactada de pensar que el ave de fuego había quedado atrapada en él. Susan sacudió su pantalón e inició una conversación con Victor. Quería respuestas.

—Victor, sé que aún estás en shock y tal vez no comprendes nada, pero ¿qué sucedió en el Oeste? —preguntó Susan.

—Solo recuerdo al chofer del autobús que me atacó en Welmort— contestó el confundido Victor.

—¿Por qué Amelia querría atacarte? —consultó Emmy.

—¡No lo sé! —aseguró Victor, afectado.

—Debemos encontrar a los demás, creo que sé cómo podemos detener esta guerra —aseveró Susan.

—¡Saben que si continúan su camino, morirán! —interrumpió Victor enfáticamente y sin titubeos.

—¿A qué te refieres? —formuló Emmy, incrédula.

—Escuché a la bruja decir que su misión es eliminar a los cuatro elegidos y a sus familias. La muerte de sus padres solo fue el comienzo, siguen ustedes —dijo el hombre claramente.

—Entonces seremos nosotros quienes detendremos a Amelia. Es ella o nosotros —concluyó Susan mientras se daba vuelta para retomar el camino.

Mi cuerpo seguía tendido en el suelo, el dolor en mi espalda me superaba. Los dos elegidos no lograban dominar el ataque de los múltiples magos oscuros. A los lejos, escuché de pronto los pasos rápidos de un calzado distinto, venía a toda prisa hacia el lugar del enfrentamiento. Debía levantarme para saber de quién se trataba. Logré dominar el dolor e impulsé mi cuerpo con mis manos.

De pronto, Victor, que se encontraba muy cerca, dobló sus rodillas y arqueó su cuerpo de una manera muy extraña. Lucía extremadamente pálido y su cuello se retorcía sin cesar.

A unos metros de distancia pude ver el rostro de Adam, era quien corría hacia nosotros, llevaba consigo una vara de madera larga con una mecha de fuego impresionante. Segundos después, lanzó la antorcha de fuego por el aire y cayó al suelo, formando una barrera de llamas largas que impedían el paso hasta el lugar donde me encontraba. El sabio y arriesgado Adam tenía todo preparado por si el encuentro con aquella bruja se complicaba. Su llegada fue la más oportuna para todos.

La pared de fuego hizo que muchos magos oscuros ardieran en llamas y también sirvió para que Martin y Ostin se reunieran del mismo lado. Adam me ayudó a incorporarme por completo.

Justo en ese momento, los ojos de Victor se tornaron totalmente blancos, expulsaba baba y espuma por su boca. Su piel se abrió en grietas, y de ellas salieron decenas de escamosas serpientes, como si fuera un gran nido que liberaba a sus crías.

Adam sacó un largo sable que tenía enfundado a un costado de su cuerpo y cortó por la mitad lo que quedaba del supuesto Victor, logrando alcanzar con su lanza a muchos reptiles que cayeron en pedazos. El resto de ellos quería devorarnos y yo aún estaba paralizado por el dolor. Ostin intervino al ver la cantidad descontrolada de animales y alzó su guante. De un solo impulso los lanzó al fuego y fueron consumidos por las llamas.

Los magos del Oeste que restaban en el campo de batalla vieron la oportunidad de usar el fuego como un arma letal y produjeron grandes bolas con el poder de sus guantes, lanzándolas en nuestra dirección. Rápidamente corrimos hasta una roca grande para resguardarnos, ganando así unos segundos para pensar cómo escapar del ejército malévolo.

La opción de la Carpa ya no era posible, nuestra comunicación era inexistente. Solo esperaba que Sea estuviera bien y que mantuviera en resguardo el Carpalocius von Morin.

—¡Tenemos que salir de aquí! —anunció Ostin agitado y visiblemente agotado.

—Tienen que correr, son demasiados —puntualizó Adam como única opción viable para lo que estábamos enfrentando.

Adam no paraba de presionarse el pecho. Martin se acercó y notó que el viejo hombre tenía ambas manos llenas de sangre. El líder del Nuevo Imperio confesó que una bola de fuego había impactado contra su esternón.

Me acerqué y coloqué mi guante sobre su pecho, presionando con la esperanza de que no se desangrara. Adam emitía un chillido del dolor, estaba sufriendo y yo con él...

—¿Guardián, recuerdas lo que te dije el día que te conocí? —me preguntó el moribundo viejo.

—Que querías conocer el océano, pero trata de no hablar, lograremos salir de aquí y cumpliremos tu sueño —respondí.

—Tenemos que trasladarlo ya, si pudiéramos llegar hasta el taxi… —dijo Martin, preocupado.

Adam no soportó el impacto que había dejado el fuego en su pecho. En ese instante nos dejó, su vida había terminado. Sus ojos abiertos apuntaban al cielo sin sentimiento alguno. Así quedó mi gran amigo.

Con mi guante sobre su rostro cerré sus ojos. Mis lágrimas corrieron desbocadas, no recordaba haber llorado tanto antes. Adam dio su vida por nosotros, se arriesgó y perdió. No me lo iba a perdonar nunca.

Los elegidos estaban impactados al ver al hombre morir en mis brazos. La ventaja de la batalla la tenía el Oeste. Las bolas de fuego alcanzaban la enorme roca que nos servía de escudo. No había tiempo para llorar a un amigo, debíamos salir de allí.

Sea continuaba adherida al suelo del bosque, al igual que el manto, que había quedado aferrado a un par de enormes raíces que presionaban su tela. La no maga estaba rodeada de enemigos, su respiración se intensificaba debido a la impotencia, su vida estaba en peligro y esta vez no tenía a quién la cubriera. Un no mago siempre lleva la desventaja en una batalla por no poseer un guante, ya los trucos de humo no le iban a funcionar para escapar.

Mientras los violentos magos se acercaban lentamente hacia ella, un extraño ruido hizo presencia en el bosque, provenía del tronco de un gran árbol, resonó por todo el lugar. Uno de los magos se separó para investigar y tocó la madera del tronco con su guante, acercando al mismo tiempo su oído derecho. En ese instante, observó algo muy inesperado. Sobre la superficie se dibujaba un símbolo extraño. Se trataba de una llama de fuego azul. Después de unos segundos se desvaneció.

El resto no desistió de su objetivo: Sea. Uno de ellos sacó de su abrigo un arma blanca, filosa en su punta y de mango tallado con las iniciales L.B. Con su guante la puso a flotar por el aire, dirigiéndola hacia el cuerpo de Sea. Ella cerró sus ojos húmedos para respirar por última vez y de repente, se sintió un estremecedor golpe que provenía del fondo de la tierra, las raíces del árbol brotaron como si tuvieran vida propia desde lo más profundo del suelo. Los magos giraron sus miradas a lo que estaba sucediendo, el árbol estaba a punto de colapsar sobre ellos. El arma que flotaba cayó a un costado de la indefensa mujer.

Todos corrieron evitando ser aplastados por el macizo pino. Sea había quedado liberada de la magia que la ataba al terreno, al igual que la Carpa. Logró alejarse justo cuando cayó el gran árbol e hizo estremecer el bosque entero. A unos pocos metros, apareció la sombra de una mujer que poco a poco fue revelando su rostro. Se trataba de Dorin, la abuela de Victor. Había usado su guante para salvar la vida de Sea y la integridad del manto mágico.

Los magos se acercaron de nuevo, preparados para contraatacar a su nueva enemiga. Dorin no les dio tregua y estiró nuevamente el guante causando remolinos en el suelo, envolviéndolos y lanzándolos lejos. Uno de los magos esquivó el hechizo y logró alcanzar el arma filosa que había caído minutos antes. Se lanzó contra Sea con velocidad. Dorin desvió el peligroso instrumento y lanzó un nuevo remolino al mago, que voló y cayó a más de tres metros de ellas, quedando muerto ipso facto. Sea corrió hacia Dorin.

—¿Estás herida? —preguntó Dorin con voz agitada, estaba visiblemente agotada, su edad le pasaba factura.

—No, estoy bien, pero pensé que sería mi fin —agregó Sea alterada y sorprendida.

Era allí el momento exacto para que Sea y Dorin entraran en la Carpa y se trasladaran al otro mundo para encontrarse con el resto, pero Dorin se detuvo por un instante. Estaba nuevamente dentro del Carpalocius von Morin y esta vez no tenía que fingir como el día de la feria en Welmort.

Por muchos años había oído hablar del objeto mágico que había causado la guerra y justo por su robo se había incendiado el Imperio del Sur, su verdadero hogar. Justo por el robo del manto ella había sido obligada a cruzar al mundo humano cuando era solo una niña. Las lágrimas bajaron por su arrugado rostro, la asaltaron los recuerdos y los sentimientos, pero las secó con su guante, no era tiempo para la nostalgia.

Sea no podía creer que la abuela de Victor era maga. Su actitud la noche en la feria era de una humana normal y corriente. No entendía nada, pero sabía que no era el momento para aclarar sus dudas. Se acercó a su lado.

—¿Te sucede algo? ¿Estás bien? —habló Sea.

—Es posible trasladarnos a otro lado, ¿verdad? —consultó Dorin sin dar más explicaciones.

—Sí, claro —afirmó la no maga.

A la par, Max y Vivian finalmente habían llegado al Lago de las Almas. Sin pensarlo, Max se dirigió a un extremo del congelado lago, tocando el resbaloso piso de hielo con las botas de goma que le había entregado

Adam el día que llegaron al Nuevo Imperio. El lago era una superficie helada de gran dimensión cubierta por una sutil y delgada neblina, consecuencia de las bajas temperaturas del gélido lugar.

El niño daba sus pasos con precaución, lentitud y delicadeza para evitar romper el suelo. Vivian aún se encontraba a unos metros de la orilla, pisando tierra. No era tan atrevida como su hermano, ni estaba de acuerdo con que Max avanzara tanto. Al cabo de unos minutos y al cerciorarse de que el Atlas estaba bien protegido dentro de su abrigo, decidió caminar sobre el lago.

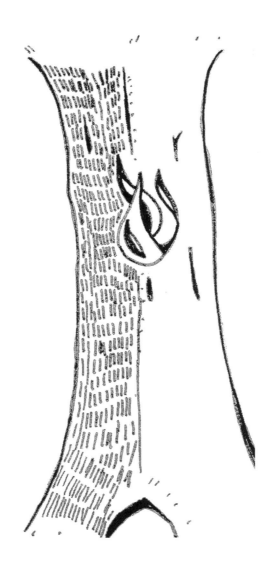

22

EL LAGO DE LAS ALMAS

Seguíamos atrapados en el Sur, detrás la gran roca que nos servía de escudo, pero que también se había convertido en el sepulcro de Adam. El ataque del ejército del Oeste continuaba, Amelia no se detendría hasta obtener su venganza.

La bruja ordenó arremeter con mayor fuerza, sus súbditos restantes unieron sus guantes y produjeron una única bola de fuego azul, cien veces mayor a las anteriores y mucho más grande que la roca que nos resguardaba. Sin duda volaríamos en pedazos.

La lanzaron como un torpedo con coordenadas, pero ágilmente Emmy usó su guante y la congeló en el aire. Habían llegado las elegidas al Sur.

—¡Basta, Amelia! —gritó Emmy con furor.

En ese instante, Susan legó también y se acercó a Martin. Tenía un plan de embestida. É no comprendía del todo en qué consistía, parecía muy riesgoso, pero no existían más opciones. Debíamos salir de allí.

—Susan tiene una idea para neutralizar a Amelia y a sus magos, los debemos enfrentar los cuatro juntos —susurró Martin a Ostin.

—Sería un acto suicida —dije a los elegidos.

—Confío en Susan, es el momento de arriesgarlo todo. Lo haremos bien. Quédate aquí, Guardián —afirmó Ostin con gallardía.

Justo en ese momento sentí en lo profundo de mí que la Profecía de los elegidos no había fallado. Los cuatro se habían convertido en magos excepcionales. Se unieron y formaron una línea de defensa, uno al lado del otro. Eran guerreros fuertes y estaban preparados para acabar con cualquier contrincante. La pared de llamas se había desvanecido por completo y, al ver los cuatro guantes púrpura, el ejército del Oeste se quedó inmóvil. Sabían el gran poder que representaban los elegidos y más aun estando juntos.

Amelia estaba decidida a continuar la lucha, para ella era la oportunidad de recuperar el manto y de acabar con los elegidos. Dio un gran salto y cayó parada en el valle, donde ahora se encontraba una mujer de rostro joven y de muy baja estatura, no superaba el metro de alto. Llevaba una túnica negra y un guante de color rojo.

Rose, ¡ataca! —ordenó Amelia firmemente.

La enana mujer soltó su cabello, dejándolo caer sobre su espalda. Haciendo un puño con su guante, lo elevó.

¡Dolor! —anunció sin piedad con una voz sorpresivamente grave.

Instantáneamente Martin se desplomó en el suelo. Sentía un repentino dolor que consumía su abdomen. En posición fetal, gritaba desesperado. Susan se abalanzó sobre él, no sabía qué hacer para ayudarlo. Emmy congeló a Rose, pero la ágil enana reaccionó de inmediato y, con un movimiento de su puño, presionó a distancia los huesos de la joven. El dolor se hizo presente en ella también.

—Martin, toma mi mano, ¡tomémonos las manos! —dictaminó Susan al resto del grupo con desesperación.

Rápidamente, los elegidos juntaron las manos que portaban los guantes. La extraña mujer trató de atacarlos una vez más, pero no lo conseguía.

—¡Hazlos sufrir hasta morir, acábalos ya! —le ordenó Amelia con gritos desquiciados.

Rose elevaba su guante repitiendo la palabra "dolor" una y otra vez sin ningún resultado. Su poder estaba como bloqueado.

—Espero que no le temas a tu propio fuego —le gritó Susan a Amelia.

Los guantes de los elegidos se unieron en dirección al cielo y, de pronto, se empezó a formar un intenso fuego azul. Todos los presentes estaban cegados por el poderoso fenómeno. Una vez establecido en toda su intensidad, el fuego liberó al ave de la rebelión del Imperio del Oeste. Ahora era su arma de ataque.

El ave extendió sus alas y se impuso sobre Amelia, observándola directamente a los ojos. Formó un látigo de fuego con su pico y lo azotó hacia la bruja. La maga oscura reaccionó velozmente al ataque y logró frenar la llamarada, pero al usar su guante como escudo, gran parte se volvió cenizas. Amelia cayó al suelo, su poder había quedado destruido. Había perdido su guante y ya no podía hacer uso de la magia.

A pesar de seguir resguardándome tras la gran roca, mis ojos fueron testigos del poderoso enfrentamiento. Los cuatro elegidos ganaron la batalla contra el Oeste. Allí estábamos los tres: el Victor real, el cuerpo de mi viejo amigo Adam y yo.

El Victor, que había llegado con las elegidas desde el Oeste se mantenía a mi lado sin hacer preguntas. Se le notaba distraído, sus ojos hacia el suelo, vagando de un lado al otro. De pronto, algo atrajo su atención. A un par de metros, algo brillaba intensamente. Era la roca roja. Sigilosamente se acercó y la tomó sin que nadie lo notara, ocultándola en el bolsillo de su pantalón.

Aún en el lago, los hermanos persistían en la búsqueda de sus padres. Ya estaban bien adentrados y no veían nada.

Estoy seguro de que la vi justo aquí —dijo Max, un poco desilusionado.

—Creo que deberíamos regresar. No me siento segura en este lugar. Ya lo intentamos, Max— comentó Vivian con angustia.

De repente, el interior del lago comenzó a iluminarse. Max y Vivian temían que la superficie se resquebrajara, no dejaban de observar hacia sus pies. En el fondo del lago todo se movía, era como si largas y dispersas líneas se desplazaran como peces, pintando con luz la capa de hielo a su paso. Los hermanos se movían con precaución, temían que el fenómeno atravesara las aguas heladas y los atacara.

De lo más profundo del lago emergió una de las luces que logró traspasar el hielo y se posó a pocos metros de Max. El reflejo azul brillante tomó forma humana, pero el único detalle distinguible era su cabello largo a la altura de la cintura, sin duda era la figura de una mujer. La hermosa silueta estiró su brazo en dirección al niño, como queriendo tocarlo. Ambos hermanos estaban mudos y sorprendidos, no sabían cómo reaccionar.

—¿Mamá, eres tú? —murmuró el pequeño con la voz entrecortada.

—¡Mamá, por favor, dinos si eres tú! —agregó Vivian, mientras se acercaba sin pensarlo dos veces.

Segundos después, la imagen se disolvió por un instante y reapareció al lado de Vivian. Ya estando más cerca, la jovencita pudo verla con mayor claridad y pudo apreciar la gran sonrisa que aparecía en el rostro de la figura. Enseguida las lágrimas empezaron a brotar de sus ojos, goteaban sin cesar hasta caer a la congelada superficie.

—¿Por qué lloras? — habló finalmente el espíritu de la mujer.

—Te extrañamos tanto, mamá. Te necesitamos —dijo Vivian.

—Yo también los extraño, pero nunca me he alejado de ustedes. Ya no soy parte de su mundo físico, por eso no me pueden ver —explicó la madre.

—¿Papá está contigo? —preguntó Max.

La mujer señaló a un extremo del lago y ambos voltearon. Allí se encontraba la figura de un hombre alto, también un espíritu. El pequeño Max arrancó a correr con la intención de abrazarlo, pero lo atravesó completamente. No eran sólidos.

—Cómo has crecido, hijo —manifestó el hombre.

—¿Qué ocurrió? ¿Por qué están aquí? —formuló Vivian.

—Todo transcurrió como debía ser, nuestro destino era terminar aquí. Debíamos hacerlo todo para proteger a los elegidos. Y se me concedió que su padre descansara aquí también, en el Lago de las Almas —aseguró la mujer.

—¿Todo ese tiempo sabían sobre este mundo? —preguntó la adolescente.

—Sí, pero la verdad debía mantenerse en secreto, no teníamos opción —respondió el padre.

—¡Pero los necesitamos! Mamá, papá, tienen que regresar con nosotros —dijo Max, desesperado.

—Lo siento, mis queridos hijos, ya nuestro tiempo en la tierra caducó. Somos parte del recuerdo —finalizó la mujer.

—Estaremos siempre aquí —agregó el padre mientras señalaba los corazones de ambos hijos—. Los amamos, recuerden eso siempre.

Segundos después, el espíritu de la mujer comenzó a disolverse lentamente, su rostro se perdía en el aire denso. Max entró en pánico, no podía perder a sus padres por segunda vez. El niño giró en dirección a su madre para tratar de impedir que se marchara, pero la luz azul radiante se transformó en pequeñas partículas luminosas que se perdieron en el Lago de la Almas.

—¡Mami! —dijo el pequeño, sin parar de llorar.

Vivian, aún sorprendida, no reaccionaba. No pronunciaba palabra alguna, solo lloraba desconsoladamente. El hecho de haber visto a sus padres de nuevo, más lo que su madre les había revelado… No lo podía creer.

Max pisó con fuerza, logrando crear varias grietas y continuó los golpes con ambos pies hasta romper la superficie. Se dejó caer en el agua, sumergiéndose en las profundidades del lago. Los espíritus, que al entrar de nuevo al lago habían recuperado su silueta luminosa, seguían moviéndose en el agua. Max visualizó la figura de su madre y de inmediato la comenzó a seguir.

Tales temperaturas no podrían ser soportadas por ningún ser humano normal, y mucho menos por un niño. Era cuestión de minutos que la hipotermia invadiera su pequeño cuerpo.

—¡Maaaaaaax! —gritó Vivian, desesperada, mientras caminaba con precaución hasta llegar al hoyo desde donde su hermano se había lanzado al agua.

Max, con menos fuerza cada vez, seguía nadando en dirección a su madre que, al ver que su hijo estaba en el agua, giró y estiró su mano para alcanzar al pequeño que también extendió sus brazos para tocarla. De pronto, el niño se paralizó. Las bajas temperaturas habían inmovilizado sus extremidades y ya no tenía aire en los pulmones. El espíritu de su madre desapareció por completo.

 Vivian, desde afuera, no paraba de gritar el nombre de su hermano. Sin ver señales de él, el tiempo jugaba en su contra y debía hacer algo más. Sin pensar, se lanzó al agua para rescatarlo.

El lobo, que se encontraba a lo lejos, en la orilla, no podía distinguir lo que estaba sucediendo, la neblina era demasiado espesa. A la criatura le asustaba el agua, pero al escuchar los gritos, corrió a toda velocidad sobre el lago.

Era difícil para Vivian ver dentro del agua y las bajas temperaturas empezaban a agotarla. De repente, vio el cuerpo de su hermano que se hundía cada vez más. Con gran esfuerzo se deslizó hasta alcanzarlo, lo tomó por un brazo e inició su regreso hacia el hoyo que daba a la superficie. El Atlas, que aún se encontraba dentro del abrigo de Vivian, se zafó de su bolsillo y descendió lentamente hasta perderse en las profundidades oscuras del lago.

El lobo, que ya se encontraba cerca del hoyo desde donde habían saltado los hermanos, no lograba ver nada. De pronto, se percató de que Vivian golpeaba la capa de hielo en otro lugar y corrió hasta allí, donde inició un rasgado intenso y veloz de la superficie helada. Aparecieron grandes grietas, sobre las que empezó a brincar y, finalmente, abrió un nuevo orificio lo suficientemente grande para que los hermanos salieran del agua.

Vivian colocó su mano en la superficie congelada y, con toda su fuerza, asomó el cuerpo de Max. El peludo animal lo tomó desde el abrigo con su hocico y lo arrastró hasta sacarlo completamente del agua. Vivian, también ayudada por el lobo, salió temblando violentamente. Trataba de calmar su respiración. Al cabo de unos segundos y, con su ayuda, el lobo montó a Max sobre su lomo y lo llevó hasta la orilla, donde la tierra era segura y había una temperatura mayor. La adolescente casi no podía caminar, tenía el cuerpo prácticamente paralizado.

El cuerpo de Max, ya sobre la hierba, no daba señales de vida, estaba inerte. Su hermana lo movía, lo llamaba y frotaba sus mejillas para darle un poco de calor. La piel del niño estaba azul y sus labios pálidos por el frío. No respiraba...

—Max, responde, por favor —susurraba Vivian una y otra vez—. Mamá, papá, ayúdenme —imploró en medio de su impotencia y sin nadie más a quien recurrir. No consiguió respuestas.

La joven inició unos movimientos en el pecho del pequeño, tratando de agitar su corazón, y lo abrazaba para darle calor pero nada funcionaba. Era demasiado tarde, Max había muerto. Vivian estaba devastada, tenía un dolor insoportable en el alma. Su llanto retumbaba en todo el Imperio del Norte.

—¿Por qué le hice caso? Sabía que esto no era buena idea… Todo es mi culpa, yo soy la hermana mayor y debía haberlo protegido —gritó desconsolada.

Max yacía en sus brazos, sus ojos sellados por sus párpados morados y su cuerpo ya rígido producto de la hipotermia. Vivian sentía que todo había sido su culpa. Como un último intento, elevó su rostro y miró al lobo, recordando que Max siempre le hablaba de lo especial que era.

—Busca ayuda —ordenó al blanco lobo.

El mágico mamífero inmediatamente respondió a la orden. Con un impresionante aullido que se esparció por todos lados, tomó su forma de espíritu envuelto en una bruma blanca escarchada y se elevó hacia el cielo, hasta perderse de vista.

23

¿PESADILLA O REALIDAD?

En la Biblioteca de Welmort se encontraba Olivia profundamente dormida con la cabeza en el escritorio de su oficina. La mujer había pasado varias horas seguidas enfocada en la historia de Dorin, era su oportunidad de ganar la competencia de escritura.

De pronto, la lámpara que se encontraba en un rincón empezó a sonar, como si la bombilla hubiera estado a punto de estallar. Olivia despertó de golpe.

Para ese momento, ya la biblioteca estaba cerrada y no quedaba ningún trabajador en el edificio. La mujer levantó su cansado cuerpo de la silla para revisar que sucedía. Apagó la lámpara y desprendió la bombilla, quedando a oscuras. La volvió a colocar y funcionó perfectamente, cuando repentinamente escuchó unas fuertes pisadas frente a su puerta. Esto no le llamó mucho la atención y pensó que probablemente era el Sr.

Daniel, el coordinador de mantenimiento que pulía los pisos y limpiaba la biblioteca por las noches.

Olivia regresó a su escritorio donde, con papel y pluma, había escrito algunas ideas para luego copiarlas en su computador. Gran parte de la inspiración había llegado con la interesante historia de Dorin. Olivia había quedado fascinada con la gran imaginación de la abuela de Victor, y estaba segura de que, con unos toques adicionales, podía crear un cuento maravilloso para concursar. Había titulado el escrito: *"Un mundo mágico"*.

En su escritorio cubierto de papeles aún se encontraba una taza con café frío de la tarde que Olivia decidió beber de todos modos para recuperar algo de energía. Al probarlo, hizo un gesto de desagrado, efectivamente estaba helado y con mucho sedimento en el fondo. Lo descartó por completo, dejándolo de un lado, pero de alguna forma había surgido efecto, de pronto tenía la motivación necesaria para seguir con su trabajo. Cuando se iba a disponer a encender el computador, escuchó un fuerte ruido, como si alguien hubiera pateado un mueble. Provenía del otro extremo del pasillo, justo donde había otras oficinas, entre ellas la de Victor.

Entre pasos lentos, Olivia decidió salir de su oficina para revisar por qué el Sr. Daniel hacía tanto ruido. A medida que avanzaba, los sonidos eran más seguidos e intensos, como golpes secos.

—Sr. Daniel, ¿es usted? —preguntó Olivia desde lo lejos.

Al terminar el pasillo, Olivia se encontró frente la oficina de Victor. Trató de mirar por la pequeña ventanilla en la puerta, pero estaba demasiado oscuro dentro. Tomó la manilla para entrar, pero estaba cerrada con llave. Era muy extraño. Inmediatamente, los golpes se volvieron aún más fuertes y definitivamente provenían de esa habitación.

—¿Victor eres tú? —preguntó con titubeos.

—¿Quién es? —respondió la voz de Victor.

Olivia quedó pasmada. No pensó que iba a obtener respuesta alguna. Los golpes se detuvieron y de repente, un fuerte viento empujó su cuerpo, elevándola por el aire y arrastrándola hasta el final del pasillo. Cayó al suelo, quedando inconsciente.

Cuando Olivia despertó, se encontraba en su habitación, tendida en su cama. La ventana de su cuarto estaba abierta. Abrió los ojos y se dio cuenta de que aún llevaba puesta la ropa del trabajo. ¡Había sufrido una terrible pesadilla! Estaba sudando, su frente estaba fría y le costaba tragar saliva. No entendía lo que había pasado, pero el cansancio era mayor que la capacidad de razonar, así que decidió dejarse caer de nuevo sobre su almohada y continuar durmiendo.

Amelia, tendida en el suelo, no tenía guante ni poder. No tenía la Carpa. Estaba llena de rabia y de odio, pero no podía hacer nada. Se levantó y miró con desprecio a los elegidos, sus venas parecían a punto de explotar. Cerró sus ojos y levantó su rostro al cielo.

— ¡Rose! —llamó a la enana con un grito.

Los elegidos se volvieron a poner en fila y alzaron sus guantes para terminar finalmente con la oscura bruja, pero inmediatamente apareció la enana, cabalgando encima de la bestia negra que había llevado a Amelia hasta el Sur y los embistió por sorpresa. Estos cayeron al suelo por un momento y Amelia se subió velozmente en el lomo del animal, que se desvaneció frente a los ojos de todos. Habían huido.

—Esto no acaba aquí, muy pronto sabrán de mí y de los magos del Imperio del Oeste —fue lo último que se escuchó de la malvada bruja.

Los magos oscuros restantes también desaparecieron al instante, dejando el Sur vacío y silencioso.

El ave de fuego se había esfumado en el aire, solo quedaban diminutos destellos de las llamas azules que habían salido de los guantes de los cuatro elegidos.

—No se preocupen, si pudimos con ella una vez, podremos hacerlo de nuevo. Seremos cada vez más poderosos —aseguró Susan al ver las caras decepcionadas de Martin, Emmy y Ostin.

Las lesiones causadas por Rose a Martin y a Emmy desaparecieron por completo. Ostin giró la mirada hacia Emmy, se acercó para tocar sus manos y asegurarse de que estuviera bien. Emmy le sonrió y, sin previo aviso, Ostin la tomó por el cuello y la besó. Martin no dudó en sabotear el momento romántico.

—¡Ohhh! Hombre, pensé que no lo ibas a hacer nunca —comentó Martin, en broma.

—¡Martin! —dijo Susan, llamándole la atención.

—Pensé que nunca lo harías —contestó la atrevida Emmy.

Yo me encontraba aún con el cuerpo de Adam en mis brazos que, de pronto, comenzó a cambiar de color, camuflándose con la roca que sostenía mi espalda. Los elegidos se acercaron, Susan se arrodilló frente al cuerpo, puso su guante sobre su pecho y el resto hizo lo mismo. A pesar de los intentos de traerlo de nuevo a este mundo, ya era demasiado tarde para Adam.

El cuerpo terminó de transformarse en una especie de roca frágil y se empezó a deshacer en pequeños pedazos hasta convertirse en cenizas. Saqué un pañuelo de mi bolsillo y logré recolectar una pequeña parte de sus restos. Tenía una promesa que cumplirle a mi hermano de vida. No aguanté y empecé a llorar, mi corazón estaba roto. Tenía la sensación de que todo y todos los que se acercaban a mí, terminaban estando en peligro.

—Lo siento mucho, Guardián —expresó Susan, tomándome por los hombros.

Martin se acercó, me extendió su mano y me ayudó a levantarme del suelo. Me sacudió el polvo del abrigo, un gesto de un hijo con su padre. Una vez de pie y con lágrimas en mis ojos, miré fijamente cada uno de sus rostros. Sentía orgullo y admiración al ver sus destrezas y coraje en medio de la batalla. Habían asumido y comprendido el gran poder de la magia.

—¿Se dieron cuenta de que vencieron ustedes solos a Amelia y al Imperio del Oeste? —les pregunté con emoción.

—¡Un segundo! Aclaremos esto. Susan, ¿cómo sabías que juntando nuestros guantes podíamos vencer al Oeste? —formuló Ostin.

—¿Recuerdan el ataque de las ramas en el bosque? Las que también consumieron al ciervo —preguntó Susan.

Todos afirmaron con sus cabezas.

—Todos deseamos lo mismo en ese instante, que yo pudiese controlar las ramas. Fue la intención conjunta lo que dio resultado. Como cuando Emmy y yo dominamos al ave de fuego del Oeste. Deseamos lo mismo y el ave fue absorbida por nuestros guantes —puntualizó Susan.

Sin duda que el nivel de la magia empleada por los cuatro había trascendido cualquier límite conocido. Yo estaba orgulloso y satisfecho. Sin embargo, ese día había perdido demasiado. A Adam y a mi padre. No podía soportar la escena del Rey del Norte quemando el Imperio del Sur que se repetía una y otra vez en mi cabeza. Estaba devastado.

—¿Qué sucede, Guardián? La Carpa está a salvo —afirmó Emmy.

—No comprenden. Hoy el Guardián descubrió algo terrible. El Rey del Norte fue el responsable de que hoy el Sur sean solo cenizas —comentó Martin.

Los cuatro voltearon a mirarme, tal vez esperando que dijera algo. O tal vez les inspiraba lástima.

—Pero debe tener una explicación, seguro lo hizo para protegerte. Él robó la Carpa para entregártela a ti —expuso Susan.

Al escuchar los argumentos de Susan, me surgieron una cantidad de incógnitas. Era cierto que mi padre me había confiado a mí el manto mágico. Algo no estaba del todo claro. ¿Y si todo se trataba de un plan para proteger los mundos? ¿Y si la Carpa era el mejor lugar para mantenerme a salvo de sus enemigos? Muchas preguntas en mi cabeza, pero pocas respuestas. Esas dudas solo se aclararían el día que me reuniera finalmente con él.

De pronto, un látigo de aire nos sorprendió y los cabellos de todos se sacudieron de lado a lado. A pocos metros comenzó a aparecer lentamente el Carpalocius von Morin, envuelto en una nube de humo que se iba disipando frente a nuestros ojos. Las cortinas se abrieron y Sea salió, desaliñada y llena de tierra. Luego apareció Dorin, la abuela de Victor. Todos estábamos asombrados.

—Sea ¿qué significa esto? —enuncié molesto.

De pronto me percaté del guante que portaba la vieja en su mano derecha y entendí que Dorin era una maga más. Todo estaba conectado. Era una de los tres niños que habían cruzado con Amelia a través del Portal Verde esa noche del incendio.

Hice un gesto con mi mano para bajar la presión que había puesto en Sea. Su guante era del color del vino tinto.

—Hola. Creo que ya habían conocido a Dorin en la feria, ¿la recuerdan? —mencionó Sea para interrumpir el silencio incómodo.

—¿Eres una maga? ¿De dónde? —consultó Emmy con visible curiosidad.

—Estuve oculta todo este tiempo… —contestó Dorin.

—¿Acaso eres también del Imperio del Norte? ¿Ya se conocían? —preguntó Ostin.

—No, ella es de los seleccionados por el señor oscuro. Cruzó el Portal Verde la noche del incendio en el Sur —comenté algo incómodo y con ironía.

—Era solo una niña... —declaró Dorin, conmocionada.

—Guardián, Dorin salvó mi vida y salvó la Carpa, luchó contra los magos del Oeste. De no ser por ella yo estaría muerta y el manto en poder de los malignos —concluyó Sea, defendiéndola.

Dorin se sentía señalada. Tenía sentimientos encontrados. Estaba en su hogar, el Imperio del Sur y no dejaba de observar todo a su alrededor con una expresión triste. Tenía muchos vacíos en su memoria que nunca iba a poder rellenar. Por más que se esforzaba, no llegaba ninguna imagen de sus primeros años de vida en el mundo mágico, nada.

De pronto, Victor salió de detrás de la gran roca y vio a su abuela. Ambos quedaron impresionados y desconcertados de encontrarse en el mundo mágico. Ya habían transcurrido varios días desde la extraña desaparición del hombre en Welmort. Victor corrió hacia ella y la abrazó como nunca antes lo había hecho. Se apretaron mutuamente por unos segundos sin decirse nada. Dorin acariciaba el rostro de su nieto y Victor sintió la textura del guante en su mejilla. Reaccionó de forma brusca, detuvo su mano y la retiró de su rostro.

—¿Eres una de ellos? —preguntó Victor, mirándola a los ojos.

—Lo siento, tenía que protegerte —respondió Dorin, afligida.

—Nunca pensé que guardarías secretos, no de mí. Tenemos mucho de qué hablar, no entiendo nada. Estuve a punto de morir sin saber por qué, pensé que no te volvería a ver —finalizó Victor entre lágrimas.

—Todo va estar bien, querido, aquí estoy. Ya todo terminó. Bueno, por ahora —enfatizó la abuela.

—¡¿Por ahora?! —exclamó Victor con rostro de incertidumbre.

—Ya tendremos tiempo de conversar, te debo muchas explicaciones. Lo importante ahora es que estamos juntos. Te extrañé tanto —culminó Dorin, abrazando a Victor.

Victor reposaba su cabeza en el hombro de Dorin. Todos observaban mudos la escena del encuentro entre ambos personajes. Yo iba a interrumpirlos, cuando mi atención se desvió hacia lo lejos. El lobo blanco venía a toda velocidad. Emmy ya se había puesto en posición de combate con su guante al aire. Tomé su mano y la bajé.

—No te preocupes, es un viejo amigo —aseveré.

Al instante, me dirigí a su encuentro y lo abracé fuertemente. El compañero que había extrañado por años estaba de nuevo conmigo. Me recibió con la misma energía, pero su mirada era triste.

Mi conexión con estos seres especiales me permitía comunicarme con ellos. Lo miré directamente a los ojos, no estaba herido, pero su corazón latía agitadamente. Se trataba de una tragedia en el Lago de las Almas, Max y Vivian… giré mi rostro en dirección a Susan y a Martin. No sabía cómo decirles.

Susan estaba tranquila hasta el momento en el que se cruzaron nuestras miradas, pero se transformó su rostro al leer mi mente. Entendió la noticia que traía el lobo.

—¿Qué Max qué? —comunicó en voz alta Susan.

—Todos a la Carpa, ahora —ordené de inmediato.

Todos, incluyendo al lobo, ingresamos al manto. Nadie se atrevió a preguntar nada.

Al cabo de unos minutos de viaje, llegamos al Lago de las Almas. La Carpa se extendió muy cerca de donde se encontraban Vivian y Max. Susan fue la primera en salir. Estaba desesperada.

Vivian, quien permanecía abrazando el cuerpo de su hermano, seguía llorando desconsolada.

—¡Max! —gritó Susan al ver a su sobrino tendido en el piso.

—Lo siento tía, fue mi culpa. Yo debía protegerlo… —dijo Vivian, desconsolada.

Susan abrazó a su sobrino, pero al sentir su cuerpo tieso y frío, rompió en llanto. Vino a su mente la idea de reanimarlo, posó su guante en el pecho de Max y miró a los demás con desespero. Tal vez, si todos deseaban lo mismo, lo traerían de vuelta. Ya les había funcionado con el ave de fuego, y pensaron que esta vez sería igual, pero no lo lograron.

—Lo siento —murmuré con el corazón roto al ver al niño sin vida.

—Ayúdame —me suplicó Susan en llanto.

Todos estábamos destruidos. Martin y Vivian se abrazaban para consolarse mutuamente. La escena era muy triste.

Acto seguido, en el abrigo de Sea comenzó a saltar algo, como si quisiera salir de su interior. Ella no sabía que pasaba, hasta que emergió como un cohete una Sparqui. Parecía un saltamontes que brincaba por todo el lugar. La mágica criatura se elevó como estrella en el cielo, quería llamar nuestra atención. En lo alto, proveniente del Este, se veía a los lejos una lluvia de luces, como una migración de aves, todas juntas y una sola dirección.

Se trataba de miles de Sparquis voladoras que se acercaban cada vez más. Producían un inmenso destello en el bosque y también sobre el lago congelado. Todos estábamos impresionados, las luces se reflejaban en nuestros ojos. Las Sparquis comenzaron a descender juntas lentamente, formando una enorme esfera de luz que envolvió completamente el cuerpo de Max. Todos dimos un paso atrás para dejar actuar a los mágicos seres.

Nunca en toda mi vida había visto algo similar. El cuerpo del niño se elevó por los aires y la esfera de luz se hizo más compacta para penetrar su pecho. Progresivamente, la piel de Max volvió a su color habitual y su pechó comenzó a subir y a bajar con la respiración. También empezó a mover lentamente sus extremidades. El niño descendió y la esfera salió de su cuerpo, dividiéndose nuevamente en miles de Sparquis que volaron hacia lo alto. Estábamos boquiabiertos.

Max abrió sus ojos y Vivian soltó a Martin para correr a abrazarlo. Nadie lo podía creer. Estaba de vuelta. Las Sparquis lo habían revivido. Susan y Martin se unieron al abrazo.

—Lo siento, tíos… —murmuró Max.

—No sabría qué hacer sin ti, Max — dijo Susan emocionada.

Max se levantó del suelo y lo miramos en silencio por varios minutos. Era un momento de mucha intensidad. Nuevamente, un destello de luz se reflejó a lo lejos en el cielo, exactamente donde estaba la Torre del Norte. Esta vez era el sol naciente. Hacía mucho tiempo que el Norte no se iluminaba de esa manera, estaba recuperando su luz. Se respiraba esperanza y paz.

El barroso suelo se estremeció con pequeños y continuos movimientos desde lo más profundo y, mágicamente, brotó a la superficie todo tipo de vegetación. El verde se apoderaba del bosque. Al fondo se veía florecer el majestuoso árbol de manzanas donde todo había empezado. Sea no dudó en correr hacia él.

Era el final de un ciclo. Se había cumplido la misión que hace muchos años me había sido encomendada, la Carpa estaba a salvo. El nudo que había bloqueado mi garganta por tanto tiempo desapareció. Por fin me sentía tranquilo.

—Es hora de volver —comuniqué.

—¿Es hora de entregar los guantes? —preguntó Ostin.

—¡No! Los guantes permanecerán en las manos de sus dueños. Ellos los escogieron a ustedes, recuerden siempre eso —les advertí, mirándolos a los cuatro.

—¿El Imperio del Oeste volverá a atacar, verdad? —manifestó Emmy.

—Probablemente, pero llegado el momento ya sabremos cómo actuar. Es hora de que sigan sus caminos en el mundo humano. Recuerden siempre mantener el secreto —finalicé.

Max corrió y me abrazó. Lo abracé también, froté su cabeza con mi guante y le sonreí. Sea ya había vuelto del árbol con un fruto en su boca y otro en su mano. Enseguida le indiqué a los elegidos que ingresaran a la Carpa para trasladarlos a Welmort. Ostin me dio un abrazo y Emmy también se unió a la despedida.

—Recuerden cuidarse el uno al otro —dije.

—Así será, Guardián —aseguró Ostin y ambos ingresaron al manto.

Luego se acercaron Susan y Martin, que igualmente me dieron un fuerte abrazo de despedida. Ambos me miraron a los ojos. Los niños se sumaron al apretón.

—Esperamos verte nuevamente, Guardián —afirmó Susan.

Sea esperaba por todos dentro del manto. Solo faltaba que ingresara yo. Mi paso fue interrumpido por Dorin, que se encontraba en silencio junto a su nieto Victor. La vieja mujer me quería decir algo, me tomé el tiempo para escucharla.

—Guardián, quisiera pedirte un favor — solicitó Dorin con firmeza.

Conversé con Dorin en privado y decidí quedarme con ella y con Victor. Tenía que acceder a su petición. Max salió por las cortinas del manto, buscando respuesta de algo que llevaba tiempo rebotando en su cabeza.

—Guardián, ¿cuál es tu verdadero nombre? —preguntó el niño, que aún tenía la ropa húmeda.

—Tú mismo lo descubrirás —dije.

La Carpa desapareció para trasladar a los elegidos de vuelta a Welmort

24

UNA APARTADA CABAÑA

Esa mañana en Welmort el sol había salido desde muy temprano. Calentaba los techos de las casas y se reflejaba en cada ventana de la ciudad. Después de varios días de tormenta, las nubes habían desaparecido, dejando el cielo limpio y de un azul brillante.

Luego de una larga noche de un sueño profundo y pesado, Olivia despertó recordando la extraña pesadilla que había tenido. A pesar de haber dormido por varias horas, se sentía totalmente agotada. Sin embargo, debía ir a su trabajo como cada mañana.

La joven mujer caminaba rápidamente con su bolso en un hombro y un café en la mano. Pensó que tal vez un poco de cafeína la haría sentirse mejor. La verdad es que no lograba quitarse la sensación extraña con la que se había levantado. Muy agitada e inquieta, llegó al gran edificio de la Biblioteca de Welmort y subió sus escaleras para entrar por la puerta principal. Una vez en el pasillo que daba a las oficinas, no pudo evitar recordar la rara escena en su sueño que se había ambientado justo allí.

Al cabo de unos segundos, la joven mujer agitó su cabeza. Claro que tenía que haber sido solo una pesadilla, pero se había sentido tan real… Siguió su camino hasta su oficina y, al entrar, se percató de que su escritorio estaba algo desordenado. De repente sintió los pasos del Sr. Daniel, que caminaba por el pasillo. Olivia asomó su cabeza por la puerta y vio que el conserje cargaba varias bolsas llenas que sacaba de otra oficina, la de Victor. Decidió acercarse.

—Buenos días, Sr. Daniel —saludó ella con amabilidad.

—Buenos días, señorita Olivia, ¿en qué le puedo ayudar? —contestó el hombre.

—¿Está aseando de nuevo la oficina de Victor? Creí que anoche había limpiado todo el lugar —preguntó.

—¿Victor? No entiendo a qué se refiere —respondió el Sr. Daniel.

—¡Victor! Nuestro coordinador ¿no lo recuerda? —preguntó sorprendida.

—Siento decirle que no sé de quién me está hablando, señorita. No recuerdo a ningún Victor que haya trabajado en esta biblioteca y usted es la coordinadora. ¿Se siente bien? —puntualizó el Sr. Daniel, un poco preocupado.

Olivia estaba pálida. No sabía qué decir. El Sr. Daniel no parecía estar bromeando. Necesitaba salir de ahí y tomar aire fresco, estaba empezando a sentirse mareada. Cortó la conversación con el conserje y se retiró de la biblioteca con la determinación de buscar respuestas.

Caminó decidida en dirección a la casa de Victor, debía averiguar si él había regresado de su viaje.

Al llegar a la casa, Olivia se dispuso a tocar el timbre, pero de pronto quedó paralizada. Había olvidado la razón por la que había ido hasta allí. Sin entender nada, se dispuso a regresar a su casa, tal vez necesitaba descansar.

Del otro lado de la puerta se encontraba Cedric, quien había usado su guante color vinto tinto para borrar la memoria de Olivia.

Esa misma mañana Susan, Martin y los niños ya estaban de vuelta en casa. Sea los había trasladado con la Carpa hasta Welmort.

Para el momento, ya todos se habían cambiado de ropa y se encontraban en la habitación de Max para acompañarlo. Aún seguían afectados por la terrible experiencia que el pequeño había sufrido horas antes. Max estaba acostado y Susan acariciaba su cabeza. Vivian estaba sentada en un extremo de la cama.

—Siento mucho lo que hice en el lago, de verdad —expresó Max a su familia con timidez.

—Está bien. A veces no medimos las consecuencias de nuestros actos. Esto nos debe quedar a todos de aprendizaje —respondió Susan.

—Hablé con papá y mamá. Ellos me dijeron que siempre están con nosotros, protegiéndonos —añadió el pequeño.

—Sé que es así. Ellos siguen con nosotros —finalizó Susan con un poco de nostalgia.

Emmy y Ostin también se encontraban en la casa de Martin y Susan. Estaban en el salón, descansando. Ambos debían buscar un nuevo lugar donde vivir, pero lo importante es que se tenían el uno al otro. Su relación había cambiado, se les veía como a una pareja.

2019

Era el inicio del invierno. En la taquilla de la estación de trenes de Welmort estaba Dorin, que acababa de comprar un pasaje que la llevaría a otra ciudad. Lucía como cualquier señora de su edad y llevaba un largo abrigo de lana y un faldón que le llegaba hasta los tobillos. Sin embargo, su actitud no era la usual. Se le notaba muy ansiosa y cautelosa.

Apresuró su caminar hasta llegar a la plataforma 2, donde tomaría el siguiente tren a la pequeña ciudad de Burnton, a dos horas de distancia de Welmort. Dorin esperó impaciente que el ruidoso tren se estacionara y abriera sus puertas. Entró al vagón y se sentó en la última hilera, justo en uno de los asientos que daba a la ventana.

Una vez en su puesto, la maga posó sobre sus rodillas una cesta cubierta por una manta tejida. El conductor del tren hizo el último llamado para los pasajeros con destino a Burnton y el tren arrancó. Dorin recostó su arrugada frente contra el ventanal y, con nostalgia, veía alejarse el centro de Welmort. Sentía que, de algún modo, estaba despidiéndose de la ciudad.

Transcurridas dos horas de viaje, Dorin llegó finalmente a su destino. Al fondo se veían altas y boscosas montañas, un impresionante paisaje. La anciana salió de la estación y el viento frío soplaba en su rostro.

Caminaba presionando la cesta a su cuerpo, como para darse un poco más de calor. La temperatura se sentía particularmente gélida en ese lugar.

Burnton no era un lugar con muchos habitantes, pero sí era un popular destino turístico. Especialmente en verano, cuando el sol bañaba de calidez la pequeña ciudad, las familias iban de vacaciones para disfrutar de los frondosos bosques y de las altas montañas. También era un lugar muy conocido por sus enormes lagos, ideales para nadar y para practicar deportes acuáticos.

Dorin cruzó la calle frente a la estación, alzó su corto brazo y paró un taxi. Estaba justo a tiempo para llegar a donde iba. Le pidió al conductor que le abriera la puerta del auto para poder entrar con la pesada cesta que llevaba. No dejaba de observar el reloj pulsera que le apretaba su muñeca izquierda.

El taxista tenía ojos oscuros que se escondían tras un par de anteojos de cristal grueso que corregían su mala visión. Llevaba la ventana delantera abajo y su mano izquierda sostenía un cigarrillo que apenas había encendido segundos atrás. Dorin lo miró a través del retrovisor con incomodidad. La anciana no toleraba el olor del cigarro, sentía que el humo le impregnaba el cuerpo, así que sacó su guante, que guardaba en uno de los bolsillos internos de su abrigo, y se lo colocó. La magia hizo que el cigarrillo del hombre se consumiera rápidamente, lo que le quemó los labios. El conductor frenó repentinamente y sacó su mano por la ventana para deshacerse de las cenizas.

La vieja maga había logrado lo que quería, acabar con el molesto olor. Aprovechó que el taxi se detuvo, lanzó un billete de veinte dólares en la parte delantera y decidió bajarse.

—Ya estoy lo suficientemente cerca de mi destino. Prefiero ir caminando —indicó la maga.

Con un gesto le agradeció al chofer, que, desesperado, trataba de aliviar la quemada en sus labios.

Dorin se adentró en el bosque, siguiendo una ruta ligeramente marcada en el suelo. Luego de unos minutos de trayecto, entre los altos pinos se podía ver una pequeña cabaña con dos ventanas que filtraban la luz proveniente de su interior. Era ese su destino, lo que el Guardián le había prometido.

La anciana subió unos cortos escalones hasta el porche de la cabaña, donde una puerta de madera le esperaba. Tocó fuertemente.

—Toc, toc —Se escuchó el golpeteo de Dorin sobre la puerta. Aún llevaba puesto su guante.

Enseguida la manilla giró desde adentro y la puerta se abrió. En el pequeño salón de estar se encontraba Victor, quien lucía desaliñado y ojeroso, como cansado. Dorin dejó la cesta a un lado y se abalanzó sobre su nieto con efusividad y lo abrazó por unos largos segundos. Luego colocó la cesta en un mesón, donde ya reposaba una botella de vino tinto vacía y una copa, y sacó unos panecillos que había horneado esa misma mañana, además de varios enlatados que le traía a su nieto.

Victor tomó asiento cerca de la chimenea para calentar sus manos. Llevaba puesto un pantalón grueso y sus pies estaban cubiertos por calcetines de lana. Su barba descuidada y su cabello cada vez más largo lo hacían ver mayor. Dorin también decidió tomar asiento en un sillón a su lado.

—¿Trajiste el medicamento? —preguntó Victor mientras frotaba sus manos cerca del fuego.

—Oh sí, casi lo olvido —respondió Dorin.

Dorin sacó de su bolsillo un frasco color ámbar que contenía una docena de pastillas para dormir. Las había robado del Hospital Central de Welmort. Luego de todo lo que había vivido en el mundo mágico, Victor había estado experimentando episodios de severa ansiedad cada vez más frecuentes, producto de sus pesadillas y su pésimo dormir. Su insomnio se había vuelto crónico.

Los problemas de salud de su nieto habían sido uno de los motivos para que se mudara a un lugar lejos de la gran ciudad. Necesitaba estar apartado del ruido y de la muchedumbre, por lo que la pequeña cabaña escondida entre los árboles había sido la mejor opción. En principio era un plan para una corta temporada, pero ya Victor se había acostumbrado al bosque de Burnton. Pasaba sus días dedicado a la lectura, entregado a su pasión por los libros, y Dorin viajaba constantemente para llevarle provisiones y ropa limpia.

Rápidamente tomó una de las pastillas y finalmente inició una conversación con su abuela.

—¿Es cierto que le robaste a mis padres a su único hijo varón? —preguntó Victor sin rodeos.

—Era parte de mi plan para protegerte y te he cuidado desde entonces y no lo dejaré de hacer —aseguró la abuela. Estaba nerviosa y sorprendida por la pregunta.

—Comprendo. Imagino que también usaste tu magia para controlar mis pensamientos y recuerdos —afirmó Victor amargamente.

—Mi guante estuvo oculto todo este tiempo, nunca lo usé. Quería darte una vida normal —afirmó Dorin, emotiva.

—¿Una vida normal? ¿Borrar mis pensamientos y ocultar mi verdadero origen es darme una vida normal? ¿Qué hiciste con mi guante? —exclamó Victor con un tono agresivo.

—¿Pero cómo lo sabes? ¿Quién te dijo todo esto? —murmuró Dorin.

—Mis pesadillas no son solo malos sueños, son revelaciones. Yo mismo he ido descubriendo la verdad —manifestó Victor—. Cierra la puerta al salir y no vuelvas —finalizó Victor con un grito cortante.

Con lágrimas que caían por sus mejillas, Dorin se levantó y se dirigió a la puerta.

Victor se sentía decepcionado y dolido. Le daba rabia que, aun teniendo la oportunidad de redimirse, Dorin hubiera preferido seguir ocultándole la verdad. Le había dado la oportunidad y ella había decidido seguir mintiéndole. Aún sentado frente a la chimenea, el joven hombre sacó del bolsillo de su pantalón la roca roja que había conseguido en el suelo en la batalla en el Imperio del Sur. La miraba fijamente con detalle, como escaneando cada borde de ella.

—Te quiero, Victor —dijo Dorin antes de cerrar la puerta.

La maga emprendió su camino alejándose de la cabaña. Debía dirigirse de regreso a la estación, ya era casi el final de la tarde y debía tomar el último tren con destino a Welmort.

Victor, sin emitir sonido, dejó que Dorin se retirara. Cuando la puerta se cerró finalmente, rompió en llanto. Su abuela, la persona más importante en su vida, lo había engañado. Todo había sido una mentira. Ahora estaba solo, enfermo y sin ningún plan. Estaba desesperado.

25

LA ISLA FLOTANTE

2019

Luego de regresar del bosque Olympic a Roma, pasaron algunos meses desde que solté la pluma en uno de los capítulos de las Escrituras de los cuatro elegidos. Había cerrado sus páginas. Sin embargo, aún había papel que esperaba consumir la tinta de mi pluma con nuevas aventuras, definitivamente esta historia no acababa allí.

El Libro de las Escrituras reposa dentro del maletín, que está resguardado en uno de los rincones de la habitación, al lado del cofre donde la Carpa permanece. He decidido no viajar por un largo tiempo, estoy agotado, ya no tengo la misma energía. La edad ha hecho lo suyo en mi humanidad. Me dispongo a descansar, mañana será un día agitado en el mundo humano.

Me levanto temprano en la mañana y me dirijo por mi bebida predilecta en *Aleckzander,* la cafetería donde he pasado largas horas deleitándome del placer que es la cafeína. La mañana está fría, el invierno ya se ha instalado este mundo. Un día de mucho movimiento, hoy está muy transitado el lugar, con sus mesas ocupadas por parejas, familias enteras y amigos. Otros caminan por las calles, buscando presentes o comprando cualquier artículo, es el día antes de Navidad.

Hace unas horas se anunció el descenso de la nieve, que justo en este momento cae sin parar. Por eso los humanos están más eufóricos que de costumbre. Yo soy un espectador nada más, me entretiene observar su comportamiento y lo hago sentado plácidamente con mi última taza café. Me dispongo a darle un vistazo al periódico del día, como un humano común. Allí puedo leer cualquier hecho o noticia en este mundo tan particular.

"Se busca canino perdido. Damos recompensa".

Es lo que leo en uno de los avisos del diario junto a la foto de un pequeño perro gris.

—Mmm interesantes los hábitos de los humanos. Pagar por el rescate de un cachorro —pensé en voz alta.

De repente llega a mi nariz el olor de los panecillos que comen algunos comensales de la mesa de al lado. No dudo en ordenar uno, así completaré el rato agradable que estoy disfrutando esta mañana. Sigo pasando las páginas del periódico, con la otra mano sostengo la bebida caliente. Ipso facto la coloco en la mesa para tomar con ambas manos el diario, algo llama mi atención. Es una noticia relacionada con nuestra historia, sobre un lugar conocido para mí.

"60 años de la desaparición del famoso edificio de la 175 Fifth Avenue en Nueva York, Estados Unidos".

La noticia es clara, hace referencia a la ausencia de un edificio desde hace seis décadas. Al ver la foto debajo del titular, me percato de que es el mismo edificio donde habitan los sobrevivientes del Sur en el Nuevo Imperio. Este es otro misterio por aclarar. Cómo llegó un edificio de esta envergadura al mundo mágico. Sin duda se necesita un poder superior o un guante muy especial para trasladar dicha estructura. Por mucho que trato de descifrarlo y de averiguar la autoría de dicho fenómeno, no puedo ocultar la preocupación que me ocasiona. Los humanos no pueden descubrir jamás la existencia del mundo mágico. El hombre siempre ha demostrado que no puede controlar su ambición por lo oculto.

Después de leer la noticia completa, me pregunto si existe algo o alguien que tenga que ver directamente con este tipo de hechos sin precedentes, así como la resurrección de Max, cuando vinieron un sinnúmero de Sparquis de la nada. Es evidente que existe un lugar que yo no conozco, que nunca he explorado a pesar de mis múltiples viajes y de ser el Guardián.

Enseguida llegan a mi mente muchos pensamientos en forma de revelación, una frase en especial, el Imperio del Este, un lugar donde la magia está presente en cada ser vivo. Allí habitan criaturas especiales y evolucionadas, lo que justifica lo que lograron las Sparquis y también el traslado de un rascacielos de un mundo al otro. Definitivamente ya tengo el destino de mi próximo viaje, pero por ahora tantas incógnitas y descubrimientos me dejan agotado, así que me retiro de *Aleckzander* a mi habitación.

Al levantarme de la mesa siento la mirada fija de alguien, pero decido ignorar su presencia e iniciar mi camino. Sin embargo, se hace más fuerte. En este instante cuando dirijo la vista justo a la esquina del otro lado de la calle, cerca de la tienda de frutas, está Victor. Su apariencia es muy diferente a la que tenía en nuestro último encuentro, su cabello está rapado y su cuerpo un poco más delgado, pero fuerte. Viste una chaqueta negra con un suéter de cuello alto que lo cubre hasta su barbilla y porta un calzado militar.

Mi cara es de sorpresa, es una extraña aparición. Rápidamente la pregunta que me formulo, es cómo Victor sabe de mi ubicación, pero de inmediato recuerdo la conversación con Dorin el día de la despedida en el Lago de las Almas. Me reveló su secreto y me pidió que la ayudara a conseguir un nuevo hogar alejado de todo para su nieto. Tal vez ella le comentó donde estaba, me respondí. Dorin y Sea son las únicas informadas sobre mi domicilio provisional.

No espero más y me acerco para saludarlo. Al llegar hasta a la otra esquina de la calle, me consigo con un Victor tranquilo, de manos en los bolsillos y con una amplia sonrisa. Al instante me recibe con un apretón de manos y me saluda.

—Sé que te estás preguntando cómo te encontré, mi abuela me comentó —dice sin titubeos.

—Me alegra verte… —respondo.

—¡Oh! Por cierto, feliz Nochebuena—exclama alegre.

—Gracias, para ti también, nunca me imaginé que querrías pasar una fecha de humanos con un mago —manifiesto con humor.

—No es una mala idea, pero esta vez realmente necesito de tu ayuda — finaliza el hombre.

En las afueras de Welmort la Navidad también está por llegar. Los ciudadanos están cubiertos por bufandas, gorros y grandes abrigos por el frío aire en las calles, la ciudad luce adornada y muy iluminada por la temática propia de estas fechas de celebración. Los villancicos resuenan por cada esquina, incluyendo el vecindario de Susan. Ella se encuentra horneando galletas para la cena de Nochebuena. En unos segundos Martin llega a casa, se le ve algo preocupado y desencajado, en sus manos tiene la cabeza de uno de los renos que decoraba el jardín de la casa. Al estacionar su auto, había golpeado sin intención el gran adorno, rompiéndolo.

—Hola, ¿todo bien? ¿Por qué estas pálido? —pregunta Susan.

—Lo siento, prometo arreglarlo —responde Martin al mostrarle a Susan la cabeza del reno. Sin embargo, Susan no le da mucha importancia al pequeño suceso.

—¡Max, Vivian, por favor bajen! —grita Susan.

Los hermanos bajan las escaleras corriendo y saludan a su tío sin efusividad. Max llega azorado hasta el mesón donde se encuentra la mezcla de las galletas, su tía prepara algunas como parte del postre de la cena. Ella de inmediato lo detiene.

—Max, ya basta. No te comas el postre antes de que termine de hacerlo. Por cierto, aún no terminas con tu trabajo en el árbol de Navidad. ¿Dónde está la estrella? —lo interroga Susan.

Max tomó la estrella del árbol para hacerle algunos cambios, ya que perdió su brillo con el pasar de los años y su uso. El pino tiene en su pie muchos regalos, las luces y los adornos lo visten por completo. La casa está más decorada que lo habitual. La familia decidió festejar por todo lo alto. Se respira paz, celebración y unión.

Max finalmente coloca la estrella en lo alto del árbol con la ayuda de su tío. Los hermanos se quedan alrededor contemplando su decoración.

—Vivian, sabes que Santa Claus fue un mago —le comenta Max.

—Max, no todo es magia, no podemos creer que tooodo lo hace la magia. Santa Claus es solo una leyenda —afirma Vivian con prudencia para no decepcionar al pequeño.

—El mundo mágico también era una leyenda, y estuvimos allí —contesta sin titubeos Max.

—¡Lo sé! Pero no es siempre así. Por cierto, ¿tú crees que volvamos a ver al Guardián? —comenta la adolescente.

Enseguida Vivian se percata de que su hermano está distraído mirando fijamente el árbol de Navidad. Max ya es preadolescente, tiene trece años, pero sigue siendo un pequeño curioso e inquieto. Unos segundos atrás quedó impactado con uno de los adornos posados en la rama del pino, es una mariposa de alas azules y ojos increíblemente brillantes, parece real. Es exacta a la mariposa que me encontré hace no mucho en el Olympic National Forest.

—Max, te hice una pregunta —enfatiza Vivian, algo molesta por quedarse hablando sola.

—Sí, sí, estoy seguro de que lo veremos otra vez —finaliza Max con una sonrisa de oreja a oreja.

Susan decidió dejar por un momento la cocina y le pide a Martin subir al ático, donde guardan algunos objetos familiares. Al pasar unos minutos ubican un baúl especial que tienen con cerradura, sacan la llave respectiva y lo abren. Ambos se miran con picardía y se afirman con un gesto que están pensando lo mismo.

Cada uno saca de su interior su guante, levantan sus manos para mover en distintas direcciones todos los objetos que están en el ático, como una especie de juego inocente entre ellos, quieren sentir de nuevo el poder que ganaron.

Ya transcurrió mucho tiempo desde la última vez que usaron sus poderes. Ellos se propusieron vivir lo más normalmente posible, que la magia no sea parte de sus rutinas, sino que usarla solo si lo requieren por protección del grupo familiar.

Con una sonrisa cómplice entre ellos se desean Feliz Navidad. Martin sorprende a Susan con un inesperado y efusivo beso y ambos se abrazan con pasión.

Ostin y Emmy habían conseguido una casa cerca del vecindario de Martin y Susan. Se visitan con frecuencia y se tratan como familia.

Ostin decidió darle una sorpresa a Emmy justo en estas fechas festivas. Estuvo trabajando en un proyecto personal por muchos meses, una nueva exposición de fotografías. Finalmente le dijeron el día en que podía inaugurar la exposición al público general. Ostin, emocionado, revela a Emmy la gran noticia, su reacción eufórica es de gritos de emoción, abraza y besa a Ostin sin parar. Desde que dieron rienda suelta a sus sentimientos la vida les ha sonreído a ambos, son una pareja feliz.

De repente Emmy corre a un tocadiscos de los años 80 que adquirió en una venta de cosas usadas. Coloca un disco de acetato que de inmediato corre bajo la aguja del reproductor, luego toma a Ostin por las manos e inician un baile entre risas y expresiones de amor.

—Feliz Navidad, Emmy —dice Ostin posando su frente junto a la de su amada.

—Feliz Navidad, Ostin —responde Emmy casi en susurro.

Apenas el reloj marca el medio día, Olivia está en su casa, justo en su alcoba escribiendo en algunas hojas. En la pared de su habitación tiene pegados una cantidad de artículos de periódico sobre noticias de extraños hechos ocurridos en Welmort. Olivia empezó una investigación desde el día que vivió el inexplicable suceso en la biblioteca.

En la mesa donde ha escrito por horas, conserva una foto donde aparece con Victor, que observa con frecuencia. Al igual, tiene un reconocimiento colgado en su pared, lo ganó en la competencia de escritores de Welmort. Obtuvo el primer lugar dos años atrás con la historia que Dorin le relató.

Para ella esa historia sigue incompleta, sospecha que algo está mal y no duda que Victor si existió todos estos años en los que compartieron dentro y fuera de la biblioteca. En varias ocasiones intentó contactar y visitar a Dorin, pero hasta hoy no ha corrido con suerte.

Cada vez que Olivia se propone visitarla, al llegar justo a la puerta de Dorin, por alguna extraña razón su mente olvida el motivo por el cual está allí. Es como si al cruzar la cerca del jardín frente a la casa, su mente se borra, haciendo que se aleje del lugar sin lograr nada.

Esto le ocurre solo cuando Olivia llega a esa casa, porque al regresar a su hogar, su mente vuelve a la normalidad y recuerda a Victor, sabe que él existió y que hay algo que no está claro. No es posible que haya desaparecido sin rastro alguno. Por eso, luego de un largo tiempo ha decidido hacer una investigación detallada y profunda. Ha dedicado horas en vigilar a Dorin sin que la vieja se percate, ya conoce su rutina, las horas de salida y de regreso. Tiene un plan.

Decidida a descubrir el resto de la historia, Olivia planeó ir hasta la casa de Dorin una vez más e ingresar sin su permiso. La llamó haciéndose pasar por un empleado del hospital que habitualmente visitaba y le hizo creer que tiene pendiente unos exámenes de rutina el día de hoy. Así logrará que la vieja salga de casa por un rato.

Al cabo de unas horas, Olivia sale en dirección a la casa de la abuela y ya en el lugar decide entrar por la parte trasera. No se arriesgará a sufrir nuevamente el extraño fenómeno que le ha ocurrido en la puerta principal. Además debe ingresar sin ser vista por algún vecino de la zona. Pasa por entre los altos arbustos del patio hasta la puerta que conduce directo a la cocina. Para su sorpresa, se encuentra cerrada, pero sin llave, seguro que Dorin salió con prisa. Olivia decide entrar con cautela para buscar algo que le dé respuestas.

La bibliotecaria recorre la casa con pisadas lentas y al cabo de unos segundos, se encuentra parada frente a las escaleras que conducen al piso donde están las habitaciones. Toma el pasamanos, sube y, al llegar al pasillo, piensa en buscar la habitación de Victor, pero teme por lo que encontrará. La primera puerta que ve está semiabierta, la empuja y se da cuenta de que es la de Dorin, pero decide no entrar y sigue por el pasillo. La contigua es la que pertenece a Victor, se encuentra cerrada. Olivia gira la manilla y abre la puerta.

Su sorpresa es tal que su reacción es abrir sus ojos y boca, se encuentra totalmente vacía, solo hay una caja de cartón en el piso. Olivia decide acercarse y revisar. Al abrirla ve que solo hay algunos libros, a pesar de que Victor era adicto a la lectura, no son evidencia de que él vivió allí.

Sigue revisando y se encuentra con una fotografía que al parecer es bastante vieja. En la foto está retratada Dorin en su época de juventud, debía tener unos veinte y tanto años de edad, y sentado justo a su lado está un pequeño niño.

Olivia observa con minuciosidad el retrato y enseguida nota que los ojos del niño son exactos a los de Victor.

— Es él, no cabe duda de que es Victor. Él sí existió y trabajó conmigo por todos esos años —se dice a sí misma en voz alta.

Ahora con más razón debe seguir su investigación, es un misterio lo que rodea la vida de Victor, el que la gente no lo recuerde y su repentina desaparición.

Al instante, Olivia escucha el abrir de una puerta en el primer piso, el sonido del calzado es del caminar de Dorin, que llegó a casa antes de lo previsto. Ella no sabe qué hacer, no tenía cubierta esta parte del plan, pero decide ocultar la fotografía en su chaqueta y sale rápidamente de la habitación para precisar una ventana que le sirva de escape de la casa.

El afán de Olivia por buscar una salida se interrumpe al escuchar que Dorin sostiene una conversación con alguien, llegó acompañada. Decide cambiar su estrategia de escape y busca un lugar donde ocultarse por el momento. Permanecer arriba y descubrir quién visita a Dorin es ahora su prioridad. Tapa sus labios para evitar hacer un ruido que la delate. Está asustada.

Dorin camina en dirección al salón principal. En el pasillo frente a la cocina está Cedric que le sigue. Con rostro duro, cejas pobladas y voz profunda, él no deja de observar fijamente a la vieja maga.

—Cedric, no te esperaba. ¿A qué se debe tu visita? —formula Dorin, agitada.

—No sabía que necesitaba invitación para venir a tu casa —exclama Cedric con sarcasmo.

—Si buscas a Victor, él no está aquí —manifiesta Dorin.

—Oh no, vine por ti. Quiero entender por qué rompiste la promesa que nos une al Señor Oscuro —añade Cedric sin titubeos.

—¿Era necesario convertirnos en asesinos? —expone la vieja con contundencia.

—Recuerda que fuimos obligados a cruzar al mundo humano con un propósito, buscar los guantes púrpura y tomar la Carpa para devolverla a quien verdaderamente pertenece, el Imperio del Oeste. Ahora bien, me pregunto ¿de qué lado estás? —dijo el mago oscuro.

—Cedric, cumplí con mi parte. Yo rapté a Victor tal cual me lo ordenaron y allí está, tomando su camino. Yo ya soy una anciana que no busca vivir para siempre, solo quiero estar en paz —explica Dorin.

En el segundo piso Olivia escucha toda la conversación, pero no entiende nada de lo que están conversando. Lo único que pasa por su cabeza es que Victor sí es real. La plática entre ambos se intensifica y los tonos de voz son más álgidos cada vez. Está muy nerviosa, sus manos tiemblan por el miedo de ser descubierta. Decide acercarse un poco más y se coloca en el extremo de la escalera con cuidado.

Luego de unos segundos de miradas cruzadas entre ambos magos, Cedric hace flotar uno de los cuchillos de la cocina con su guante vino tinto. El objeto no es visto por Dorin, quien no posee su guante en este momento, la sorpresiva llegada de Cedric no le permitió estar preparada para defenderse.

Acto seguido, aparece detrás de Dorin, Frida, la vieja maga en silla de ruedas y con ojos blancos por su ceguera.

—Hola, Dorin ¡Mmmm! ¿Me recuerdas? —murmura Frida.

—Frida. Ha pasado mucho tiempo, ¿qué haces aquí? —pregunta Dorin.

—Decidí invitarme a este encuentro. Han pasado tantas cosas desde que éramos solo unos niños con una misión… Por mucho tiempo me sentí olvidada, perdí la vista y la movilidad, pero eso sí, aún conservo mi guante —comenta Frida con su voz ronca.

—Lo siento, pero esta conversación no tiene sentido. Estoy agotada, es hora de que se marchen —puntualiza Dorin.

—La verdad, Dorin, es que nunca debiste ser la escogida por el Señor Oscuro para esta tarea. No te lo merecías —afirma Frida con un tono más fuerte.

El cuchillo que flota lejos del salón principal, controlado por el guante de Cedric, es arrebatado por Frida con un solo movimiento de su guante y ahora ella posee el control del arma filosa. En un segundo, lo acerca con velocidad hacia la espalda de Dorin, atravesándola por completo. Dorin la mira fijamente, hasta desplomarse en el suelo. Increíblemente, las lágrimas salen de sus ojos…

Cedric decide huir, luego lo hace Frida. Olivia vio desde lo alto de las escaleras el asesinato de la abuela de Victor. Está aterrada, conteniendo el llanto hasta estar segura de que los asesinos abandonen la casa. No sabe qué hacer. En su mente rebota la imagen de Victor, se llena de valor y baja las escaleras corriendo para tomar el cuerpo de Dorin y tratar de ayudarla, pero es muy tarde, ella se desangra sin parar, la herida fue mortal. El cuchillo la destrozó por dentro, no existe un mago que sobreviva un ataque de esa magnitud.

—Protege a Victor, protege a Victor —murmura Dorin a Olivia en su último aliento. El alma de Dorin se apagó.

Luego del encuentro inesperado con Victor a las afueras de *Aleckzander*, decido invitarlo a mi aposento, ambos nos dirigimos a lo que ha sido mi hogar en los últimos años, la habitación en el edificio de la calle 20. Aún está la vieja conserje entrometida, vigilando cada uno de mis movimientos. Estoy seguro de que su obsesiva curiosidad por saber algo sobre mí, es producto de mi trato hacia ella, nunca he sido simpático y pensé que esa actitud la mantendría lejos, pero causé el efecto contrario, ahora no me abandona...

Allí está la señora Saffron, sentada fuera de su puerta, disfrutando de un té caliente en una silla que resiste su pesado cuerpo. Lee el periódico, o al menos eso parece, pero siempre pienso que es una excusa para vigilarlo todo. Al pasar veo la página donde se relata el aniversario del fenómeno del edificio en Nueva York.

—Buenas. ¿Veo que tiene visita? Sabe las normas, no fiestas, ni ruidos… —afirma la entrometida conserje.

Ignoro a la vieja mujer. Subimos las escaleras hasta llegar a mi precaria habitación, al abrir la puerta enciendo la chimenea con un pequeño movimiento de mi guante e invito a pasar a Victor, lo veo algo nervioso.

—Toma asiento en el sofá —le indico, mientras me retiro el abrigo para sentirme más cómodo—. Lo siento, no tengo mucho espacio para que descanses, si deseas puedes tomar la cama y dormir un rato, o si prefieres, en el sofá. Aún no me has dicho a qué se debe tu inesperada visita —comenté.

Puedo ver la mirada de Victor que analiza todo el lugar. Enseguida llama su atención mi colección de la oscura bebida, mis sorprendentes contenedores. No dudó en decirme que le gustaría una taza de café.

—Lo que tienes aquí es extraordinario, ya veo que te gusta. Me puedes dar una taza, a mí también me agrada mucho el café —comenta Victor.

—Claro que sí, no existe una mejor forma de iniciar una conversación que con una gustosa taza de mi bebida predilecta —afirmo con gusto.

Con mi guante doy paso a que la magia actúe, coloco en el suelo una pequeña mesa redonda con dos sillas, elevo un par de tazas por el aire moviéndolas hasta los contenedores, extraigo la bebida hasta llenarlas por completo y las poso sobre la mesa. Victor, ya sentado, toma su taza y yo me dirijo a mi asiento para hacer lo mismo. Antes me doy cuenta que la ventana está totalmente abierta, me acerco y la cierro para evitar que entren los copos de nieve que caen sin cesar, hace aún más frío que antes.

—¿Cómo está Dorin? —le consulto.

—Bien —responde Victor a secas sin dar detalles.

—Guardián, el motivo de mi visita es que quiero consultarte algo que me ronda en la cabeza, ¿sabes algo sobre la resurrección? No me refiero a lo que presenciamos con el pequeño Max hace dos años. Me refiero a atar tu alma a la tierra, no sé si me explico —consulta Victor luego del primer sorbo.

—¿Resurrección? ¿Acaso me estás preguntando de magia oscura? Es algo que no domino, los del Norte solo usamos magia para hacer el bien o para defendernos de quienes usan la magia negra —enfatizo.

—Efectivamente la resurrección de Max fue distinta, los seres de luz como son las Sparquis controlan sus acciones y su poder es único. En cambio, a lo que te refieres es a controlar la resurrección por tus propias manos, eso se hace a través de hechizos que son muy peligrosos y oscuros —completo.

—Okey, comprendo ¿Qué posibilidades existen de resucitar a alguien sin tener un guante y sin las Sparquis? —Vuelve a preguntar Victor con un poco de impaciencia esta vez.

—Es una pregunta complicada, pero tú has dicho algo que es una posibilidad, atar tu alma a la tierra puede ser una de las formas —afirmo con un poco de confusión, mientras disfruto de mi cafeína.

Al instante, Victor, ágilmente, saca de su bolsillo la piedra roja sin que me diera cuenta, y enseguida el hombre tiene una especie de premonición, sus pupilas se agrandan y a su mente comienzan a llegar pensamientos y muchos recuerdos.

En su mente aparece la imagen en la celda del Imperio del Oeste, mientras Amelia le ordenaba tomarse el vaso que contenía agua y él se negaba. Sin embargo, la imagen del vaso vacío llega a su cabeza, tomó todo el líquido. Luego su pensamiento lo traslada al momento en que Susan y Emmy lo rescatan.

Luego aparece la imagen de él sentado en un asiento de avión, justo del lado de la ventanilla. Tenía la piedra roja en la mano y la frotaba con las yemas de sus dedos sin parar. Observaba por la ventana las grandes y densas nubes. En un instante se despejó el cielo y a los lejos vio una especie de isla que flotaba en el aire, era algo totalmente irreal para cualquiera. Victor frotó sus ojos y al ver de nuevo, la isla que flotaba desapareció del cielo.

—Victor, Victor —lo llamé al verlo, como ido de la conversación —. ¿Estás bien? —le pregunto.

—Lo siento, debe ser el viaje que me dejó agotado —responde algo confundido.

Segundos después, una cantidad de sensaciones extrañas invaden mi cuerpo y mente, mis párpados pesan, mi vista se torna borrosa y no puedo ver con claridad. La taza de café que sostiene mi mano se estalla contra el suelo. Mi cuerpo cae tendido en el piso de la habitación y quedo boca arriba con mí vista en dirección al techo.

Busco con mis ojos a Victor para que me ayude, logro distinguirlo entre parches oscuros en mi vista. El hombre está justo a un lado, sin intención de auxiliarme ni sorprendido por lo que me pasa. Es claro que él es el responsable de lo que me sucede. Envenenó mi bebida cuando me di la vuelta hacia el ventanal.

Entre la nubosidad que tiene mi visión, puedo ver que el hombre saca de su chaqueta un guante rojo sangre, lo deja deslizar por sus dedos hasta que se adhiere a su mano. Luego la alza y atrae el cofre hasta él. Con un movimiento lo abre e ipso facto le ordena a la Carpa que salga. El manto se eleva por la habitación y luego se posa en forma de tienda.

El hombre abre las cortinas y se voltea hacia mí.

—Lo siento, Guardián, debo devolverles lo que les pertenece —finaliza Victor y huye con la Carpa.

Sin poder moverme ni actuar, unos segundos después caigo en un sueño profundo, quedando desconectado del lugar. Victor logra trasladarse sin problema al mundo mágico con el manto sagrado.

Victor llega al Imperio del Sur, donde están reunidos los magos del Oeste, quienes celebran al ver que han recuperado el manto. Junto a ellos está Amelia, quien cambió su aspecto notablemente, su cabello oscuro llega hasta los hombros y su porte es aún más malévolo. Aún conserva el guante quemado.

—Bienvenido, Victor —exclama con efusividad la maga oscura.

Los magos alzan aún más sus voces de algarabía, es un triunfo para la Legión Oscura. Victor no pierde tiempo y se acerca hasta la bruja.

—Hiciste lo correcto, hombre —dice Amelia con seguridad.

—Sabía cómo traerlo de vuelta, lo vi en mis sueños —contesta Victor.

—¿Dónde está su cuerpo? —pregunta la maga oscura.

—Aquí, sobre ti, en el cielo —apunta Victor hacia el cielo.

Amelia no queda convencida con la respuesta, su cara de incredulidad lo expresa. No entiende a lo que se refiere el hombre, siente celos por no ser ella la que controlará la resurrección de Lord Balfour.

Inmediatamente Victor deja al grupo y camina unos metros hasta donde se encuentra un cráter, el mismo lugar donde fue la pelea final entre los elegidos y el ejército de Amelia. Victor se acerca hasta el medio del enorme hoyo e incrusta la piedra roja en la tierra. Segundos después aparece una fuerte brisa que pega en su rostro, unos estruendos de rayos detonan en el cielo y las nubes se separan develando un enorme trozo de tierra que inicia su descenso. Posee largas raíces que cuelgan por todos lados y deja caer una lluvia de pequeñas piedras sobre el lugar. Finalmente el hoyo será cubierto por su trozo de terreno inicial.

La isla flotante que vio Victor, está lista para volver a su origen. Se adhiere a su agujero original como pieza de rompecabezas. La bruma producida por el polvo opaca la vista de Amelia y del grupo de magos, era imposible observar el fenómeno, todo a su alrededor era oscuro.

Se escuchan los murmullos de los presentes, que tratan de descifrar entre ellos lo que sucede. Se empieza a disipar la densa neblina de polvo, permitiendo ver a lo lejos un enorme árbol frondoso con un tronco bastante grueso. Se escuchan sonidos de rocas que ruedan por la acción de alguien que camina sobre ellas. De pies descalzos y muy blancos, se percibe la figura humana que se aproxima hacia el grupo. Amelia aún no entiende exactamente de quién se trata, pero su instinto le dice que es Lord Balfour, está aquí.

A continuación, una voz que resuena a través de los pensamientos, penetra en la cabeza de todos los magos presentes en el Sur, produciéndoles un intenso dolor que muchos no soportan, por lo que caen al suelo. Quienes resisten escuchan como murmullo la inesperada voz dentro de sus mentes, como si fuera parte de ellos.

Victor, de rodillas, frota su cabeza con sus dedos, mientras presta atención al mensaje. En cambio, Amelia cierra sus párpados y permite que la voz controle su interior. Al mismo momento, el llamado se extiende a todos los magos oscuros que están en el Imperio del Oeste. Quien reencarna posee un poder supremo de comunicación que abarca a toda su legión.

Inclusive los magos oscuros que habitan en las sombras en el mundo humano, comienzan a rebelarse. En todos los continentes existen magos, desde América hasta el Oriente, se evidencia su presencia con la aparición de fenómenos extraños producidos por esta legión regada por el mundo.

En la Patagonia se observa cómo repentinamente, en las heladas montañas, se produce una tormenta de calor, al igual que en París un día gélido de invierno se transforma en segundos en un día soleado con altas temperaturas, esto último producido por un mago de mandíbula ancha y ojos claros, que eleva su guante al cielo mientras escucha la misteriosa voz.

—Escúchenme todos, es tiempo de salir de las sombras, es tiempo de mostrar quiénes somos, se acabaron los secretos. Hoy los humanos pagarán por habernos robado lo que nos correspondía. La magia nos pertenece y somos los únicos que la controlaremos. Soy Lord Balfour y hoy estoy de vuelta. Arrodíllense, acepten mi misión, soy su líder y quién no lo acepte, será eliminado —finaliza Balfour.

Todos los magos de la oscuridad al unísono caen al suelo de rodillas en señal de aceptación, su líder ha llegado y deben obedecer. Inclusive el mensaje llega a mi cabeza y, a pesar de que aún me encuentro tirado en el suelo, inconsciente, la voz retumba en mis pensamientos.

La neblina ya se desvaneció por completo en el Imperio del Sur, ya todos observan claramente la presencia del hombre que camina lentamente en dirección hacia Amelia y Victor. Su aspecto es aterrador, porta un guante blanco, es albino, con cabello dorado y largo hasta su cintura, brazos muy delgados y ojos negros. Se detiene ante Victor, todos los magos arrodillados con postura de sumisión ante él. Se miran fijamente a los ojos.

—¡Buen trabajo! —exclama Balfour tomando a Victor por ambos hombros.

—Bienvenido, Padre —dice Victor mirando al hombre con devoción.

De inmediato, Balfour se percata de la presencia del Carpalocius von Morin, se dirige hasta él, lo toca con su guante blanco con delicadeza, abre sus cortinas y se gira en dirección al resto.

—Soy Lord Balfour, el Rey de la Legión Oscura, es hora de recuperar cualquier objeto mágico en posesión de los magos de otros Imperios. Llegó la hora de recuperar los guantes púrpura —concluyó.

LA CARPA Y LAS ESCRITURAS DE LOS CUATRO ELEGIDOS

Tormenta en la Torre del Norte

Los cuatro

La feria

El misterioso chofer

La luz mágica

Olympic National Forest

Rehenes en el mundo mágico

Poderes extraordinarios

Revelaciones de la ciega

Aurion, el protector

Prisión en la torre

El Nuevo Imperio

El cementerio subterráneo

Rescate inesperado

El reencuentro

Una historia real

Amigos de la infancia

Estrategia sagaz

Un nuevo poder infalible

Arriesgado intercambio

El engaño

El Lago de las Almas

¿Pesadilla o realidad?

Una apartada cabaña

La isla flotante

Esta historia no termina aquí, queda mucho por descubrir.

Próximamente la segunda parte de esta trilogía maravillosa.

Leonardo Ibarra es un joven venezolano graduado en dirección de cine que se ha desenvuelto durante años en múltiples áreas de la producción audiovisual, tanto en Venezuela como en los Estados Unidos. Se estrena como autor con la novela "La Carpa y las Escrituras de los cuatro elegidos", primera parte de una emocionante trilogía de fantasía y magia. Actualmente reside en Carolina del Norte, EE. UU.

Contacto: infoleonardoibarra@gmail.com
@Leonardoibarraa

Made in the USA
Columbia, SC
07 July 2022

63023822R00212